秀水泱泱映绿洲

秀洲名镇记

陆明
邵洪海 著

中共嘉兴市秀洲区委宣传部
嘉兴市秀洲区社会科学界联合会 编

编委会名单

顾 问

杨琳琳

主 任

汤琴芳

成 员

陆 明　邵洪海　沈培忠

编 著

中共嘉兴市秀洲区委宣传部

嘉兴市秀洲区社会科学界联合会

序 言

　　嘉禾秀洲，旧地新名，其前身可追溯至孔子记入《春秋》的檇李之名。历史上行政区划多有变动，至明宣德五年（1430），朝廷将嘉兴拆分为嘉兴县和秀水县。明弘治《嘉兴府志》载："天和景明，水呈五色，见者获庆。"秀水县得名源此。此后的480余年，这个区域建置基本未再变动。1983年，嘉兴撤地建市，设嘉兴市郊区。1999年，郊区更名为秀洲区，该名保留了"秀"字的美好，延续了"水"字的地域特征（"洲"是指水中的陆地）。2000年，嘉兴市对市本级实施行政区划调整，形成秀洲现在的行政区域范围。

　　秀洲地处杭嘉湖平原，属水乡泽地，自古富饶。唐人李瀚在《嘉禾屯田政绩记》里写下了"嘉禾一穰，江淮为之康；嘉禾一歉，江淮为之俭"的千古知名论断。上千年来，京杭运河贯穿南北，流经嘉禾段的江南运河，通横塘，连纵浦，织成了一张水网。栉比的江南小镇，如同珍珠一般，镶嵌其间，熠熠生辉。

　　1998年扩镇并乡启动前，秀洲现有范围内的乡镇有二三十个之多。它们跟随历史的兴衰发展，除交通因素外，还受商贸集市、文化、军事、宗教等影响，伴之形成的地方居民的生活习俗和风貌特色也略有不同（比如同属秀洲的王店和新塍在语言上就有一定差异）。但不管有何不同，这些各具形态的小镇在历史长河中都曾名重一时。从经济上来说，王江泾早有"衣被天下"之称，陡门"河埠舟楫停泊，略无阙处"，新塍全盛时"居者可万余家"，它们在明朝时期就与濮院合称为秀水四大镇。从教育、文化上来说，"民既富，子弟多入学"，以小镇为基础的民间办学、讲学风气浓厚。王江泾镇的闻湖书院是明代嘉靖时参议沈谧与太守盛周在民间资本的支持下建成的；王店镇的曝书亭据传曾有大儒朱彝尊藏书8万余册，并以他为核心形成的浙西词派、梅里诗派在清初盛名远播；油车港和栖真在合并前，不管是教育、文化，还是科学领域，均人才辈出。从战略地位上来说，新塍和双桥渚城都是吴越时期的古城，洪合镇周围的南北草荡更是两国多年拉锯的战场……

小镇的家族发展也是一大观。秀洲小镇都有兴衰更替的家族发展史，这些家族很难——列举过来，但传承数代的大致有这样的共同点：耕读传家，世守其业；安分向善，秉持礼仪。从这些家族里走出了辞赋家严忌和严助、状元朱国祚和沈廷文、诗词经学大家朱彝尊、天文学家张雍敬、辛亥革命先驱龚宝铨、物理学家张绍忠、科学巨擘陈世骧、教育家张印通等乡贤志士。他们身上有着秀洲人文精神传承的脉络。

改革开放以来，特别是扩镇并乡之后，秀洲的乡镇发生了翻天覆地的变化。其中一部分因客观条件的原因走向衰弱，重新回归到田野村庄，另一部分则聚集起周边的人气，焕发出新的光彩。它们有的成为美食小镇，有的成为休闲之所，以王江泾镇运河文化省级度假区为代表的乡镇文化新兴旅游景区，正在吸引越来越多的城乡观光客。

建设具有地域特色的文化小镇也是实施乡村振兴战略的重要内容。振兴乡村战略是党中央从党和国家事业全局出发，着眼实现"两个一百年"奋斗目标、实现全体人民共同富裕，在党的十九大上作出的战略决策。在新的历史机遇面前，我们既要继承古镇深厚底蕴中的价值积累，又要迈开步子，开拓创新，把秀洲的乡镇建设成为新时代的古镇新城。

本书的编辑出版，不仅可以让我们认识到秀洲璀璨的过去，也可以让我们有更清晰的思路，携手共建秀洲充满希望的未来。

| 目录 |

王店再访

长水悠悠

农历三月十五日。风,昙。

我这次到王店,甫下车就一径去镇西。二十多年来,我有几次走访王店的机会,但每次来去都好像很"匆忙",不大有空闲涉足到镇西——长水塘的西岸。仅有的一次也是很浮浅的,对市廛烟灶的观察绝对谈不到印象是如何如何。但在我的心里头,却一直搁着这样一个问题:在公元937年即五代后晋天福二年之前,此地的发祥处应该在哪里?沿袭旧志上的说法:"自逵构屋于梅溪,聚货贸易,因名王店。"又"镇遏使王公逵居此,环植梅花,故称梅里;仅三里许,亦称梅花溪"。这都算它没有错,都是可信的。问题是王逵官至工部尚书,这么一位部长级的高官,他的择居之地不可能是荒无人烟的,应当早有村落,并且临水而居也是水乡早已成的惯例,那么在王店未建镇之前最合适的宜家宜繁衍的处所就是发源自天目山的长水,即往西过镇市河三里的东岸或西岸了。王店镇名有十二个之多,其中的"罧塘"(罧读如"深"),志书上解释为"因积柴于梅溪中捕鱼故名"。这种把树枝抛在水里做成一个个"鱼寨"来捕鱼的方法,最早见于西汉《淮南子》一书的记载。我这里稍表疑虑的是,当时的村民未必只有在"梅溪"(今市河)抛掷树杈以"罧者扣舟"(扣,击也。鱼闻击舟声,藏柴下,壅而取之),而水波荡荡的长水则更是上选的获鱼之处。

据王店故老相传:"先有茅亭头,后有王店镇。"虽则茅亭头的确凿地点无考,但我乐意推想它就在今天的镇西一隅、长水的西岸之畔。世传秦始皇南巡,在由拳（嘉兴古称）乘舟过长水时听到土人唱"水市出天子"的歌谣，以为"东南有王气"，在与今王店相距十五六里的马王塘水滨斩马祭河神，以破所谓的"王气"。秦始皇所见到的"水市"即水上之集市也，不定在秦始皇的年代（因为那是"传说"），其后在两汉或魏晋，乃至最迟在隋唐，长水应当已经是嘉兴南部水路贸迁的枢纽，而沿着这条数十里水路两岸的村落、集市，无不因此滋长发荣起来。悠悠长水，王店岂其不然乎？

我这次在镇西大约勾留了小半个上昼，一条南北向的庆丰街，并无多少"街景"可看，庆丰桥西堍的茶馆和酒店，倒不是嫌它简陋，实在是光线暗洞洞让人感到压抑。街上有不少的草狗，毛发都很脏。在一家的破墙门上，看到一行字迹，是用秃笔蘸浓墨一个字一个字戳出来的，其文曰："在此便溺者，野狗、野猪！"溺者，尿也，略见古气。而"野狗、野猪"却是主人的"毒咒"了。

在庆丰街北段，有一处街面甚窄小，两边的屋檐几乎相接，在看惯了乌镇式样的那种"修旧如新"的所谓"明清建筑"，我对这十数间破敝的一门三吊闼的孑遗，投去略带怜惜的一瞥。岁月的脚步迟滞也罢，从容也罢，躁急也罢，往昔总是那么过去，遗忘的总该是被遗忘的。然而就在我颇感失望之际，在庆丰街南段却有了意外的发现：南街的11号、12号、13号、14号的四个门牌号连起来是一幢王店人称之为带"雨廊"的民居。我站在廊下仰观，见桁梁、天花板都有精美的雕花，券洞门上有一百叶窗，窗楣上是靛蓝颜色的莲枝花墙饰。依照我的一点"考古"水准，可以断定这是民初的建筑。至于刻着"横山草堂张墙界"的两块界石，据海宁所有的大小横山，这位张姓的"横山草堂"堂主，应当是从硖石那边过来的一位"儒商"。清光绪二十九年（1903），王店镇商业茶会会长名叫张梅尊，不知道是否和"横山草堂"一个系统，我只是从住在12号门内的八旬老妪的嘴里得知，张家从前是开羊行的，"羊行大（音杜）到够未完！"（方言，即了不得、无法尽言）。

转回到庆丰桥上，这使我有一个俯瞰的角度：全长近千米的庆丰街，北段多为浅而窄的河房，推想曾经是栉比的店肆和商贩的小货栈；南段的旧貌该是有着长长雨廊的设有店面的民宅，并且临河的石埠两侧都有供行人坐憩的美人靠，这是我从仅存的"横山草堂"雨廊推理出来的。我伫立在桥头蛮有兴味地眺望着，在我的脚下，五十来米宽的长水波荡漾。风，大了起来。太阳没有。两只一黄一白的草狗颠颠地跑上桥来，冲着我"汪"地叫了一声。

王店话

考索方言是比较令人头疼的。嘉兴一地，统系吴语，但区域之间亦有差异。这种"差异"如是不从专业角度去考量，就可以破除诠释的枯燥沉闷，获取到意想不到的发现：啊呀，一个镇如王店的历史它应该有那么一点和其他镇不同的地方的。王店和嘉兴的关系，比较起新塍来，新塍和嘉兴是较"疏"，而王店则是"密迩"。两镇和嘉兴市城的相距，上落不大，王店是十六公里，新塍是十三

点六公里。王店人自认口音较硬，而新塍人说话则近"吴侬"。王店现在还保存着不少老嘉兴的说法，譬如丫婷（婢女）、讨男（男佣）、跑先（从前）、麻花雨（小雨）、黄豆子（黄莺）、屙纳（尿布）、上落（事有出入）、好末得得（突然）、劳曹（垃圾）、潮面（洗脸）、一够（一元钱，够读音扣乌切）、吼（虹）等等等等，这也是我小时听熟惯说的。当然，嘉兴其他地方也多是这般说话，只是不如王店和嘉兴市城那样在语音上几乎没有区别。王店的"王"，在嘉兴北郊的塘汇、七星、栖真一带读如"洋"，而在余新、曹庄、凤桥那边，"王"发音"浪"，是彼地多绍籍客民也。在市城和王店本镇，则"王"字发音一样，是"字正腔圆"嘉兴话的"王"。

清宣统元年（1909），沪杭铁路王店站建成，同年7月通车。二三十年前，奔驰在沪杭线上的火车过王店、马王塘两个站头时，都要停车上下乘客的。从宣统元年算起，在很长一个时期里，王店和市城之间交通便捷，只需半个来小时就可以抵达。而新塍、余新等集镇在只通水路的情势下，去市城往返需半日之久。再往上溯，看看王店和市城的关系。明末清初，嘉兴诗人屠爌、朱彝尊等从市城移居王店，屠、朱两家都是嘉兴的望族，其后族人戚友相继聚居于梅溪之畔。这是"老嘉兴"的进入，三四百年来至今，是否能从"说话"上看出一点"亲疏"的端倪来呢？

诗之镇

清嘉庆年间著名学者冯登府曾说："梅里，诗海之一波也，自元至今，传刻无虑数百家。"冯登府（1783—1841），一作登甫，字芸伯，号勺园，又号柳东。出身梅里世家。嘉庆庚辰进士，翰林。他还是文学家、诗人。他编纂的《梅里词辑》《小樵李亭诗录》以及许灿编的《梅里诗辑》、沈爱莲编的《续梅里诗辑》等文献，搜集诗人四百八十八家，诗四千七百二十九首。这当然还不包括沈远香之后，同光年间乃至民国时期的一些王店诗人。然而仅从一个弹丸之地的市镇，从元代到清道光间出诗人近五百家，并且在清初产生了名播浙西的"梅里诗派"，诗风之隆盛，在嘉兴一地无过于此！冯柳东譬之为"诗海之一波也"，是没有丝毫的夸饰的。说到梅里诗人，自然首推朱彝尊。查朱氏年谱，清顺治六年（1649）先生移居梅里，时年二十一岁。之前，先生祖居在嘉兴城中碧漪坊。曾祖父朱国祚，明万历癸未状元，官至户部尚书兼武英殿大学士加少傅。先生迁居之初，正当英气焕发之年，他的无可伦比的诗才，早已为华亭名士王鹿柴所赏识，以为"此子将来必以诗名世"。刚到梅里，由于声气的相通，朱彝尊和镇上的一班青年才俊如周青士、王介人、李秋锦、沈进等结文酒之会，时时切磋诗艺，相与唱和。我在翻阅《梅里诗人传》时，对于这样一个现象颇感兴趣：即不少的诗人并非出身世家，且因家境贫困，是以手工业或小商贾赖以谋生糊口的。如以"前路夕阳外，行人春草中"诗句为时人激赏的王介人，是一位染店的染匠，为人孤傲，落拓不羁，有三国时击鼓骂曹的祢正平之遗风。王介人死于抵京城的舟中，遗诗千余首。另一位周青士，在镇上开一米店，日坐大米、糠秕之中，吟诗不辍，旁若无人。他和王介人一样，终身未经科举，以布衣了此一生。青士的诗以"俊逸脱俗，不轻袭前人片语"名家。还有以"三李"鸣世的李良年（号秋锦）、李绳远、李符昆仲，志书上说秋锦"家贫穷，常以薄粥糊口"。比朱彝尊早徙居王店的前辈诗人屠爌曾月旦镇上诸诗家，以为"朱彝尊才华出众，里中唯良年（秋锦）一人能并驾齐驱"。其他如曹山秀、王沨、褚标、缪泳等诗人，都与彝尊同道，互相得到激励和滋养。说到缪泳，我一直怀疑晚清大画家蒲作英之妻缪嫦，是否与梅溪缪泳一脉。只是有关缪氏的记载太少，只能留作日后有新的史料发现时再加考索吧。

"梅里诗派"自朱彝尊、周青士等人起，在王店绵延一二百年。著名的诗人还有嘉道年间的冯登府以及有"小三李"之称的李富孙、李超孙、李遇孙嫡堂弟兄。在一个万把人口的市镇上创立诗派，并且延续的时间这么长，这跟朱彝尊晚年以翰林院检讨一官复遭贬斥、不得已重履故土，筑曝书亭于梅溪著述于斯、终天年于斯，是大有关系的。老先生罢官出京时年已六十四岁，四年后构建曝书亭成，所幸还是高寿，八十一岁时刻印一生著作《曝书亭全集》未及毕役下世。这样算来诗翁在最后的十多年里，为文化的传薪播火做成了一件名山胜业般的大事：不仅校勘审订了他毕生的辉煌著作，而且还为我们后人留下了具有文化象征意义的历史名迹——曝书亭。

清道光中，里人冯登府醵金重修曝书亭并创建清芬祠，他在《重修曝书亭记》

中意味深长地指出：亭为彝尊读书、著述之处，"栖魂魄于此，千秋之名，身后之事，胥于一亭焉"。这是很有见地的，后来之人观曝书亭，可以想见朱氏人品、才情、学术成就（包括文学）的，就在此亭了。

大概文化之事，历来须仰仗真有文化之人来操持才成。在冯氏之前和之后，修葺曝书亭及增建朱氏家祠的，先后有清嘉庆元年的两浙督学阮元和道光年间的秀水县令吕延庆、朱绪曾及同治五年侍郎吴存义等人，彼等虽为官僚，但学识都不凡庸，如阮元，才情和学识在嘉庆、道光的两朝都是无愧称其大的。

明清时期，王店镇因诗风的盛兴而被今天称之为"文化产业"的画绢、诗笺之类的制品也随之兴起。明代万历年间，镇上褚叔铭、褚明山出品的"褚绢"，名闻天下；周陈侯首创的"梅里笺"，专

曝书亭

曝书亭原系著名学者、诗人朱彝尊晒书之处，朱氏藏书达八万卷，多古籍善本，身后散佚。

亭面积为46.8平方米，四周石柱上镌有诗文，北檐下曝书亭额为清初文学家严绳孙所书。

"会须上番看成竹，何处老翁来赋诗"石柱楹联，系集杜甫诗句，原为汪楫书，嘉庆元年重修时阮元据以摹写。

（据《嘉兴市地名志》摘录）

供骚客作诗时挥毫，当时人评他的三缄斋所制研花笺纸甚精。研花，是用鹅卵石碾压使纸面花纹密实而光亮的技艺，在现在的博物馆或个人收藏那里还能见到这种古色的旧纸。

访　旧

　　访旧，一般多指访问旧友或探望故人。裘正心、来根友两兄是王店人。正心兄大概有二十年未谋面，20世纪80年代初，他是我在禅杖桥老家的常客，有好几个夏夜在我家的天井里乘凉谈文学，印象最深切。正心健谈、爱笑。他笑起来脸上的纹路很深，有这种笑容的人很善，很有亲和力，这是我的阅人经验。有没有和正心讲起梅里的诗人，却是记不确切了。根友兄是写诗的，他的旧体诗中规中矩，没有野狐禅；他不是那种举头天外的狂生（二十年前的感觉），为人平实，因而诗情也是深藏的。根友兄曾有作品发表在《诗刊》上，是格律诗。这恐怕有点为新诗派的"举头"们所不平。正心、根友都出自王店，应该都曾浸淫了故里的文学风气的。一地方传承已久的文风，总是在一地方数个人身上得到体现的。两人都早已定居禾城，由英华之年而近"耳顺"，因此我此次去王店并无旧友可访，访旧的命题也就来得有点欠妥。但我且是把探访旧迹，如"横山草堂"那样的民居作为我的"访旧"之行，那么命题也就无所谓通与不通了吧。

　　聚奎坊（今统名解放街，在街之西段），是我前几次去王店停留最久的地方。188号一排四个门面的两层旧楼，依然和我数年前初访时见到的一样。落地花格门窗，细工雕花的护栏。这幢楼舍，以前是有院落遮掩的，拓宽解放街时把院墙拆除，使她有点像裸露的迟暮的老美人，总有一些不堪风尘侵扰的模样。这幢建造于民国时期的楼宅大致上可以代表20世纪二三十年代王店一位中产者的生活状况吧，而旧建筑留存给今人的价值，我以为主要是在这一点上。装饰和所谓的民间建筑艺术，那还是工技层面上的。并且，一时代总有这种类型化的工技，匠人独别的智慧是极难得一见的。某人搜罗了一大堆（有堆满几间仓房的）破木头、烂门窗、完整或缺损的瓦当、础石等等，便自封是什么什么建筑之类的专家和民间艺术收藏家，那是欺世的不诚。133号石库门、119号施姓的大宅，封火墙、马头墙、黑瓦朱窗，还都

很生健。173号西侧有一非常深幽的弄堂，我以前
来的几次都进去过，一直进到南端去看那座荒芜的
破园。这回自然熟门熟路地进去。准确地说，这是
一条备弄，东边一侧有院落的门、厢房的门、厨房
的门、仆佣住的下房的门……这是原宅的格局，现
在大多局闭着。有几扇半掩的，望见一个穿碎花化
纤睡裤的女人，头发蓬松、两眼惺忪；一个胡子拉
碴的汉子正在努力挖鼻屎；一个浓眉大眼的小青年，
样子像京剧里的武生，手里端个花瓷的痰盂，装满
了一夜天的排泄物摔门出来。他们的口音都是异乡
的，是来王店打工的租房者。

　　废园里，数年前就倾斜着的一堵残壁，依然老
样子地倾斜着。那口井，依然供人汲水。满地的碎
砖乱瓦。园之南侧，一片竹林散乱而葱郁。穿过竹
林有两三栋20世纪七八十年代的建筑物，灰黄色的
洋砂墙面，像是一个厂的职工宿舍。它的地界应该

王店旧街巷

王店镇古称梅里，历史悠久，早在后晋时
既有街巷构筑。古诗载："地称王店由来
久，父老犹称石晋街。"街巷名称，习惯以
沿街屋数为名。如图片所示，或为明清时
"十间楼""廿间""四十二间"也未可知。

（据《王店镇志》摘录）

10

是属于这废园的。我打量这园子的旧家主人，不止是173号门牌的户头。我折回原路拐进167号的门堂，一个中年人慢吞吞踱步出来，问我："（奈）来做啥？"我回答："看看老房子。""有啥看头？""呒啥——"中年人身旁有一女人，很胖，头发灰白，脸上少有表情。中年人自言姓许，是这家（男主人也姓许，早逝；女主人姓王）的女婿。老许的岳母在院子里洗剥一只肥大的鹅。老许的妻子就是那位头发灰白的女人，她才四十七岁。他们夫妻俩都是下岗工人，老许患糖尿病，妻子耳聋，都不能出去做事，无分文的收入。他们有一子，二十三岁，待业。这一家三口人依靠老人的每月一千三百元退休金生活。老许告诉我，从173号到159号，九个门面全是许家的宅屋，八埭进深，房头有多少连他自己也说不清楚。许家祖上最有名的是许景兰，以开布庄起家，这大约是在清光绪、宣统的时候。宣统二年（1910），王店所产蓝格布、五色丝线获南洋劝业会银质奖牌。这蓝格布是不是许景兰制品，我缺少证据，不敢贸然推想。继许景兰之后，许氏家族中有许大茂，他所经营的布庄在民国二十三年（1934）居全镇布业之冠。王店的布业在历史上是享名久远的，明代的黄纱小布与褚家画绢齐名。水纱布"光如冰雪"，为稀罕之品。其他如冻绿布，又名绿丝，色泽微绿，光亮滑洁，亦为他处所不能织造。民初，王店一镇商业有数十种，而布庄居其首。老许对我说，祖上的房宅不止九个门面八埭进深，当时聚奎坊大半属许家，所以民谚有"王店西半镇，算得聚奎坊"。

我在许家老宅所见颇可一记的还有第二进的石板大天井里三座栉比的砖雕门楼：西为"克昌厥后"，中为"芝兰永吉"，东惜已毁损，不能辨识。老许说，此为祖上三兄弟析产时立也。

克昌厥后、芝兰永吉，这都是绵延祖先遗泽的常见吉语。

阿四小吃店

王店白切羊肉、阉鸡、薄脆，都是我心向往久之的。王店薄脆是一种茶食，甜、香、油，饼如小月，薄而松脆。《古禾杂识》中只记到此饼的名目，余则不详。据近年出版的《王店镇志》载，"此饼创制于康熙初年，当时制饼者甚多，而以王店镇吴氏新奇斋所制最精。其用料有定规：面粉一斤，糖四两，油五两，用水拌和后，入炉烤制而成。此饼自清代至民国，再至新中国成立初期，历时三百余年而不绝。新奇斋设于东环桥东堍。"东环桥即今人民桥，我没有去寻访新奇斋的遗址，好的吃食往往是依仗着文字传承的。心向往之，看看纸上的饼，亦强胜画饼多矣。王店有歇后语曰："王店人卖阉鸡——勿提（啼）。"勿提，不消说起，好极了。阉鸡而啼，俗称"半脚佬"，即吴下俚语所谓"雌婆雄"也。这种"半男不女"的货色，当然大不如净阉。从前王店人阉鸡手段高明，在春季专选黄喙、黄脚、黄毛的童子鸡，割去睾丸，喂养到冬季出售。阉鸡的肉质鲜嫩，无可比拟。阉鸡做白斩鸡最好，做卤鸡（咸鱼卤或腌菜卤浸渍），也是佳品。把阉鸡做成红烧鸡，那只配称"洋盘"！做成酱鸡、风鸡（不褪羽毛，开膛盐腌挂起风干），都是一种糟蹋！我在阿四小吃店没有吃到阉鸡（此店不备阉鸡）做的白斩鸡。我说来一份白切羊肉吧，店主笑了，说："明年请早。"想想也是，春分都过了，羊吃青草膻气重，不宜供人肉食。白切羊肉是王店的尤好，从前选上等山羊宰杀，现在改为湖羊，风味不稍减。白切羊肉是"冻"的，制法：切块下蒸缸，煮熟，除骨压实，加盐、黄酒、大料（茴香、桂皮）焖烧至糜酥，然后盛于乌盆（长方形的陶质容器）俟其冷冻。白切羊肉，肉鲜，细嫩无滓。去年冬天，我家附近有熟食店供给白切羊肉（又名压板羊肉），硬而干，全不是我从前在王店吃过的那个味。

我这次到王店在阿四小吃店中用膳，完全是瞎撞撞上去的。店在久灵桥北堍，临河，单间门面，店堂里只摆得下三张板桌，有南窗、西窗，采光极好，门敞开，直对久灵桥。门、窗直如画框，看桥上上下的人，看街边来去的人，都像画上的。要了一小盆炒三鲜，一小盆糖醋排骨，去隔壁散酒店吊了五年陈一斤烧酒，又花"一够洋钿"在摊头上抓了三把带壳花生。和店中的婆婆搭话，有一搭没一搭的。婆婆一个，还有她的两个女儿，大的（稍胖）一个，替代她姐夫"阿四"包了这店，小的（偏瘦）一个，今天是来串门的。我听这两小姨子在背后叽呱姐夫的"坏话"，大意是装阔气，有钱无钱都乱花，"勿晓得做人家"，一天香烟抽两包半，而且不是起码货牌子，是"刮喇喇格上海红双喜呀"，如此，"只苦了伢阿姐！"

这母女仨，给我的印象是：唯小民俗而善，对于人生是有本真的认知。

喝完三两（高血压，不敢放饮）"五年陈"，起身喊："结账！"无多话，她（稍胖的那一位）收我十一元，大盆之减半。而我的盆子里，还有"地龙"（油氽肉皮）、爆鱼数块，都是很入味的。

访 花

王店镇以梅冠名的雅称有梅里、梅会、梅汇、梅会里、梅溪、梅花溪。史传王逵所居"百亩皆梅花"。"溪上梅花舍后开""曲岸藤花咫尺迷",这是此地诗人描写的梅溪风光。梅花和紫藤花,在春风里先后竞放。我在嘉兴数十年,从未听说有去王店访梅、赏梅的,梅的凋零或竟无存,大概是近百年内之事吧。这次重来,看到百乐路上新栽了梅树,虽然枝干纤细,但喜其楚楚成行,若干年后,"香雪海"应当是可期的。

大凡一镇上可以象征其悠久历史的,除古迹和碑刻之外,就要数到古树名木了。我在此行之前,仔细翻阅了1996年出版的《王店镇志》,在"文卫"篇之"文化"一章中,记到"全镇有古银杏树三株,镇东部有二株,树龄均有二百余年……全镇有古楮树四株。树龄长者二百余年,短者亦有

梅 园

五代后晋天福二年(937),嘉兴镇遏使王逵居此,"植梅百亩,聚货交易,始称王店",镇亦遂雅名梅里、梅汇、梅会里。

王店以梅花著称。2006年镇政府在镇南建林村辟地50亩,栽植红梅、白梅、绿萼梅、杏梅等近万株,花时游人如织,称"香雪海"。

一百三十余年。"这比起新塍镇的千年树王来，简直算不了一回事。接着往下看，眼睛不觉为之一亮，记到"名花"一节有云：

> 古茶花：冯家园内有古茶花树一株，植于园内花坛。树龄有一百九十年，树高五米，冠径三点七八米，胸径零点七五米。此树开花千朵，花色桃红，六月树叶更新，七月生花蕾，十一月开成花朵，至次年四月，渐次凋谢。先后开花期达五个月之久。

我知道，茶花树在云南有树龄数百年至上千年的，但在禾地，百年以上的茶花树极为罕见，只在凤桥镇兴善寺发现有一株，余则未闻。冯家园这株茶花树据镇志所记，至今该是二百年的高寿了，我想此去王店访花是必然的。还有，冯家园是否就是冯柳东的旧园呢？他的存世之年距今不到二百年，如真是他的故居，那么在嘉兴并世无二的山茶名卉，岂不正是柳东先生的手泽所遗？

我在镇东问了多人，循着一老者的指引，踏上光明桥（旧名万安桥），但见直对桥北堍是一堵爬满何首乌枯藤的颓垣，在薄寒的风里，我徘徊在颓垣之内，无以想象往昔的园景。住在附近的周后兴先生用脚踢着一段枯木，告诉我说："这就是茶花的（部）头。"我蹲下身量了量，围长约八十厘米，可以想见其原先的粗壮而花叶丰茂了。

冯园的这株茶花树，是前几年被一位脑子有点"搭经"的赵姓居民，每天清晨用一马桶一马桶粪尿向它殷勤地施肥，以致于"活活叫咸煞脱格"。

在镇上我寻访到冯家后裔，八十一岁的冯文培先生。冯老人极儒雅，听他款款说来，此颓垣之内确为冯柳东旧居废址。冯氏仕途坎坷，以翰林任福建将乐县知县仅七十五天，罢官后不多几年即归里，筑勺园于此，读书、著述以终。尝自镌一印曰："廿年秀才，一等翰林，七十五日县令。"

曝书亭

清末宣统年间，王店有一诸生宋宝瑢作《读经草堂记》，其文称其在梅溪畔新居云："堂南向,岚光塔影隐见楼前,盖斯堂距薇审二山只二十里,而去朱太史曝书亭则不半里而遥。虽涢廛市,尚鲜尘嚣。门前即梅溪,水波澄澈,游鳞出没荇藻间;而隔岸之机声,林边之鸟语,则时与我读书之声相和答……"文中之"薇审二山",即硖石的东山和西山。

朱太史的曝书亭,想来宋宝瑭是常到的。亭,岂止梅溪一地的文风所聚。近年来,多有人写曝书亭的文章,着力点三:一在朱彝尊其人其事,大都是可传的,亦早为人谂知;二在园中建筑,如潜采堂、曝书亭、醼舫、娱老轩及壁上柱上的碑文和刻诗等;三是园中的景色,陈陈相因,无有,也难有新意。鉴于此,我今"三者"都不写,只写此行的所见,条文笔记,难免枯燥,但也只好如此这般了。

一曰潜采堂。堂门扃闭,只东窗洞开。征得摄影部一女士同意,踰窗入堂。堂柱上贴红纸对联,其文曰:"春风摇曳送莺喉,旭日融和开柳眼。"北壁"竹垞先生石刻像"有一玻璃罩,安然。北壁碑刻八块,都墨涂黑(想来曾有人摹拓),唯"许瑶光同治五年五月十三访曝书亭"一块,尚可辨认其文。堂内所有物:破太师椅八把,木梯一把,日光灯三只(挂在梁上),旧吊扇两只,烂木头、烂木板一大堆。

二曰曝书亭。两青石柱上所刻"会须上番看成竹,何处老翁来赋诗"之杜甫句,填绿,颇喜醒目。其余石柱上所刻诗文,均被人用刀、锥乱割乱划,其居心不可解。

亭前有垂丝海棠、紫薇各两株,均一百五十年

朱彝尊像

曝书亭

位于秀洲区王店镇广平路南端（百乐路1号），占地6 500平方米，清初著名学者朱彝尊故居。清康熙三十五年（1696）建。自清嘉庆元年（1796），两浙督学（学使）阮元倡议重修起，至1987年历经11次修葺。园林布局疏密有致，有潜采堂、曝书亭、醧舫、娱老轩、六峰亭、荷花池等，可供游览。

1963年公布为浙江省重点文物保护单位。

（据《嘉兴市地名志》摘录）

龄。海棠花蕾有点僵。

三曰六峰亭。柱上有"小影，我爱你永远"之胡乱刻。

四曰娱老轩。门窗扃锁。轩内有吊扇三，无他物。门前破木长椅一排。有垃圾桶一个，桶内有《钱江晚报》一张。

五曰醽舫。搜寻不到"醽舫"匾。此处为"王店镇老年活动室"。有八九位老人分坐两桌喝茶、聊天。茶水像是自携的。墙壁上粘贴"百寿"字幅、对联，其联曰："祝贺诸位体健心舒长寿安康，恭喜府上子孝孙贤阖家幸福。"

曝书亭园中有修竹七八丛，尚能如人意。曝书亭自1796年起至1987年曾十一次修葺。最后一修，至今恰好二十年。亭亦多事矣。

（陆　明）

洪合三记

镇名由来

洪合镇是以革命烈士王洪合同志的名字命名的。

这是1949年刚解放之后的事情，原本此地属于古槜李地，至今还存有春秋时代吴越战场的遗迹。现洪合镇旗杆下村九里港上有一座三孔石柱平板桥，称为国界桥，相传为吴越两国分界线。此桥最早是宋人所建，明代重建，清嘉庆十六年（1811）重修。于吴越而言，它只是一个象征性的分界线，因为方圆百里都是两国争夺之地，尤以国界桥南北的两片"草荡"最为激烈。"草荡"上那场槜李大战，孔子在《春秋》里有一记录："五月，於越败吴于槜李。"

关于那场槜李大战，陆明先生的文章中已详说，在此不再赘述。战后的一千多年，此地的行政区划变化较多，直至宋元到辛亥革命时期相对固定。其北部和中部属新塍地区灵宿乡，东部和南部属王店地区长水乡，西部是濮院镇所属乡村。民国时期为塘南乡、国界乡、泰石乡和濮院镇所属村，一度还划为陶泾区和塘旗区，仍为濮院、王店、新塍三地区分辖。1949年7月，建政为塘濮乡、人和乡与问寰乡。

山东日照人王洪合是在1949年5月出现在嘉兴人的视野里的。作为南下干部，他从青州经济南、曲阜等地来到扬州，跟随人民解放军横渡长江，随即过镇江、常州、苏州，绕太湖，抵达湖州，再从湖州直奔嘉兴，到站之后便担任中共嘉兴县王店区首任区委书记。区委设在王店镇，所辖镇乡有王店、蚂桥、建设、人和、南湖等。

据《王店镇志》记载"王洪合身高一米八，浓眉方脸，络腮胡子，十分英武"，是典型的北方汉子。他是山东省日照县汾水镇泉子庙村人，生于五四运动爆发那年。因为家里兄弟姐妹多，母亲又多病，排行最大的他未能上学就做起了雇工。1937年，日本人全面侵华，十八岁的他加入了抗日游击组织，成为一名游击队员。抗战胜利后，他担任日照县涛雒区所在镇的副镇长。辽沈、平津、淮海三大战役后，他参加了南下干部纵队。

王洪合到嘉兴后，遇到两大主要问题：一方面是市面上物资奇缺，物价飞涨；另一方面是当地自成一体的国民兵队和自卫队还有一定的势力。针对粮食不足的情况，王洪合带领的工作组发动群众，开展生产自救，取得了一定的成效。而面对抗战时期自立门户的散匪游兵，处理起来却非常棘手。以泰石桥一带的张椿林为例，他在当地扎根很深，活动范围很广，依仗抗战时期也打过日本鬼子，解放后继续招兵买马，拒绝投诚，成为盘踞一方的土匪势力。

为了更好地找到突破口，王洪合成立了区武装中队，并选择群众基础较好的人和乡素门里为基点，发动贫苦农民，进行清剿土匪的行动。

素门里，一个清雅的名字，仿佛一张宣纸，铺展在江南水乡的某个角落。关于这个名字的由来，很多现在的洪合人也说不清。人们口中有一个从字面上想象的传说：这里曾有良田万顷的大户人家，因喜食素而得名。翻阅字典，"素门"是指门第低微的人，属清寒之家，与士族豪门相对应。还有"素门凡流"一词，指寒门之族，平凡之人。这样看来，此名是当地百姓自谦之称更有可能。

王洪合选择素门里22号作为自己的根据地。这原是一幢砖木结构的小屋子，房子低矮，历经抗战与内战的破坏，原本"素门"的村落显得更加零落。王洪合站在门前，因其个高，能看到屋顶丛生的杂草和残破的瓦片。偶尔吹来的一阵风，把屋角的一片残瓦吹落，"啪啦"一声，让他不禁把手伸向腰间的佩枪。

毛志坤和张椿林是最难对付的两股势力。张椿林还通过计谋，派遣自己的心腹王来生混入区中队，博取信任后，充当了王洪合的通讯员。有"内鬼"的里应外合，到嘉兴仅仅四个月的王洪合在素门里被暗算牺牲。关于王洪合牺牲的细节，版本很多。有传是躺在床上被打死的，也有传是先遭绑架后被枪杀的。直接杀死他的人，更是众说纷纭。土匪王来生、鲁金宝、何云从，都有杀死他的可能，也有人说是张椿林自己开的枪。1996年版的《王店镇志》上是这样说的："1949年9

月7日，王洪合从县委开会回人和乡。因连续辛劳，突然患疟疾，发高烧卧床不起。在医师为王洪合搭脉施诊时，王来生突然对他开枪，病体被枪弹击中，当即牺牲。"

与王洪合同时牺牲的，还有区武装干事李乐楼。两人的尸体被张椿林用船偷运到素门里西南角的一个小土墩上。那天我们去走访时，河边田里的水稻已经抽穗，但野草蹿过了稻穗的头，整个田野上一半是水稻，一半是杂草，不能睹视。那个小土墩所在的角落更显荒芜，因其四面环水，不大有人上去，几棵乌桕和一大丛灌木把土墩盖得严严实实，无法落脚。张椿林不愧为"地头蛇"，对当地地形熟门熟路，能找到这么个孤零零的小土墩，使得埋藏的尸体很难被发现。同去的洪合村人介绍，发现烈士遗骸的是一个到土墩上放牛的小孩，《王店镇志》上记载发现尸体是一年多以后的事情——

王洪合烈士公墓

王洪合（1919—1949），山东省日照县汾水镇泉子庙村人，出身雇工。1942年参加革命，同年加入中国共产党。1949年5月，随中国人民解放军渡江南下，任中共嘉兴县王店区区委书记、兼任区中队政治指导员。是年9月7日，王洪合因患疟疾，请医生诊病时，突然遭到土匪开枪袭击，他坚持与匪徒搏斗。临终时高呼"中国共产党万岁"，表现了无产阶级革命战士坚强不屈的精神。

1950年6月15日，中共嘉兴县委为了表彰王洪合烈士的功绩，将原人和乡命名为洪合乡。

1972年3月，王店镇政府将烈士遗骸安葬于王店镇人民公园内。

（据《王店镇志》摘录）

这两个说法也不太统一。看着四面悬空的小土墩，我有点匪夷所思，四面都是水，小孩和牛又是如何上得土墩的。最近看到油车港镇农民画家张金泉老师的乡趣画《过河吃嫩草》，才觉得放牛娃骑在牛背上，游水到土墩上吃嫩草，不无可能。

中共嘉兴县委为了表彰烈士王洪合的功绩，于1950年6月把人和乡改名为洪合乡，并于1972年建立烈士公墓，以示纪念。

乡里志士周问寰

洪合镇原以泰石乡与人和乡为核心区域。泰石乡靠近运河，人和乡在其南面。泰石乡以桥为名，"泰石"意为保平安、保安定的石头。桥身东侧有对联："击壤兴歌履泰当盛世，鸠工重建架石接平堤"。"击壤兴歌"即用歌谣咏赞美好生活，"鸠工重建"就是聚集工匠重建的意思。一座石桥在一方可以助交通，定人心，意义超乎了寻常。现存的泰石桥是清道光乙巳年间重建，民国三年（1914）重修，保存得相对完好，只是北桥墩有几块石头被盗走了，空缺几步，甚是可惜。泰石桥东侧现已有通行的水泥桥，这座石板平桥已不行人，只是作为象征性的存在。

泰石桥下流淌的是桥头港的水，它们西通幽湖，东接长水，水路交通十分便利。桥身西侧有石联："西望澄波幽湖通澜溪，东传渔唱小艇出长塘。"幽湖，虽名湖，实为港，是春秋时吴人伐越时，因常以水师潜往而得名。长塘即长水塘，相传是秦始皇时期开凿的，目的是为截断想象中的王气。两头都是上千年的古河，在中间位置的泰石桥自然也受到一点古水的滋润。但事情总是两方面的，因为便利，也常带来麻烦，有时北部的太湖强盗兴致高时会通过澜溪行船到濮家塘，再到离运河不远的泰石桥骚扰。为了保护村落安全，一些当地的有志之士就组织保卫团，防御土匪，保境安民。其中较有影响力的一位是周问寰，他曾带领由地方壮丁组成的保卫团在泰石乡击沉土匪一条船，给下马威。后来，贼人少有来犯。

周问寰是土生土长的泰石桥人，在他身上有里人一脉相承的东西，他对泰石桥的感情从日后的各种行为中可以看出，是出自骨子里的。周问寰生于1898年，时至清朝末期，等到他二十多岁时，已是民国军阀割据时期。1927年，直系军阀

孙传芳被北伐军打败，其败兵撤退时经过王店四次，奸淫抢劫，无恶不作。周问寰闻讯后，组织起当地保卫团，对败兵进行阻击，缴获不少武器。镇民在周问寰的鼓励下，也纷纷组织反抗，以砖石砸死败兵十多人。孙传芳的败兵就这样一败再败，败得不见踪影了。

乡里基本稳定后，为了给老百姓创收，周问寰又组织丝绸生产，成立供销合作社，统一购买原料，合力打开销路，使泰石乡因产丝绸而富于其他乡镇。当时镇上有丝绸商号十几家，居民五百余人，老百姓的生活水平普遍高于周边。泰石乡成为在动乱年代里远近小有名气的"安定"之乡。

在为民办了一件件实事之后，周问寰的威信与日俱增。1937年前，他一直担任泰石乡乡长，1938年秋升任为王店区区长。

短暂的安定被日军的炮声击破。1937年11月

泰石桥

在秀洲区洪合镇汤家场村。桥始建年不详，重建于清道光二十五年（1845），民国三年（1914）重修。石柱三孔平板抬梁式石平桥，南北端分别有石阶7级，桥长17.20米，顶宽1.65米，中跨净空3.00米。东西两侧有桥联。东联"击壤兴歌履泰当盛事，鸠工重建架石接平堤"；西联"西望澄波幽湖通澜溪，东传渔唱小艇出长塘"。南北桥台部分桥石被盗。

（据《古桥风韵》摘录）

5日凌晨三时，杭州湾全公亭、金山卫一线，雾气很浓，几艘小船正奋力向金山卫靠拢。岸上的中国军队监视哨因为雾气，没有发现这一情况。等到反应过来，日军的先遣登陆部队已经上来了。紧随其后的是日军以第18师团、第6师团、国琦支队及第114师团为基干的第10军主力部队。因国军主力部队调往淞沪战场，偌大一个杭州湾防御显得捉襟见肘，根本无力抵抗日军的重兵登陆。金山卫随即被撕开一道口子，嘉兴瞬时变成最前线。

嘉属抗日义勇军就是在这个时间创建起来的。创建者是曾得到褚辅成等辛亥革命前辈赏识的律师姜维贤。英雄惜英雄，姜维贤早就耳闻周问寰的名声，特地到泰石乡邀请他参加义勇军。两人寒暄几句，就直入正题。因为周问寰也早有此打算，正苦于势单力薄，这回有志同道合的人邀约，一拍即合，就爽快地应承了。为表示诚意，他还把王店区留有的武器弹药全部交给义勇军。

在爱国人士和当地有志青年的大力支持下，嘉属抗日义勇军队伍迅速扩展，不到一年时间，就成立了六个义勇军大队。其中第五大队，由周问寰担任大队长，活动区域在王店、濮院一带。

在周问寰的带领下，义勇军第五大队先后动员万余人次民工破坏沪杭铁路和杭善公路以及军用电线，给日军纵深推进设置重重阻碍。在诸多行动中，周问寰的足智多谋和勇敢无畏展现得淋漓尽致。他曾亲自率领队员夜袭国界桥被日军控制的机场，让其手下智取王店火车站碉堡楼。尤其值得一提的是他还探囊取物般处决了当时桐乡县的汉奸县长。这值得拍案叫好的事迹，让人想到二十岁出头的辛弃疾，率五十人的北方抗金义军"飞虎队"，闯入几万人的金营，活捉叛徒张安国的画面。所不同的是当时周问寰的年岁还要大一些，已经四十不惑了。

周问寰有勇有谋，除自己率领义勇军战斗外，还配合国军62师，采取诸多行动。1938年5月，周问寰部联合国军62师破坏横跨运河塘的军事要道陡门大桥（陡门大桥原是单拱石阶高桥，为了方便通行，日本人曾架设能过车的斜坡桥），同时还在桥下筑坝，阻止日军乘船南下。运河是当时通往杭州最便捷的通道，早在清光绪年间，日本军部的海军少尉曾根俊虎就在陡门一带，沿河详细记录下了周边情况，名为游历，实为军事侦探。

同年11月，周问寰还与汤家辑联手，在泰石桥一带打了个漂亮的小胜仗。汤家辑是国军62师185旅368团的团长，他是湖南人，妻子是浙江海盐人，与嘉兴有

周问寰全家合影

照片摄于1936年，原题"泰石乡乡长周问寰之家庭"，载《国立浙江大学丛刊：嘉兴县农村调查》（冯紫岗编，民国二十五年六月，国立浙江大学、嘉兴县政府印行）。

所渊源。淞沪会战失利后，他率部进入杭湖嘉地区，开展敌后抗日游击战。周问寰对当地地形了如指掌，368团就与周问寰部合作，利用计谋打了日军一个措手不及，还活捉十余名日军，均押解往后方。

从民国军阀混战到抗日战争，周问寰在老百姓心中像一个地方的定心丸，使敌恐惧，使民安心。1940年5月，刚过不惑之年的周问寰带领义勇军分队袭击驻扎在王店镇西里的日军，因寡不敌众，退至斜港附近时中弹殉难。抗战胜利后，当地人民为了纪念周问寰为国捐躯的功绩，将泰石乡改名为问寰乡。在老百姓心中，保泰石乡安定的，既是泰石桥，也是这个"叩问寰宇"的同乡——周问寰。

教育家张印通

一

秀洲区洪合镇将洪合镇中心小学更名为印通小学。有一回，我到朋友那里，看到他在为印通小学精心刻章。这是值得好好庆贺的事，说明张印通先生的教育思想、对教育的感情和对教育作出的贡献，还被人们记在心中。

张印通，字心符，1897年生于泰石乡张家湾，比同乡周问寰大一岁。他出生的第二年，梁启超等联合百余举人上书，请废八股取士之制。光绪三十一年（1905），清廷正式废除科举制，有着七百年历史的八股文寿终正寝。就在这个历史节点上，张印通到了上学的年纪。他与乡里的同龄人一起进入新办的泰石桥小学念书。泰石桥小学是其父张庭华和乡亲们一起创办的。张家以前家徒四壁，张庭华带着全家男女以织绸为生，起早摸黑地干了数年，家里渐渐宽裕了。看着村里的孩童无处上学，张庭华思量再三，极有远见地号召乡亲们齐心协力办学堂。泰石桥小学就是在张庭华的带领下筹建起来的，也成为当时乡村里较早的新式学堂。

张印通像

张印通（1897—1969），字心符。嘉兴泰石桥人。1917年浙江省立第二中学毕业。考取公费生赴日留学。1923年日本国立东京高等师范学校毕业。回国后历任浙江省立第二师范、省立二中、江苏松江女中教员。1931年起任浙江省立二中校长。

（据《嘉兴市志》摘录）

张印通没有辜负父亲办学的苦心，从小喜欢读书的他，从泰石桥小学毕业后，考入嘉兴县立第一高小，之后又考入浙江省立第二中学（其前身最早为鸳湖书院，明朝崇祯年间知县李陈玉所建，是现在嘉兴一中的前身），从此张印通和相差一岁的同乡周问襄走上了完全不同的道路。他们两人，一个在外为教育事业作出杰出贡献——立足长远；一个在内保境安民，帮助乡亲们谋福利——解决眼前实际问题。一远一近，一文一武，为的却都是心中的理想，可谓殊途同归。泰石桥人在为这两位同乡感到骄傲的同时，都知道他们还有相当的缘分：1949年后，周问襄家的四合院被安排做了泰石桥小学的校舍，这在当时比其他农村小学的校舍要好很多。冥冥之中，周张两家又汇合在为家乡后人作贡献的道路上。

　　1917年，张印通以第一名的成绩毕业于省立二中，受到计仰先校长的器重和鼓励，于1918年报考官费留日。此时新婚不到一年的张印通，为了心中的理想，在得到家人的支持后，远赴日本，入东京高等师范学校学习。东京高等师范学校是现在筑波大学的前身，在当时的国际影响力很大，很多优秀的中国留学生也在这个学校学习。张印通在东京师范学校学习时受到很大触动：日本虽然军国主义势力不断膨胀，但对教育却依旧十分重视。回国后，他即投入教育事业，先后在浙江省立二中、二师、江苏松江女中做教员。在教书育人的过程中，张印通建立起"教育救国"的信念，他提出："改进社会，振兴民族，以教育为最重要之工具。"心中有所想，便义无反顾——此言几乎是他献身教育事业的誓师词。一日为师后，他在主观上便再也没有放弃过教育，放弃过学生。

　　1931年，张印通担任浙江省立二中的校长。九一八事变爆发后，国内局势紧张起来，但真正使嘉兴陷入危机的是七七事变。很多学校在慌乱中停办解散，部分学生随家人投亲靠友，四处逃难，整个嘉兴陷入一片混乱。张印通考虑再三，决定暂时把学校迁到相对偏僻的新塍。新塍自古以来就有很多躲避战乱的人前来隐居，其中一个很重要的原因是它的水路交通方便。澜溪塘和严墓塘可以通往铜锣、湖州方向，乌镇塘则可以通往杭州方向。印通先生选择新塍作为学校暂时迁居点，想必也考虑到了后路。果不其然，在新塍上课刚刚"满月"，日军重兵就从金山卫登陆。虽然大家都明白嘉兴遭受侵略不可避免，但金山卫登陆还是突发性的，日军选择大家还在睡梦中的凌晨，以大雾为掩护，以压倒性的兵力强攻上来。面对局势，张印通校长当机立断："南迁。"虽然经费不足，前途未卜，但逃亡总比等着被残杀、被奴役好。由于时间紧迫，他无暇顾及在泰石桥的妻儿老小，只托人捎口信嘱咐妻子带领一家人到湖州的新市相会。1937年11月11日，张印通带着两百多名师生匆忙离开新塍，踏上流亡之路。11月17日，三架日机轰炸新塍镇，当晚有小股日军潜入新塍，残杀居民十多人。11月19日，嘉兴沦陷。二百多人逃亡，而且都是稚嫩的学生，从上述时间的排列可见当时有多么急迫。

按照文字记录，打开地图察看张印通与师生的南迁路线，可以看到队伍是从新塍镇上的河道进入澜溪塘，一路向西南方向行进，经过乌镇、练市、含山，到达新市。此时，张印通的夫人带着四个子女也匆匆赶来相会（其母不愿离开家乡，没有同行）。家人虽然团聚，但张印通带领队伍走在最前面，根本无暇照顾跟在后面的他们。夫人本身多病羸弱，最小的孩子才四岁，一路赶得很辛苦。队伍从新市再次启程，经过塘栖古镇继续向西南进发，过了余杭，便是临安。水路断头了，张印通带着师生们在於潜上岸，做短暂的修整停留。因为时时想着学生的学业，他在於潜安排师生上了两个礼拜的课，不曾想背后忽传杭州沦陷，炮火已经炸到了脚后跟，队伍不得不再次南行。屋漏偏逢连阴雨，此时张印通的夫人忽然病重，卧床不起。在两难抉择下，他走到夫人病床前，哽咽着说："我必须先走了，希望病好后能赶上相会，万一不行，后事我已托人妥办……"张夫人此时也明白，自己的丈夫已经不仅仅是一个小家的家长，而是这二百多师生的大家的家长。

队伍再次出发，张印通率领师生又步行经过分水、桐庐和建德，于1938年元旦到达兰溪。在兰溪小住三日继续步行前行，为避敌机轰炸取小道绕过金华，再沿公路经过永康、缙云、丽水，终于到达目的地——浙南山区小镇丽水碧湖镇。

这一走六七百公里，为避开日本人的迫近，还要兜好多圈子，实际距离可能还远远不止；这一走差不多两个月时间，除一小半路程坐船，一大半是靠步行完成的。而且这不是一支训练有素的军队，而是一支由十四五岁（有的甚至还要更小）的学生组成的队伍，绝大部分孩子从未离开过家乡和亲人。一路上，他们像一群晚启程的候鸟，跟着他们信赖的张校长，跋山涉水，饱经寒霜，在路上度过了一整个冬天。对于他们而言，这无异于一次长征。武侠小说家金庸先生也在队伍当中，他回忆起这段经历时说："当时我们才十二三岁，每天要步行七八十里，风餐露宿……走不动了，就唱支歌……"

更让人揪心的是，因为南迁仓促，没有时间筹集经费，要维持这么一支队伍的日常开销，还要添置抵御寒冬的衣物，实在困难重重。这些，学生们是不太清楚的，而作为"家长"的张印通校长却暗自心急如焚。还好天无绝人之路，时任国民党苏浙边区绥靖公署主任、淞沪前线右翼军总司令张发奎，因为长期驻扎嘉兴，佩服张印通校长的为人，在得知情况后，派遣参谋送来一千元大洋，以资助师生们渡过难关。张印通当着全体师生的面收下这笔钱，并保证以后在大家的监督下节约使用。

到达碧湖后，国民党浙江省政府把已陷于敌手的杭嘉湖地区七所公立学校合并成立临时联合中学，分设高中、初中、师范三部，张印通被推任为高中部主任。后来，三个部独立成为临时联合高中、联合初中、联合师范三所学校，张印通任临时

项氏墓

在秀洲区洪合镇良三村项家浜。

2009年列为嘉兴市市级文物保护单位。

墓地原来的规模很大，有石人、石马、石牌坊，右侧有一水浜，名项坟浜。相传明代大收藏家项元汴的墓也在此。项元汴（1525—1590），字子京，号墨林山人、墨林居士、退密斋主人等。家富厚，收藏法帖、名画以及鼎彝玉石，甲于海内。项氏以天籁阁名传后世。阁早毁，遗址在今市区中山路瓶山西侧，尚存古井一口。

（据《嘉兴市志》摘录）

联合高中（简称"联高"）校长。一切总算安定下来，令人欣喜的是，张印通的夫人病情好转，与子女一同赶到碧湖与先生会合。

二

张印通先生的家乡要把小学名称冠以先生的大名，想必是要继承他的教育思想、教育理想和教育责任。张先生的理想，自他从日本留学归来，就以办好教育为己任一以贯之。他的教育思想更是广博、深邃。1986年，南湖畔嘉禾饭店隆重举行张印通先生纪念会，期间出刊集子《纪念张印通先生》。通读全集可以从他的同事、学生、亲人和乡亲的叙述中，了解先生的思想于一二。本文的很多事例也参考了这本纪念集。

在所有教育思想中，我个人觉得先生的"生本"思想是基石，也是他在言传身教中贯彻得最为彻底的。"本"乃根本，教育的根本就是让朝气蓬勃的学生受到教益，而不是抛开，甚至嫌弃。

在撤离新塍之前，张校长召开教师大会，他说："嘉兴中学不能放假，不能解散，嘉兴中学的师长不忍看着几百个学生沦陷在嘉兴当亡国奴……"有人问，校产怎么办？他说："整理好，能带走的带走，不能带走的寄存起来，若把校产比学生，校产是有价的，青少年学生是无价的……"这是张校长同事的回忆。

在逃亡途中，张先生始终把学生放在第一位，甚至连自己的亲人也照顾不到。除嘉兴中学的学生，他还设法收留很多其他学校的学生。嘉兴中学（简称"嘉中"）在南迁途中，碰到了同样逃亡的嘉兴女中师生。当时女中已经无法维持，就地解散，张校长闻讯，就把他们的学生找来，允许在嘉中借读，使这批学生不至流离失所。除了嘉兴女中，张印通校长沿途还收留了部分湖州中学、杭州初中的学生，甚至还收留过江苏个别县中的学生。在张校长眼里，只要是落难的同胞，不管是不是嘉中的学生，都是他的学生。

在教育过程中，张校长宽严结合。一方面他对学生极其严格，比如学生一律穿校服；男生不准留长发，女生发不过耳际；佩带符号，并有臂章表明学号……他对学业抓得也非常紧，即使日机袭击碧湖时，学校也没有停学，只是决定每天早晨提早开饭，若警报一响就带着自己的行李、荷包饭疏散校外，在树林里自修，待日落后再回到学校，晚上上课。这种跑警报的学习生活，汪曾祺先生曾在《跑警报》一文中也有类似的记述。汪曾祺把"跑警报"写得妙趣横生，张校长带领的学生也没有喊苦。这些在抗战过程中深受磨难的人，很会苦中作乐。

另一方面，张校长又是宽容学生的，他始终为学生的前途着想。武侠小说家金庸在联高时涉及过一起"壁报事件"。学校有一个任学生自由编写的壁报，金庸因在壁报上写了一篇《阿丽丝漫游记》，以乱喷毒汁、大眼吓人的眼镜蛇形象讽刺严苛的训导主任，遭学校开除。张校长惜金庸之才，通过同学的关系，帮助他转学到衢州中学，使金庸先生没有辍学。

除了维护金庸，张印通校长还为另一群学生辞去了联高校长职务。1942年春，日军多次侵犯浙南，占领金华，丽水危在旦夕。学校得从碧湖镇迁往更为偏僻的海拔六百多米的南田村（今属文成县）。南田村是瑞安、青田、文成的交界处，交通虽然封闭，但小气候好，是高山平台，有"大旱不绝收，大水不漂流"的环境。这里又是刘基的故里，民风好，而刘基庙又给办学提供了现成校舍。当时，其他学校都收到了国民党教育厅发的搬迁经费，唯独联高没有收到。学生们很激愤，把教育厅厅长许绍棣的屋子给围了起来。随后教育厅张贴布告，用"思想偏激，行为不轨"罪名开除为首的几名学生。张印通校长想尽办法，顶着压力给这几个学生发了"肄业证书"，为他们离开联高后，继续有书可读，提供了条件。

为了这次争执，张校长不得不引退辞职。每个人的立场不同，做事情的出发点也是不同的。作为校长的张印通先生始终站在学生的立场上，他的出发点就是要把教育办好，把学生培育成才。有学生回忆在从碧湖镇搬迁至南田村路上困难重重：学生生病，日机轰炸，食物紧缺。一天傍晚，师生们被张校长唤到小溪边的草地上，他们第一次看到这位为教育呕心沥血的校长流着眼泪无比伤心地说："我印通一生致力办学，办到这个结果，简直办不下去了。"这番肺腑之言，足见其对教育的赤诚之心。

为了在战乱中保全嘉兴中学，张印通校长几次顾不上自己家人的安危，这看起来似乎有些不近人情。但仔细想想，在那样的环境下，又是人之常情，因为对一个有识之士来说，都是想要承担更大的责任的。

张印通校长是有更广博的心的，他宽怀地容纳着学生，所以在与学生讲话时，有句口头语：我们要好啊……

三

　　纵观张印通校长整个南迁的壮举，其目的是要把学生保下来，"留得青山在，不愁没柴烧"。所以当部分学生因为各种事件，遭到学校开除时，他会想方设法地进行保全；当其他学校的学生流离失所时，他会伸出援助之手。

　　回过头来看，他为国家保存了最有潜力的一股力量，是相当了不起的"抗日"行为。怪不得经过桐庐时，与刚英勇参加完淞沪会战的国军57师师长阮肇昌相遇（57师在淞沪会战伤亡惨重），阮师长无奈又赞许地说："张校长你真了不起，带回了一个营；我只带回了一个连。"

　　带回来的一个营，需要怎样的教育，在张印通校长的治学细节里可以看到他的原则：立学先立人，立人重骨气。

　　九一八事变后，日寇全面窥伺中华民族。1936年9月18日夜晚，学生已熄灯就寝，张校长突然下令紧急集合，全校师生汇集大礼堂。他激愤地说："五年前的这个日子，也是这个时候，日寇侵占了我国的东北三省……"学生们被他讲得热泪盈眶。在当时的环境下，"骨气"就是不奴颜婢膝，不忘记国耻。在多年的教育生涯中，因为耻于"东亚病夫"的称号，张校长在安排教学之外，特别注重体育锻炼。除早操、课间操外，每天下午还要增加一个小时的课外运动。

　　七七事变刚发生时，日机袭击嘉兴机场，战机起飞迎战，不幸被日机击落。张印通校长不顾安危，跑到现场，拾回几块飞机残骸。他要把这些残骸带到学校，让师生们记住日寇侵略中华的罪恶。他常说："现代之战争，战场不在郊外，而在学校。"

　　身为中国人，有一颗中国心，不向日本人低头，不做汉奸，在当时是所有"骨气"之首。因为精通日语，张印通校长不是没有遭到过骚扰和威逼。1943年，他在辞去联高校长后，因为要侍奉老母亲，一直默默地安守在泰石桥。当地日伪保长上门征收苛捐杂税，张家没钱交税，被保长训斥，逼张校长出来为日本人办事。张校长为了躲避日伪的纠缠，偷偷跑到濮院一亲戚家的店铺内，设卖香烟和火柴的小摊，低调过日，不与日伪有任何联系。

　　除了注重气节之外，学生的学业当然也是至关重要的。南迁途中利用一切机会让学生复课，在碧湖镇让学生边跑警报边学习，都是很好的例子。同时，张校长也为学生们挑选了一支素质过硬的教师队伍，有人说："张校长选教师，比人家挑女婿还认真。"国文老师胡宛春、何植三，数学老师章克标，英语老师王哲安（王国维的弟弟），化学老师杨次联、何斐纯，生物老师陆志光等都是学科上响当当的教师。可以这样说，抗战时的联高，是张印通校长千难万难转移出了一群千里马，也是张印通校长为这群千里马寻找到了一批伯乐。

严肃治学，并不表明是死读书。联高同学的课外活动也是丰富多彩的，不单是演戏，还有正音学社的歌咏、乐器演奏，成立绘画小组（设有画廊），编辑刊物等，甚至还有联高同学排演《茶花女》，面向社会公演。

事实证明南迁途中阮师长的话一点也不为过，张印通校长带出来的学生，不仅能文能武，而且能歌善舞，日后有很多都成为栋梁之材。

在师生眼里的好校长，在当局眼里却并不一定是。

那是一个秋天的早晨，山里的薄雾将送行的人群软软地围住。天气已有几分凉意，张校长脱下往日身穿的那身黑布制服——他要求学生穿制服，自己也带头穿——换了一身旧长衫，在全校师生的围绕下，缓缓地走着。当即将走到通向山脚的路时，张校长突然转过身来，含着眼泪微笑着说："同学们都回去吧，好好继续学习，将来不做大官，要做大事……"学生们很多都哭出了声。张校长的这一语足以道出他全身心投身教育的真正宗旨。学生们不肯回去，最后推选出数十人继续护送张校长下山。行船远去，还不愿收回目光，南田村的整座山上传来联高的校歌："苍山挺秀，瓯水萦清，在碧湖集青年之一群，锻炼体魄，整顿身心，相期救国与救民……"

四

1954年夏天，泰石桥村张家湾的田间地头经常可以看到一个老人在劳动。他虽然与泥土为伍，但眉宇间透出不凡的英气；虽然穿着朴素，但言语中总有一股知识分子的文气。看到有人经过，他总是和蔼地笑着，空下手中的活，搭讪几句。也经常有人来向他请教问题，他总是耐心地帮人解答。

这位老人，当地人亲切地称他"心符先生"，年纪轻些的，唤他"鼎伯"。他就是原嘉兴中学校长张印通先生。他的乳名叫"鼎宝"，除了家人和乡亲之外，很少有人知道。

国界桥

在秀洲区洪合镇洪合村旗杆下。桥为南北向，横跨九曲港上。相传此为春秋时吴越两国分界处。桥南北旧时为南北草荡，为吴越战场遗址。

国界桥长13.2米，阔1.5米，五级台阶，为石柱三孔平板抬梁式石平桥。始建于宋，现桥建于明代，清嘉庆十六年（1811）重修。

1981年列为嘉兴市市级重点文物保护单位。

（据《古桥风韵》摘录）

心符先生自担任嘉兴中学校长以来，在家乡住的时间不多，较长的有两段时期。第一段是因为他辞去联高校长职务，回家探望老母。年迈的老母亲看到久别的儿子，坚持不再放他远行。张印通先生秉性孝顺，遵命侍奉在侧，并推掉了龙泉浙大的任教邀请。第二段是受"左"倾思想影响，他被错误处理，回乡参加劳动学习。

不管是哪一段时期，心符先生都只能在默默等待中度日。他等待的是教育理想被重新点燃，教育才华又有用武之地。令人欣喜的是，第一段时期，因为抗战的胜利，他在家乡等待的时间并不算太长，前后三年左右，他被重新任命为嘉兴中学校长。而在第二段时期，他却没有等来想要的结果。1951年3月，心符先生被派去华东人民革命大学浙江分校学习，被要求投入思想改造，向组织交代自己的政历。1954年7月被迫回乡劳动，被以"地主分子"对待。

面对不公正待遇，心符先生并没有抱怨，而是积极投入劳动，竭力帮助乡亲。事后可以想见，他在忍受孤独时，一定还保持着内心追求，希望有朝一日能重返教育事业。

他安心地参加劳动，每天早上和社员一样等待队干部派工。乡里人本性纯朴，也知道心符先生的为人，就尽量安排他做一些"看晒场、搓草绳"等轻便的活。在乡下劳动的十多年里，心符先生做得最多的工作是丈量土地，他的脚印几乎遍布了泰石桥的所有地方。有时他也发挥知识的力量，帮助队里测算稻谷仓库的容积，粪池建造所需的材料等。有些孩子到他家里玩耍，他就教他们认字、书写和念古诗。

在乡间，心符先生通过自己的劳动挣得口粮与柴草。冬春的青菜、夏天的丝瓜、西红柿，秋天的老毛豆，都是他自己翻垦土地，种出来的。他对生活是无挂无碍的，隔壁村一户人家发生火灾，他把辛苦劳动积攒下来的钱全部捐给了受灾户。为了支持村里发展畜牧业，他把宅旁自家的一棵老树变卖掉，帮助农户买苗猪。

别无他求，只是等待。一个早年留学日本，学成归来，全心献身教育事业的人，在泰石桥的乡间，等待为自己热爱的事业再发挥一点余热。但是现实没有给他机会。1969年的春天，乍暖还寒，原本身体还很好的心符先生，因为天天凌晨外出劳动，患上感冒。随后病情日益加重，感冒转为了哮喘，后送医院，却因为种种原因得不到有效治疗，在无一子女在身边的情况下，与世长辞。

到此，泰石桥张家湾人心符先生画上一个让人悲伤的句号。在翻阅《纪念张印通先生》的集子时，有激动，有佩服，也有虐心。老子在《道德经》里说："含德之厚，比于赤子。"傅雷先生在家书中也曾提到："赤子便是不知道孤独的。赤子孤独了，会创造一个世界，创造许多心灵的朋友！永远保持赤子之心，到老也不会落伍……"心符先生对教育一往情深，也可比于赤子，难以想象他在泰石桥的最后十多年里，是怎样的孤独。那场特殊环境里不幸的感冒，也许是助他以掩其孤往之怀的解脱。

　　一个教育家不能在校园里从事教育，于他个人而言是可悲的，于这块土地而言是巨大的损失。

（邵洪海）

陡门往昔

陡门镇踪

陡门，是用来节制水流的一种水利设施。陡门二字，意为在水流较陡之处安上闸门，以便关水。关水的地段往往河道狭窄、水流不稳或者水位较浅，船只航行比较困难。关水的目的主要是蓄水，水位提高之后，航船就可以比较顺利地通行了，这个作用与现代的船闸相同。所蓄之水也同时可以用于灌溉或防洪。比如到了灌溉季节，遭遇干旱，陡门关起来的水，就可以用水车引水上岸，灌溉运河边的良田。这个场面往往很盛大，丰子恺先生有一文《肉腿》描述过这一情景："十八里运河两岸，密接地排列着无数的水车。无数仅穿着一条短裤的农人，正在那里踏水。我的船在其间行进，好像阅兵式里的将军。船主人说，前天有人数过，两岸的水车共计七百五十六架。连日大晴大热，今天水车架数又增加了。我设想从天中望下来，这一段运河大约像一条蜈蚣，数百只脚都在那里动。"

在古代，运输主要依靠水路，像陡门这样的水利设施比较普遍，在各地的运河或其他河道上，均有它的身影。秦始皇时期开凿的灵渠，至宋代已明确记载有陡门三十六重。浙江境内也有多处陡门。本文所要追踪的陡门位于嘉兴境内、长约一百十公里的运河之上。嘉庆《嘉兴府志》卷四《市镇·陡门镇》所载："（陡门镇位于）县治西二十七里灵宿乡，镇夹运河。"据民国九年（1920）里人朱仿枚的《新塍镇志》卷一《疆域》记载："陡门塘在（新塍）镇南二十里。"两项记载确定了陡门的横纵坐标。该处陡门设置的原因，明代李日华《紫桃轩杂缀》说："唐以前自杭州至嘉兴皆悬流，其南则水草沮洳以达于海，故水则设闸以启闭，陆则设栈以通行……至今有石门、陡门之名。"清代沈廷瑞《东畲杂记》:"陡门本堰名,隋以前止有杉青闸,而无长安坝,凡运河以南皆为上河,故自石门而北,一路皆置堰,以蓄水,直至杉青闸而止,以石门、陡门水口较大,往来通衢,故以门名。"从两处记载来看,陡门的设置时间至少可以追溯到隋唐时期,设置的原因主要是此航段水位西高东低,悬流众多,因此设闸蓄水,控制水速,以利往来舟航。

陡门集镇,镇以门名,是因为该镇的发展,主要与陡门这一"门户型"的地理条件联系在一起。陡门位于京杭运河、濮院港和新塍塘的交汇处,南临濮院,北靠新塍,东去三塔,西近桐乡,是运河嘉兴段以西,现秀洲区境内的最后一个重要门户。另据民国朱仿枚的《新塍镇志》记述:"新塍疆域东西北皆在汛弁辖内,南至陡门,疑于太远,顾

陡门镇轮船码头遗迹

昔日此处人头攒动,现只剩残石。

（故）陡门旧为镇，今既废矣，例得附载，且与濮院究有塘南北之分，不嫌王氏争墩也。"由此可见，陡门发展为集镇的原因大致有二：一是水路的交汇处汇集了人气，行船在运河里走上一段也需要上岸歇一歇；二是老百姓的实际需要——陡门处于各镇中间的过渡地带，相对于古代的脚力，是前不着村，后不着店。同时，它又沟通了运河南北往来，所以塘南塘北的老百姓就自然集而为市了。

　　陡门镇的规模并不大，万历《秀水县志》云："（该镇）南北廛居仅二百余家，较诸镇，最为阒寂。民务耕桑，女勤纺织，颇多朴茂之风。"较诸镇，应该主要是与周边的新塍、王江泾和濮院相比。明清时期，这三个地方加上陡门被称为"秀水四大镇"。尽管阒寂，但这个小镇有其自己的特色，最为出名的有四大业：运输业、旅店业、酒业和布业。得益于水路的便利，陡门的运输业向为发达。和长安、石门相似，大小码头建满小镇周边，布匹、粮食等出产物均从这些码头装货上船，运往各地。濮院港、新塍塘及运河中的航船，也常把陡门当作中转站。这样旅店业和酒业也就随之发展起来了。钮世模（字云逵）的《新溪棹歌》有："阿侬家住大通桥，夹岸重杨映酒标。郎到石门湾里去，武林一路水迢迢。"钮著《新溪棹歌》还有一首写到陡门的酒业："闻得苏泉酒可沽，秋菱初熟著南湖。蟹胥竟说汾湖好，肯羡松江巨口鲈。"两首棹歌让人浮想出这样一幅场景：在水中航行了一整天的船只，远远望见陡门桥边集镇上随风飘荡的精致酒标，耳边传来岸边姑娘用水流般的嗓子所唱的棹歌，心里顿时松懈下来，不想赶路了。再抬头看看天色已晚，目的地水程迢迢，就自我安慰，还是船泊河埠，上镇歇息，隔日再走吧。来到镇上，看到同样歇船上岸的人络绎不绝。这时，吴侬软语在耳边响起："客官，劳累了一天，喝碗吾啦自家酿的'苏三白'，压压惊。吾啦酿酒的水，都是苏泉的水哦"（苏泉在陡门集镇边的本觉寺内，汲泉造酒，清香醇味，称为苏泉三白。村中每于菜花开时，酒名曰菜花酒。土酿之酒名曰三白，古有仿绍兴制法，曰绍酒。其外又有烧酒、甜酒二种）。于是，有些疲倦的客商便坐下来，要一碟花生米，几块豆腐干，再来两碗"苏三白"，吹着运河塘里刮来的风，呷宜（惬意）一回。酒足饭饱后，吹着运河的风逛荡一圈，便早早地在小镇的旅店宿了，明早天蒙蒙亮就可以出发。

　　前些日子，去已经废弃的小镇上缅怀了一下。从小在陡门长大的朱余庆先生跟我说，南桑北道，运河塘的南岸种桑树，疏浚运河的泥挖起来都放在南岸。北

陡门旧街巷

旧街巷房屋所剩无几,大部分原陡门集镇的人搬出去了,住在新建的小区洋房里。陡门茧站的房子还在,房屋残破不堪,只有边上一间还开着一家小店,为镇上仅剩的居民提供服务。

岸则是官道,拉纤的纤夫就在此道上行进。纤夫拉到陡门镇,都要停下来,豪饮一大碗酒,权作解渴和为自己加劲,然后继续前行。除了运货的码头外,朱先生指着他家门口一块塌陷的大石头说,这是以前的客运码头,北面新塍、八字、上仁浜,西面万民等地的人都赶到陡门来坐轮船。他说,在轮船出现之前,有一种客运快船——所谓快船就是一天能从嘉兴打来回的,快船的动力有摇橹的、踏水车的、风帆的、拉纤的,抑或是几种结合的——是进城主要的交通工具。

陡门的布业早有名声,当时织布的有二百余家,几乎是家家户户了。朱仿枚的《新塍镇志》记载:"新塍镇南十八里(一般说为二十里)陡门镇,村人织布最坚细,名陡门布。"清朱彝尊《鸳鸯湖棹歌》第五十八首云:"五月新丝满市廛,缫车响彻斗门(即陡门)边。沿流直下羔羊堰,双橹迎来贩客船。"农历五月头上，春蚕吐丝成茧，妇人们剥茧抽丝，已准备好绵兜（丝绵半成品），只等客商到来。客商主要来自濮院一带，那里是丝织品的主要出产地。陡门是客商们愿意来的地方，沿途有酒喝，有羊肉吃（新溪羊肉名声大），行程休闲，除了收丝织半成品，顺带做一些布匹的生意。同是清人的朱麟应《续鸳鸯湖棹歌》也有记载："夜听鸣梭出远邨，家家纺织古风存。入城草布知多少，半是桐乡半陡门"（草布，村落间织以为业，见《方舆胜览》，今桐乡陡门出者佳）。《中国通史》（上册）清时期也说："在秀水，'绸之类佳者曰濮院'，'布之类佳者曰陡门'。"可见当时的陡门是家家"织女忙"，日夜"机杼声"，陡门布名噪一时。

　　除了以上四大业外，陡门民众主要还依靠蚕桑和稻谷谋生。由于运河和其他支流的灌溉，陡门周边的田地还是相当肥沃的。以至于明万历戊子年间，官府在当时称为秀水四大镇的陡门、新塍、王江泾、濮院同时建立常平仓（常平仓：谷物贵则减价以出，谷裕则增价以入，以平抑物价和备作救灾物资）。钮著《新溪棹歌》有云："秋成难卜义仓盈，一片荒基饿雀鸣。却笑临翁称足谷，不将困指复常平。"

大通桥影

　　陡门有跨塘大通桥，俗称陡门高桥或陡门大桥，位于秀洲区原八字乡陡门镇东（今属新塍镇）。据嘉兴府、县志记载，该桥初建于明嘉靖年间，为单孔大型石拱桥，长三十五米、宽五米。太平天国时期被毁，清光绪十六年（1890）重建。该桥是原秀水县西部运河上的唯一桥梁，是沟通运河南北的交通要道，大通桥也因此得名。桥旁有两个村庄，均以桥命名，东是陡门村，西是大通村。据大通村朱余庆先生讲，他年轻时在桥上架过电线，挑过谷担，曾数过桥的石阶，南为三十四阶，北为三十二阶。抗战前，陡门大桥为新塍至濮院、王店的必经之路。朱先生指着他在陡门大桥被拆前拍的照片介绍说："日寇入侵时期，日军在新塍至濮院筑起一条行军公路。曾在大通桥两端垒起石桥墩、石桥上筑起石支柱，上面用外国洋松架起木桥供部队行军和行车。可听当地老人讲，此桥架好后，似乎只看见一辆日军的试路车行过此桥，后来再也没见过日本鬼子有车辆通行。"照片上

陡门大通桥

大通桥横跨京杭运河。明代嘉靖年间建，清光绪十六年（1890）重建。单孔拱形石阶桥，长35米，宽5米，为嘉兴市西部农村境内运河上唯一古桥梁。历代诗人多有吟咏：

戚将军垒大旗飘，斥堠烽烟靖斗刁。
西水驿来三十里，风帆齐指大通桥。

——沈涛《幽湖百咏》

1995年拓宽运河时，大通桥被拆除。

（据《嘉兴市地名志》摘录）

的陡门大桥边的确有两个高高的水泥石墩子。

陡门大桥是陡门的象征，用现在的话说就是陡门的标志性建筑物。只要你一提到陡门，当地人的第一印象便是这座高桥。听年长的人讲，过去有些年纪轻的人为比赛谁的勇气大，常爬到桥上，看谁敢在桥上往下跳。然后听说真的有这样的英勇之士从这几十米高的桥顶一跃而下的，跳下时还高呼一声"就当爹娘白养"。这场景只存在于我儿时的想象当中，常让我倒吸冷气，认为他们是有真勇气的。只是现在想来"就当爹娘白养"一句好像自私了一点。我没见过从陡门大桥上往下跳的人，但见过在运河里游水的人。炎热的夏季，运河边的少年三五成群地到运河里游水。水虽急，浪虽大，但他们个个似浪里白条，熟谙水性。而这群孩子中，我却是个例外，原因是母亲怕我出事，不让我下水，所以到现在我还是只旱鸭子。陡门大桥东面还有两座窑厂，工人在出窑完工后，一脸砖灰，往往也选择到运河里洗浴。有几个年纪轻的，不管三七二十一，剥光衣裳，光屁股纵身一跃，跃入运河的怀抱。他们不怕难为情，倒是路过的妇女，掩面，又笑又骂，快步走过。

陡门大桥和运河一样，是受到当地人敬畏的。运河相对于江南众多的小河来讲，是一条大河了，且因为运河中常年船流不息，所以水急浪大，平时小孩子是不准单独接近或者游泳的。陡门大桥也是如此，是小孩子的禁区，大人一旦发现小孩上桥玩耍，就会发无数道"口头金牌"将其招回家中，女孩一顿臭骂，男孩一顿棍棒或者被揪着耳朵训斥是少不了的。在这样的严管之下，胆小的女孩基本上没有再敢登大桥一步的，但是男孩心中的"男子汉气概"却往往隐隐作祟，越是禁止，就越有挑战的欲望。

然而据史料记载，古时的陡门大桥没有如此的禁忌，而是人来人往，川流不息。站在陡门大桥上看风景，是一种享受。向东看，塘北有绿荫浓密的本觉寺和三座气势雄伟的牌坊，其中一座还清晰地刻着"圣旨"二字，意为乾隆皇帝御赐；塘南有迎风站立的月朗亭，钮著《新溪棹歌》云："石尤风急水无潮，百丈牵来几折腰。月朗亭前看月出，估船齐过大通桥。"向西看，塘北有新塍塘的水缓缓流来，上架一座观音桥；塘南有濮院港的船至而落帆，穿迎春桥汇入运河。再向桥下看，船只"百舸争流"，到晚上更是"江船火独明"。

如果是清明节前后到陡门大桥，桥上岸上更是人山人海。朱仿枚的《新塍镇志》载："自皂林抵万寿山官塘，皆濮氏修筑，人称濮家塘，亦称北塘。清明日，乡人每圩各装一船，为划船之会。用毛（竹）棚，船中鸣锣鼓。一人椎髻簪花，作蚕妇装，先翻叶仙诗，卜价之高下；次为把蚕、秤茧、缫丝等事，以卜蚕丝之丰歉；又一人农服作田夫装，先下秧田，此为种秧，踏车耘苗，刈获打稻之事，以卜田岁之丰歉，盖豳风之遗意。演毕，弄刀剑、钢叉，以习武，事亦农隙讲武之意。或一人赤体试拳棒，或两人对搏，盖仿古白打之戏，皆会于万寿山、陡门等处，划船数十，往来如织。士女划舟往观甚众。"这就是盛极一时的濮家塘划船会。划船会最为高潮的部分是在陡门西七里的秋千泾至陡门东三四里的白云桥漾之间的运河塘水域，而最佳的观赏点就在陡门大桥上。百十来条船竞相冲刺，船尾上所插的"浙西世家"等旗帜，也都激烈地向后抖动。船上的年轻村民做着各式动作，吆喝着向前行进。这是他们一次表演的机会，小伙子们个个都很卖力，因为站在岸上、桥上看的都是女人，而且年轻姑娘居多。钮云逵的《新溪棹歌》云："正家桥畔试秋千，驿路桃花唤杜鹃。杨柳烟浓寒食近，踏青士女看划船。"踏青季节，本身就是谈恋爱的时光，年轻姑娘看中船上的小伙，船会后托媒人说一说，成几对也是有可能的。唐竹林《新溪棹歌》这样描述姑娘们看船会的性急画面："曲曲滴流连市廛，白云一朵奉先天，红妆争上桥头立，三月初三看快船。"

陡门大桥和陡门人的生活紧密地结合在一起，人们因为敬重它，也就赋予了它一些传说。相传在运河三塔塘附近有一家穷人，男的叫陶公，女的叫陶婆，两人生了个满头长满癞痢，满身长满疥疮的儿子，人们称他们的儿子为"陶疯子"。陶疯子长大立志行医，治好了九庄十八村的癞痢和疥疮患者，还用从富人手中收来的诊金造了一座大桥，以方便运河对岸的农民前来治病。这座桥就是后来纪念这个"陶疯子"的陶家笕小集镇西面此段运河上的唯一石桥——陡门桥。从传说里，我们看到老百姓对捐资造桥人的颂扬。而事实上，陡门大桥的建造与修缮的确依靠了很大的民间力量。古时只要从桥洞下穿过，就能看到桥洞内南北两侧镌刻着的曾为大桥重建捐资之人的姓名和他们的捐资数目。其中就有一个叫高墉的人，他字晴皋，南乡金圩人，议叙翰林待诏。少时孤而无弟，勤俭起家，富而好义。清咸丰十年（1860），庚申之乱，太平天国运动影响嘉兴，贫民食尽，高墉自浦东运米贷给乡人，几乎不取利息，以此使八百余户乡人生存下来。后来，他又做了"几助婴堂钱米""创筑梅溪堤埂""重建陡门大桥"等善事。

1995年运河拓宽时，过去气势雄伟的陡门大桥被拆除，留给陡门人的是曾经的桥影，徒然让人喟叹。

本觉寺迹

一、寺庙兴衰

本觉寺位于陡门镇东，运河塘北。唐大中十年（856），临海有一和尚名冀来者至运河畔槜李亭下，感梦结庵，始建报本禅院。可能这个冀来和尚走了半天路，终于有个亭子可以歇歇脚。他在亭子下打了个盹，梦到菩萨之类的场景，就花心血在附近建了座小庙。庙名取报本禅院，意思是受恩要思报。经过几年的积累，至咸通乾符（860—879）年间，报本禅院已得到赐田两千六百亩，各佛殿禅房林立。这是件不容易的事，用佛家的话说叫功德无量。两千六百亩是什么概念，就是说这周边的村庄原本都是报本禅院的地盘。冀来和尚圆寂之后，赐号"静慧禅师"。此后一段时间，报本禅院香火旺盛，香客络绎不绝。

宋熙宁（1068—1077）中，蜀僧文长老任禅院住持。这个文长老也绝非等闲之辈，在任主持期间，大文豪苏东坡来访三次，留下三首诗。报本禅院从佛事扩展到了佛文并重。宣和（1119—1125）间，报本禅院改称神霄玉清万寿宫，但在北宋末年"靖康之辱"时期，毁于兵乱。建炎元年（1127），宋高宗赵构南逃。从宋人赵鼎的《建炎笔录》来看，赵构逃亡时，运河起了很大作用。进入浙江境内，基本也是沿着运河的路线。报本禅院，他是路过的（在禅院北面不远的庄家大宅——原西汉辞赋家严忌宅第——住了一个晚上），苏东坡与文长老的故事也听说了，只是逃亡途中，无暇礼佛罢了。等到绍兴八年（1138）他定都临安，站稳脚跟，便下旨对沿途经过的庙宇进行修缮。

南宋庆元元年（1195），报本禅院住持、蜀僧本觉在礼部尚书杨汝明家得到苏轼第三诗，遂集帖字，同前两诗一并镌刻于石，并奏请禅院名字改为本觉禅寺。嘉定十七年（1224），僧元澄在寺内建东坡三过堂。苏东坡向来喜欢和僧人交往，他的为人与深厚的文化底蕴也深入僧人之心。

到元代，道源、梵琦、僧钦三位高僧至本觉寺执掌寺事。三人的关系相当紧密，第一个执掌的是号觉隐、善书画的道源长老，尔后是字楚石的梵琦师傅，再是僧钦大师。梵琦与道源共学行埒，在民间很有名声。僧钦于至正五年（1345）在寺里建大悲阁，梵琦给其作记，后僧钦接替了梵琦的住持位置。到明朝洪武初年，僧钦的弟子呆哀痛师傅的离去，集语著录，让翰林学士朱濂作了序。

元朝的这几位大师对本觉寺的贡献是巨大的。除了"大悲阁"外，他们还建立了规模宏大的"万佛阁"和千手观音像，为浙西之最。三位大师执掌期间还有一个高僧了庵和尚来住过十年，留下了大量语录。据《佛光大辞典》记载，了庵（1288—1363），法号清欲，台州（浙江）临海人，俗姓朱，号南堂。以墨迹扬名海外。九岁丧父。十六岁从虎岩净伏出家，试经得度。元统元年（1333）迁至嘉兴本觉寺，居十年，时人尊为"东南大法幢"，士大夫问道者甚众，并蒙帝赐金襕衣及"慈云普济禅师"之号。了庵大师语录，有其弟子所编《了庵清欲禅师语录》

九卷，手书遗墨现仍有若干幅保存于日本。

明中叶之前，本觉寺已达到鼎盛，有殿宇僧寮五千零四十八间，占地百亩，僧侣千指，香火兴旺。明清时期，本觉寺慢慢走向衰弱，开始在修修补补中过日。明宣德七年（1432），僧志嵩在本觉寺左右建起两座石塔，并建山门，上挂匾曰："万寿山"，故今名为万寿山，沈廷瑞《东畲杂记》云："后河有石脚，故以山名。"成化庚寅（1470），僧宗瑾重修。嘉靖丙申（1536），知府郑钢重修三过堂；万历甲申(1584)，知府龚勉又重修三过堂，堂后建东坡祠，立东坡画像石，以祀苏公。清乾隆二十五年（1760），寺僧重修本觉寺。两年后，乾隆帝御赐本觉寺匾额。乾隆四十七年（1782），僧济如募捐重建本觉寺大殿蚕神殿及齐堂王福堂。清嘉庆二年（1797），增建观音殿。嘉庆三年（1798），嘉兴知府伊汤安捐俸重修三过堂，塑东坡和文长老像，汇次旧文刻石，并让兵备道无锡秦瀛撰写《重建三过堂碑记》。

本觉寺的命运和陡门镇息息相关，败亡最直接的原因就是兵灾。主要的兵灾有倭寇入侵、清兵攻入嘉兴、太平天国运动和日军侵华。这四场战事不仅给本觉寺带来了毁灭性的打击，还给陡门镇的百姓带来了无限疾苦，这在后章中再加以叙述。

二、景致布局

过去，本觉寺不仅是香火旺盛的佛地，而且也是京杭运河嘉兴段难得的一处景致。以本觉寺为中心，东有凤仪亭和相去不远的东岳庙；南有檇李亭，隔运河塘相望还有月朗亭；西有陡门集镇和大通桥；北有空翠亭，景色宜人，游人如织。明人姚绶《本觉禅寺事迹碑》载："吾郡古檇李也，有亭在西郭二十七里外。亭皆古柏，凡十有八、夹路拥踵如画。左右二石塔微出林杪，巽隅有万寿山。南濒周行作门而扁以山名；北有空翠亭遗址，蔽在修竹；西北有荷池、李园，皆领于本觉禅寺。"

观本觉寺景色，最常走的便是水路。运河把杭嘉湖网状水域串联在一起，南北又连通京杭，四通八达。如果行船是自东而来，未至本觉寺就能远远望见塘南的月朗亭。沈廷瑞《东畲杂记》载："月朗亭在本觉寺对岸，俗称玉郎亭。"至于这个亭子，还有一个关于朱元璋选后的传说。据老故事员朱余庆先生讲述，玉郎亭的"郎"应该写作"狼"。当年朱元璋当上皇帝，想选一位稳重的姑娘执掌后宫。他对臣下下了一道死命令：中选的姑娘须把船头踏沉三尺。奉旨大臣，一路招选，都未能如愿。最后在万寿山对岸的凉亭里看到一个讨饭丫头。选官病急乱投医，非要找她试一试，结果运河里出现一只大龟，驮着一块石碑，又把讨饭丫头驮在背上，爬到船头。船被压下远远超过三尺。民间传说总要把故事渲染得神乎其神，为了配合情境，此时亭子里又蹿出一只雪白如玉、宛如绒团的白狗，仿佛神物。原来这讨饭丫头本是沈万山家里的烧火丫头，品貌端正，青丝秀发。后因弄丢了这只玉狼白狗的金饭勺，所以跑了出来。玉狼白狗却紧紧相随，并一直在这个凉亭边守护着她。丫头时来运转做了娘娘，这只玉狼也就被侍奉起来，这个娘娘曾经落难的亭子，也正式被命名为"玉狼亭"。陡门镇的人还传说，"玉狼亭"边的运河里还有一只石箱子，里面有凤冠霞帔，不知是否是选后时所遗。据说后有好事者果真在这一段来回打捞，自然是竹篮打水，传为笑谈。

除了月朗亭，能远远望见的还有一块灵异的影帆石。据沈廷瑞《东畲杂记》记载："三过堂一碑石甚灵异，外塘风帆经过，其影隐隐现于碑上，人谓之影帆石。"另，沈涛《幽湖百咏》也有"三过堂深隐翠微，影帆石上见帆飞"的诗句，想见这影帆石肯定是异常光滑，有胜似铜镜的功效。船帆行至此时，影子忽而落在水里，忽而落在石上，相映成趣，倒是一番难得的景致。

弃船上岸，首先见到的是旧称小长芦的檇李亭。嘉兴有多处檇李亭。徐硕《嘉禾志》载："檇李亭在本觉寺，《左传》越败吴于檇李，即此地。"《柳府志》也说："县西南二十七里，本觉寺即吴越战地，后人立亭以识，久而倾圮。宣德七年，寺僧志嵩重建。"本觉寺南十里即为茅荡，钮世模《新溪棹歌》："茅荡十里草萋萋，国界桥边路欲迷。吴越鏖兵多岁月，几堆白骨尚埋泥。"茅荡又称南草荡、北草荡，传为檇李大战的古战场。但草荡有数千亩范围，后人搞不清战争的中心位置在哪里。嘉兴陆明先生的意见是吴越两国频繁争战，地点是一个以古草荡为中心绵延百余里的区域，而不是一个确定的点。故猜测这个檇李亭很有可能与国界桥一样是后人有好事者凭想象自建的一个所谓的标志性建筑。檇李本是果名，古人说，这檇李花"如晴雪""花白浑如烟""清雅素洁胜梅花""入李园如入香雪海中"，这檇李果熟透时，更是红晕透顶，皮内果肉色黄，鲜润如琥珀，化成浆液状，有"琼浆玉液""如甘露醴泉"的美名。如此美物竟和战争连在一起，也许正应和了当年西施路过槜李亭入吴的悲剧。

槜李亭往北，乃本觉寺。寺内有三过堂、东坡台、煮茶亭、苏泉、钱王足印等景点。前四个名字都与苏东坡有关：三过堂内刻有苏公三诗，为后人纪念之所；东坡台内有东坡馆，过去曾是苏文两人常游之地；煮茶亭是东坡三过与文长老茶话处，边上的苏泉更是水声潺潺，为煮茶喝茶增添了气氛，后人还用诗记之："自从坡老堂三过，赢得泉名也属苏。"钱王足印，相传为吴越王钱镠经行至此，上殿礼佛，留下的足印。钱镠在五代十国时期建立了吴越国，是十国之一，都城设在钱塘（今杭州）。强盛时拥有十三州疆域，浙江全省都在其所辖范围之内。传说钱王力大无穷，在杭州宝石山上有蹬开岭，即为他双脚蹬开的山路。

本觉寺后有空翠亭，元代大画家吴镇云："嘉禾吾乡也，岂独无可揽可采之景欤？间阅图经，得胜景八，亦足以梯潇湘之趣，笔而成之图，拾俚语，倚钱塘潘阆仙《酒泉子》曲子寓题云。至正四年岁甲申冬十一月阳生日，画于橡林旧隐空翠风烟。""空翠风烟"即"嘉禾八景"之一。空翠亭四周竹子有十余亩，景色宜人，是文人墨客的好去处。正如吴镇在《酒泉子》一词中所描述的那样："堂阴数亩竹涓涓，空翠锁风烟。骚人隐士留题咏，红尘不到苍苔径。子瞻三过见文师，壁上有题诗。"

纵观本觉寺周围的景色，有一个很有意思的发现。从南至北一条直线上，月朗亭和运河代表了君王与百姓的关系：月朗亭是从老百姓的角度出发希望君能亲近百姓，而运河则是"官河"，是自上而下的审视。运河塘北的槜李亭、本觉寺、空翠亭，则分别代表了"武、佛、文"，这三者的结合也许本身就是一种"禅"。

三、苏文相会

关于苏东坡三访文长老，清光绪《嘉兴府志》《东畲杂记》《新溪琐志》以及姚绶等人的碑记均有记载。记载过程中有些出入，秀洲区已故朱家祎先生有《苏轼三访文长老始末考略》一文，针对"文长老其人""苏轼三访诗的版本"和"三访时间"作了考证，颇有参考价值。关于文长老其人，苏轼的《东坡志林》云："（文长老）秀州本觉寺一长老，少盖有名进士，自文字语言悟入，至今以笔砚作佛事，所与游，皆一时文人。"

所以文长老并不是简单的和尚，也不仅仅是因为老乡关系，才引得苏东坡三次到访。而是因为文长老早有文名，且颇懂禅机，两人相谈甚欢，故苏东坡愿意再三大老远地赶来叙谈。关于两人相会，宋释居简《本觉禅院三过堂记》记载："公以熙宁五年（1072）守杭州，明年有事于润，过访文长老；后六年，自徐移湖，再过；又十年，知杭州，又过焉。"从北宋熙宁至元祐年间，前后十七年，苏轼三次来浙，先后出任杭州通判、湖州太守、杭州太守，基本在杭嘉湖地区。

熙宁五年岁末，大雪初霁，天朗气清，苏轼出任杭州通判。他听说离嘉兴不远的本觉寺，香火缭绕，住持又是巴蜀同乡，于是心向往之。第二年，苏轼有事前往秀州，特地赶到本觉寺，拜访文长老，了心中所愿。初次相见，似曾相识，先叙乡情，再谈文论道。两人在本觉寺的一个亭子里汲泉煮茶，相互参禅，这也正中苏东坡的下怀。自唐以来，文人士大夫参禅论道，往往与高僧结友，以茶参禅，则成为文人士大夫的一种生活方式和审美情趣。湖南师范大学文学院蔡镇楚在《茶禅论》一文中说："维系中国古代文人士大夫与寺院、僧侣、禅宗的密切关系者，一是茶，二是诗。茶是维系他们关系的物质纽带，诗为维系着他们关系的精神情感纽带。正是这种与禅结下的不解之缘，则有所谓'茶禅'和'诗禅'者。"苏轼原本喜欢和僧人交往，佛印就是他很好的朋友。在杭州任职时，也与僧人参寥子交好，还为他写下了著名的《八声甘州·寄参寥子》。

苏东坡像

据宋释居简《本觉禅院三过堂记》记载："公以熙宁五年（1072）守杭州，明年有事于润，过访文长老；后六年，自徐移湖，再过；又十年，知杭州，又过焉。"从北宋熙宁至元祐年间，苏轼三次来浙，先后出任杭州通判、湖州太守、杭州太守。在十七年间，他三次来陡门访其同乡文长老。

重建三过堂碑记

清嘉庆三年（1798），杭嘉湖海防译政兵备道秦瀛自京师返，泊舟寺外。访三过堂遗迹，见堂已破败不堪，遂与知府伊汤安有重建三过堂之举。图为《重建三过堂碑记》，现收藏于市区揽秀园。

像苏轼这样的大文豪，在交往中，写诗是必不可少的。他和文长老喝完茶，参完禅，便谦虚地留下了《秀州报本禅院乡僧文长老方丈》一诗：

万里家山一梦中，吴音渐已变儿童。

每逢蜀叟谈终日，便觉峨眉翠扫空。

师已忘言真有道，我除搜句百无功。

明年采药天台去，更欲题诗满浙东。

然后和文长老相见恨晚一番，才恋恋不舍地离去。

元丰二年（1079），苏轼从徐州太守调至湖州太守，路过陡门，已是半夜。他想起了昔日同乡已有多年未见，第一次叙谈参禅时的情景又历历在目，不免心潮澎湃。于是，苏公不管三更月夜，敲开本觉寺的大门。"咚咚咚"，犹如寺庙里的木鱼声，夜深，顺着运河，传得很远。山门打开，一个小沙弥探出头来。苏轼报上姓名，小沙弥提着灯在前面引路。来到文长老的禅房，未曾想他正卧病在床，消瘦不堪。见到苏轼来访，文长老脸上微露欣喜，强撑着坐起身，让小沙弥给苏轼端坐泡茶。看着老友如此清瘦，东坡欲言又止，只是不知如何问地问了句："长老这厢可好？"文长老淡淡一笑："缘起缘灭，皆有定数。如是如是。"片刻沉寂，此时无声胜有声。临走时，苏东坡写下了《夜至永乐文长老院，文时卧病退院》：

> 愁闻巴叟卧荒村，来打三更月下门。
> 往事过年如昨日，此身未死得重论。
> 老非怀土情相得，病不开堂道益尊。
> 唯有孤栖旧时鹤，举头见客似长言。

此后的苏东坡开始走向了人生最不幸的阶段，任湖州太守不到三个月，就发生了"乌台诗案"，随后一贬再贬。元祐四年（1089），尝尽人间疾苦之后的苏东坡，迎来了人生的又一个高峰期。这年，他又来到杭州，任杭州太守。这次，他专程拜访文长老，心中已有不祥之感，果真文长老已驾鹤西去。东坡感慨万分，乡情、友情、人生之情涌上心头，然后化为对"世事无常"的看透，化为对"再接前缘"的期待，化为一首《过永乐，文长老已卒》的诗情：

> 初惊鹤瘦不可识，旋觉云归无处寻。
> 三过门间老病死，一弹指顷去来今。
> 存亡惯见浑无泪，乡井难忘尚有心。
> 欲向钱塘访圆泽，葛洪川畔待秋深。

陈永定的回忆

在朱余庆先生家里见到本觉寺的末代小和尚，意外之余唯有惊喜。小和尚还俗后名叫陈永定，现年七十八岁（2010年时），已是"老和尚"了，至今只身一人，但精神矍铄。陈永定原先住在本觉寺原山门旧址上的两间小平房内，去年因为土地置换，他的两间小平房和本觉寺一样，已夷为平地。现在陈永定租住在大通村，常到朱先生家闲坐闲聊。通过朱先生和陈永定的共同讲述，以及前两年朱先生整理的资料，我对末代小和尚及本觉寺最后的面貌有一个比较直观的印象了。

陈永定幼年因家境贫寒，六岁被家人送到万寿山本觉寺，拜普能为师。师傅看他年纪小，对他很照顾，但永定也要干些力所能及的活。永定九岁时，师傅因支气管哮喘发作，离他而去。后来寺院由姓章的师叔（法号"普明"，今新塍镇新庄村人）主管。普明颇有学问，也希望永定能学点文化。十三岁那年，永定在普明师叔和血印寺普韦师叔的举荐和帮助下，去嘉兴"楞严寺"（原址在北丽桥南）义务佛教小学求读。四年后（1949），重回万寿山本觉寺，在寺内帮助放牛。当时本觉寺尚有田地六十四亩，耕牛两头和长工四名。

1950年下半年土改后，师叔普明被镇政府派去新塍粮管所工作（1978年在八字乡新庄村去世），陈永定则分得田地六亩，从此日出而作，日落而息，过着寻常百姓的生活。

据陈永定回忆（朱余庆整理），他入寺时，本觉寺还尚存一些殿堂，位置在原"本觉寺"旧址东北首，坐北朝南一排七大间为后大殿（中间挑梁三间大殿，东西各两间均为楼屋），高大宏伟。殿正中坐"如来佛"，后背塑"苏东坡像"，"观世音"与"地藏王"分站左右。大殿前，自北而南，东西各建对廊，对门平屋五间，西厢屋内置放历代圆寂的祭师牌位，东厢五间内坐"神农""伏羲""蚕花菩萨"等。大殿直南又建有五间前大殿：中间右坐"弥勒佛"，左置"韦陀大菩萨"，东西两边殿内仅作司灶及杂务之用，整个建筑群形成一个"长口型"。寺院内有一个空旷广场，中央一条垂直通道从前山门直向后大殿，两边巨型石碑林立，有的记载着捐资人名字，有的是佛家降妖伏怪或超度亡灵的法事铭文。南边院内有三人尚可围抱的黄榆树，此树迎风挺立，高耸入云。沿河是一道高高的杏黄色佛门院墙，扁大的"南无阿弥陀佛"苍劲大字醒目地分置在圆洞墙门两侧。墙外是运河纤道，香客从运河边上船登岸，烧香礼佛。

看着小和尚谈到本觉寺时的自豪神情，我想起了清人沈涛《幽湖百咏》里的诗："松花满地无人扫，踏月僧归香满衣。"也许，小和尚在本觉寺曾经享受过这样一份闲适的心境。

然而，这仅有的殿堂在不久之后就消失了。本觉寺残余的部分石头，抗战时陡门大桥架木通车，用作了桥墩垫石；前山门被当地生产队拆除后改建了养蚕室；那棵黄榆树也被新塍农机站厂锯去制造了摇船橹板；石牌坊被当地人拉去兴建抽水机埠。到上个世纪的50年代，最后一批成规模的石头，被运往本觉寺西三公里处，建劳改农场和被拆去建了"八字桥粮站"。据统计，至今除明万历十二年（1584）钟庚阳《重修三过堂记》、清康熙三年（1664）谭贞默《秀邑侯王定翁舆诵祠碑像赞》、嘉庆间秦瀛《重建三过堂记》、冯应榴《重建三过堂记》和冯浩《修建本觉寺暨苏公三过堂记》等五块完整碑刻运往揽秀园珍藏外，其余的都散失了。前些年，发现周边的一些老百姓还留有一些石头，但

陈永定

陈永定，本觉寺最后一个僧人。图为还俗后的陈永定，时年78岁，居于陡门近乡，务农。

很多也被文物贩子买走了。有一块刻有"圣旨"的石块，被七百元收购走了，让人遗憾。

小和尚起身告辞，我请他照几张相。小和尚腼腆地笑笑，在朱余庆先生的撮合下，他欣然同意了。临走时，小和尚还补充了一句："想当年，本觉寺这么大规模。可惜，可惜。"

运河兵灾

站在水泥浇筑的大通桥上，听运河的涛声依旧，航船依旧，只是桥脚的陡门镇止不住脚步的流逝。可以说，陡门镇的兴，仰仗了这条运河；陡门镇的逝，也与这条运河有关。运河一方面可以运输货物，灌溉良田，给陡门人带来财富，而另一方面也使得陡门在战争时期成了兵家必争之地。

历朝更替时的大小战争，都与这条运河有着密不可分的关系，陡门镇则或多或少要遭殃。但使陡门镇遭到重创的还是明清时的几场兵灾。明嘉靖（1522—1566)年间，倭寇入侵，陡门镇快速败落，商业分流至新塍、濮院。随后，明朝败亡，清兵入关。平湖人屈起所著《嘉兴乙酉兵事记》记载了清顺治二年（1645)，嘉兴民众起兵抗清惨遭失败的情形。陡门则是当时一个战斗据点："(清顺治二年六月）十三日，清兵至，军次陡门，梧遣陆兵水师，又率民兵，迎战于镇西，清兵数百忽绕出郡兵后，郡兵大败，斫杀赴水死者大半，残兵退保入城。"

清朝一统以后，本觉寺一度恢复往日香火，乾隆的御赐更是本觉寺的无限荣光。但是，清朝末年的太平天国运动和民国时期的日军侵华战争，两次大的兵灾给陡门镇带来了毁灭性打击。咸丰元年（1851)，太平天国起义，后占领南京（改称天京)，对嘉兴影响甚巨。当时嘉兴水灾严重，清政府一方面筹集军饷，对人民加紧搜刮；另一方面又在陡门一带招募赌徒组织枪船，抓紧团练，防范太平军。咸丰十年（1860）三月，太平军攻入杭州，守杭清军李延泰部退守嘉兴，屯兵嘉兴西门外，索饷勒款，抢掠烧杀，嘉兴至陡门一带被掳掠一空，城西、北两门外民居尽成废墟，陡门百姓充分领略到了战争残酷的一面。

清军败出嘉兴后，太平天国将领粹天侯谭某守陡门镇，治军严明。行军时，见兵士篮中有豆腐干一块，即斩以示众。又有兵士入民家借釜煮饭，他知道，立即把兵士叫来，不终炊而行，对民间秋毫无犯（据沈梓《避寇日记》清咸丰十一年九月初一日记、清同治元年四月十四日记）。但是，另一方面，太平天国的文化及社会政策却规定要拆除寺庙，捣毁神像，下令"拆妖庙，毁妖像"，有"私留妖庙者"，按律严办。因此，陡门本觉寺又遭到一番"暴力"洗礼，庙堂被拆，佛像被毁，连三过堂前的两座高二丈许的唐幢也不得幸免。唐幢上，清朝名臣、被尊为一代文宗的阮元题刻的"题嘉兴本觉寺唐幢联"（唯唐二幢，是峨眉山人未过前屋；此壁三律，乃空翠亭僧初梦时诗）也一同被毁。所以从某种意义上来说，清朝政府的败军掠夺的是百姓，给本觉寺毁灭性打击的是太平军。

同治三年（1864），清军和洋枪队反扑嘉兴。陡门镇是太平军援军驻扎之地，两军在此多次激战，整个集镇千疮百孔。最后，陡门镇的太平军营垒还是被淮军占领焚毁。清军反扑时，所到之处，抢劫烧杀，生灵涂炭。不久后到嘉兴任知府的许瑶光，有《覆巢燕》说："仓皇复减时，华屋一炬付，那知军斧利，不为主人计，长绳曳榱题，一扫东风碎"，即系指斥清军烧房拆屋而言。

太平天国在嘉兴失败后，陡门镇又出了一件因小事而酿成的大案（据说主要原因是运河沿岸土客民长久积累的仇恨所致）。光绪九年(1883)二月初三，桐乡与嘉兴交界处的前珠庙正在演戏。客民殴打一卖糖小贩，秀水土著陈大木刀等打抱不平，与客民相殴。初四日，客民前来报复，捣毁土著住房数间。陈大木刀等土著纠集盐枭，到秀水陡门一带鸣锣助势，放火烧毁客民草棚二十余家，死伤多人。双方的激烈殴斗，使陡门及新塍一带极度混乱。

日军侵华时期，陡门镇又遭受了一次磨难。早在清光绪年间，日本军部的海军少尉曾根俊虎就在陡门一带，沿河详细记录下了周边情况，名为游历，实为军事侦探。他在夜泊陡门时还作了一首诗："越水吴山万里天，孤舟到处感愁牵。往时胜地今荆棘，寒鸟哀鸣枯树边。"1937年11月，侵华日军沿运河塘经陡门、宗扬庙，占领石门湾，走的正是当年曾根俊虎侦探陡门、桐乡、石门的这一条路线。小小的嘉禾之地，运河边的小镇都成了首当其冲的战火硝烟处。

战火烧毁了陡门镇的建筑，尤其毁掉了本觉寺的文脉和佛脉。本觉寺的香客散去了，陡门镇没有了往日的景致和风采。

陡门今像

从市区中山路延伸段往西进入嘉湖公路，行进三公里左右，便可在路的南边看到"陡门村人民欢迎您"的字牌。边上是一块画着一个大大的啤酒瓶的淡蓝色广告牌，上面醒目地印着"新农村，新感觉，万寿山庄园向内八百米，餐饮、棋牌、垂钓、休闲"等字样。沿着指示往南前进一小段路，便见到了"万寿山庄园"，门口停满了小轿车，旁边是杂草丛生的"农民公园"。再往南就到运河塘了，运河塘边是曾经香火缭绕的本觉寺旧址。在那里，朱余庆先生早早地在等我了。我与他约好，让他带我去看看本觉寺的旧址。我们沿着一条石子小道绕走一圈，朱余庆先生用手东指指西指指，跟我讲解着。我一脸茫然，实在想象不出哪里是三过堂，哪里是檇李亭，哪里是曾经名噪一时的嘉禾八景之一的"空翠风烟"。环视四周，只有一个被废弃的窑厂遗址，里面满是砖块，但绝不是过去的诗碑或残石。窑厂远端有一个货运码头，吊机正在繁忙地起降货物，也许这里曾经是香客上岸的台阶。货运码头东面，还留有几间砖瓦房子，这里是原来万寿山的位置，几间房子以前做过粮仓。

从粮仓退出来，我们从另一条小道往陡门大桥方向走去，路上看到几座工地一样的简易房。我与朱余庆先生正聊着，突然狗叫声大作，几条狼狗被铁链拴着朝我们狂吠。朱先生说，这是附近的包工头的，前两天因为没有拴着，其中一条狼狗还咬伤了一个过路人。看着它们龇牙咧嘴的样子，我们紧走几步，快速通过。

在陡门大桥边的小店里小憩片刻，店里的阿姨很热情。她告诉我，废弃的窑厂边以前还有一个小村庄，但现在都拆走了。原来，她就是这个村庄的人。问起边上的大桥，她说原先的大桥还要再西面一些，基本已经没留下多少痕迹，有两块石头搬在现在的大桥下面。跑去一看，是两大块水泥浇筑的石块，估计是后来浇筑的大桥辅助性桥墩。

往桥的西面走，是现在的大通村一组，也是老陡门镇的核心区域。问起古时的旅店、织布的手工作坊等，连镇上的老年人都不知晓了。而酒肆，朱余庆先生说他母亲以前就是在陡门开小酒店的。讲起自己的母亲，他满是敬意。听得出他母亲是很要强的妇女，也听得出朱先生对母亲的孝顺。

从陡门运河塘边衰败的供销社、合作商店、茧站等依稀可以感受到当初的热闹。朱余庆先生家现在的房子就是以前的合作商店，东面是供销社和轮船码头（只剩下一块断裂的石头小平台，想当初多少人在这里翘首以盼，等待坐船进城），西面是茶馆店（现在改为小吃店了），再西面是昔日规模甚大的茧站。从这条街的布局来看，供销社主要是供应生产的，合作商店主要是供应生活的，轮船码头是进出交通的，茶馆是信息交流和休闲的，茧站是老百姓主要的经济命脉之一交易的，真可谓"麻雀虽小，五脏俱全"。朱先生说，陡门镇因为水路交通便利等原因，这里的生活很安逸。当地有民谚"游遍天下，不及陡门塘河"和"嫁女要嫁陡门郎"等，还有传说，一根烂稻草漂到陡门镇，也会活过来，民谚和传说足以说明当年陡门繁盛一时的景象。

但近年来，由于陆路交通的便利，客观上使得陡门这个"中间过渡"集镇的人气向新塍和濮院两头扩散。而今，土地置换又劈掉了过去的陡门村，就像陡门大桥被劈掉了一个手臂。剩下的大通村一组只剩下几十户人家。一个手臂，孤掌难鸣。在运河的涛声中，往昔热闹的陡门镇正在从我们的视线中慢慢淡去。若干年后，也许我们再也分不清，哪一瓢运河水是属于随波流逝的陡门镇的。

（邵洪海）

新塍初访

"吾奴"之乡

新塍古称新城，别名柿林。开镇于唐会昌元年即公元841年。新溪是新塍的雅称，多见于清代新塍人的诗文。有一时期，把新塍写作"新丈"，这纯粹是不讲文化，只图书写的方便。这样的写法真是别扭。别别扭扭了数十年，甚至影响到老辈的学人。我这次到新塍没有发现"新丈"二字，现在大概没有这种别扭的写法了。吁，一字之废立也可观乎世情之变迁矣。

宋代，镇地苦于低洼，筑塍（堤）以御水，始有新塍之名。新塍方言——主要是语音——和王店有小别。新塍人的第一人称"我"为"吾奴"，"我们"为"吾拉"；王店人则称"我"为"噢喏"，"我们"为"吾哦"。两镇相较，同隶吴语，但新塍人说话似更"吴侬软语"些。这和新塍地邻姑苏是有关系的。我小时候，每年秋冬，老家的禅杖桥河上总泊有十数条垃圾船，这是新塍一带的农民来嘉兴城捉垃圾。船上船下，一片"吾奴""吾拉"的乡音。上年纪的身穿黑布棉背心，手持一支旱烟管。这不定是新塍镇上居民的穿着，但总是新塍近乡洛东、桃园的人的"行头"。年纪轻的就很难见"衣"辨"貌"了，但只要说话，一张嘴就来"吾奴"，乡音无改。

新塍是嘉兴西部一大镇。新塍镇全盛时人口"居者可万余家"（清道光十八年嘉兴、秀水两县人口112.24万人，远高于2003年统计的秀城、秀洲两区的79.82万人。新塍镇在道光年间的人口可据此推想，"万户"当非虚语），近世以来，人口在万余上下。新塍人说话吴侬，但民性的刚直及行事、作为的富有斗争性，在上世纪20年代大革命时期最为显著。

新塍的革命者

先说一个"鬼"的故事。清同治年间，秀水知县翁以巽为官贪狠，催征钱粮严酷。当时新塍有徐大阿哥者，被人诬为"乱党"，翁即将其囚入站笼示众，直至杖毙死。后翁氏患血痔，延胡医诊治。翁忽昏迷忽清醒，昏迷时喃喃自语"徐大阿哥"，人始知翁氏已见鬼。一日，胡医在翁寓正欲濡墨书写方剂，忽然室内旋风乍起，柱上板联坠地声厉如雷，胡医心悸不已；又一日，一燕忽翔于室，遗粪于胡医手中笔，秽污药笺，知不能治，遂别去。从此，翁氏卧榻呻吟，流血不止。死之日突然从榻上一跃而起，呼酒索饭量倍于平常时。且时而怒骂，时而哀嚎，倚壁跳踉，目睛暴突，如见徐阿大哥来。不一刻，翁氏气闭毕命，厉鬼亦遁去。这一则故事见于和翁以巽同时代的嘉兴吴受福的笔记。我把它引述在这里，撇去厉鬼复仇的迷信不说，觉得故事出在新塍和新塍人身上，是很有意思的。不屈服于官府的淫威，有冤必伸，有仇必报，这种胆气与精神，在嘉禾一地无过于新塍。清道光二十一年（1841）新塍西乡农民虞阿南领导的抗租斗争以及1927年春，王平之率领四乡农民捣毁"公大租栈"，推动"二五减租"之举，是嘉兴近现代农运史上极有光彩的篇章。

五四运动后，1920年新塍青年朱亮人得风气之先，组织"读书会"，倡导白话文，宣传反帝反封建思想，并于次年初创办《新塍半月刊》《少年新塍》等刊物，介绍俄国十月革命，撰写发表《到德、俄两国留学去》《列宁的精神》《中国问题》……在古镇激起震荡！新塍的革命者（都是青年）以此发轫，倾心倾力于艰苦的革命斗争。

1925年秋，共青团嘉兴新塍小组成立；是年冬，中共新塍小组成立，为中共嘉兴独立支部下属。新塍的中共早期党员有沈春晖、朱亮人、朱仲虎、严振乾、张寄仙等，他们当时都只有二十来岁，家中都衣食无忧，接受过传统文化的熏陶。新塍还另有一批青年革命者，如竺饮冰、黄驾白、严一萍、沈德基、许明农等，编印《新新塍》《心声》《春雷》等进步刊物，以"暴露黑暗，揭露腐败，改造社会"为己任。二十多年前，我去新塍拜访竺饮冰先生。竺老告诉我，孙中山先生逝世后，他

嘉兴地方党史陈列馆

新塍镇的革命活动与中国共产党的创建同步。1920年冬，新塍先进青年朱亮人、沈选千等发起组织成立"读书会"，响应"五四"新文化运动。参加者先后有朱仲虎、竺饮冰等30余人。尔后，发起创办《少年新塍》旬刊，办刊宗旨为"暴露腐败，改造社会"。1925年秋，共青团新塍小组成立。冬，中共新塍小组成立，负责人朱亮人，隶属中共嘉兴独立支部。1927年春夏，中共新塍支部建立，书记朱亮人，隶属中共嘉兴独立支部。从第一次大革命时期到土地革命战争时期、抗日战争时期、解放战争时期，中共新塍支部一直坚持不懈地发挥党在各个时期的堡垒作用，领导新塍人民不断夺取革命斗争的胜利。

2001年新塍镇政府拨款重修中北大街吴润昭宅院，并辟建嘉兴地方党史陈列馆。

（据《新塍镇志》摘录）

曾编过一个话剧《伟大》，在雨金岳宫大殿前公演。我见到竺老时，他年过八十，已是恂恂一儒者。还有一位黑陶名家许明农先生，许明农字淑炎，号缶禅，别号五行居士，室名烟雨簃，出身新塍中医世家。我和许先生交往时，他已经从曹庄乡下回城。一次在公园的茶座上，庄一拂、沈茹松、臧松年、朱石轩诸先生正在传阅彼此的"地下作品"（旧体诗词），许先生忽然对我附耳低语："老弟，吾奴早年是加入共青团的，吾拉一总二三十人，在新塍街头贴标语、发传单、演讲，都做过。"许先生说这话时，身上的"文革"晦气还没有完全脱去。

新塍"吴昌硕"

嘉兴各镇，若讲书画诗文传承有自、并且至今

仍有人或丹青接家学渊源，或孜孜于咿唔之道的，恐怕要数新塍了。新塍的文风盛于明清，从明代的诗人许遂、金慎、沈起到百岁坊张氏、处士钟钦、布衣丁元公、善制铜炉的张鸣岐以及清代康熙年间的天文家张雍敬、状元沈廷文、探花张天植和花影草堂的张玠等，都是可以一说再说的镇之乡贤。这里不得不要提到的是桐乡"郑官房"郑氏，自郑敬安于乾隆年间徙居新塍问松坊后，郑氏一门诗书相传近二百年，并且代有名人。如敬安之女郑以和，为当时知名女诗人；曾孙女郑静兰，以《焦桐集》名噪嘉湖，绍兴秋瑾、石门徐自华都曾奉诗求见，执弟子礼。敬安之孙郑凤锵，道光十四年（1834）举人，编撰了新塍第一部志书《新塍琐志》（十四卷）。讴歌新塍风情的诗作《新溪棹歌》百二十首和《新溪杂事诗》《新溪棹歌》（稿本）的作者郑镰、郑纶章、郑之章，都出自"郑官房·清贻堂"。

郑官房旧宅砖雕门楼

郑氏祖居，俗称"郑官房"。位于新塍镇中北大街85弄。南北长100余米，东西宽40余米，占地面积约4 000平方米。

郑氏祖居始建于清乾隆年间，后历代增建。建筑群前后六进，东西四落，有清贻堂、燕贻堂、兰溪宅院、怀朗轩（新厅）、西厅、榆庐等院落，大小房间70余间。祖居以怀朗轩建筑最为精致典雅，门窗均有镂雕花纹、盛开的百合，双鱼蝙蝠环绕的寿字，无一不精美。门上缀彩色进口刻花玻璃，厚重的横梁满是均匀的花卉浮雕。

1949年后，郑氏祖居由镇房管所收归公有，租赁给其他市民居住。历经数十年后，因失修、未加保护，建筑群损毁严重，有待修葺。

清乾隆五十六年（1791），顺义知县郑熙卸任后，由桐乡乌镇迁居新塍，选址问松里，筑居两进七间，名"清贻堂"，是为郑官房始迁祖。郑熙及其后裔郑以和、郑凤锵、郑静兰、郑之章、郑兰华等生平事迹，载《嘉兴市志》《新塍镇志》"人物"篇。书香门第，著声乡里。

（据《老宅那些事儿》摘录）

其他如镇上许氏家族在同治、光绪年间有许桐、许萧龢父子，都以擅画芦雁著名。许萧龢晚号鼎翁，善莳兰，斋名"滋兰树蕙山房"。

这位鼎翁每年三月，都要从他的"山房"里捧出几盆精心莳养的兰蕙，登上小舟，从新溪发棹，赶去百里之外的苏州、松江，和那里的蓺兰名家相与品兰。这样的长年累月下来，著作也有了，一部《兰蕙同心录》流传后世。许氏性喜交游，为同里孙家祯征集"小灵鹫山馆"图咏数十家，由当时的名刻匠新塍人金桂芬执刀镌刻。许萧龢风雅，孙家祯有钱而又真风雅，金桂芬则是身怀高超技艺，于是才促使了艺术品的诞生。这三十余件艺术的砖刻，我们现在可以去南湖边上的揽秀园欣赏。

新塍书画家知名的还有沈国琪、高次愚、高宝辛、姚颂椒、姚仲清等，他们除了传统的文人画，还能作新塍著名工艺品纸凉伞上的伞画。其中以姚颂椒最为突出。他是光绪十年（1884）生人，家庭四代以中医相传，居北栅，人称"姚家儒医"。颂椒行医之暇，从舅父金氏习书画，天分高，工山水人物，花卉学吴昌硕则形神兼备。我曾见到过姚颂椒作的紫藤，花叶纷披，老藤纵横虬曲，墨气逼人，大有缶道人笔意！1974年，这位"新塍吴昌硕"以九三高龄去世，陆锡铭兄帮助料理了老人的丧事。姚颂椒有一孙子，也能画，我在嘉兴曾见过一面，人黑瘦，有一点江湖豪气，所画有几分乃祖的遗风。

新塍有个蓬莱书画社，至今仍在活动；朱大熙，书法家，擅旧体诗，有书法集、诗集；蒋健能书善画，绘画题材多取自江南水乡；徐益民书法篆刻俱能，并嗜于诗；高仲元，作旧体诗词，诗稿直行书写，可诵；吴振权先生，居于小巷，十多年前给我的印象就是文雅老成，作微楷字，一丝不苟，令人肃敬。他应当也是一位书法家。

蟹叉三馄饨

蟹叉三馄饨在新塍早已妇孺皆知。我猜测"蟹叉三"三字，本意是市井里嘲谑人的粗话，犹如"歪打正着"之类。蟹叉三馄饨从陈法观的祖父、父亲陈春元到他这一辈已三代传授。陈家原籍江西丰城，清末挑着馄饨担流徙嘉湖，落脚在新塍。汪曾祺、陆文夫写到的"馄饨担"，应该都是江西人的，或者其鲜美无比的

"小馄饨"手艺本源自江西老表。近世以来，江西人的小馄饨应当是继景德镇瓷器之后的一大特产。江西人的馄饨担大都是竹制，一头是个柜，有六七个扁长的屉，放皮子、肉馅、调料什么的；一头是一口小缸灶，灶上安个铁锅；把柜和缸灶连成一体的也是竹制，这名堂该怎么说呢，说它是扁担可扁担没有这么宽，上头放一排碗盏，扛肩上就是一副馄饨担了。

蟹叉三馄饨店在新洛西路桥边，没有店招，包馄饨、烧煮，都在店堂里。有一锅肉骨头汤，始终用小火炖着；馄饨的皮子是手工擀的；鲜肉馅是刀剁的；辣油是铁锅里熬的；都没有借助机械。这种直接从手工出来的吃食，它有呼吸，是蕴含了人的感情的，并且在手工的过程，是知道味美该在何处。比如绞肉机出来的肉馅就大不如手工刀剁的鲜活，原因无他，绞肉机根本无法掌握刀头的轻重缓急，出来的肉馅一律糊塌塌。蟹叉三馄饨肉馅鲜

新塍美食

新塍镇美食兴盛，坚守和传承众多传统点心、菜肴的制作烹饪工艺。近年来镇政府以"美食节"为载体，给经营者搭建商业平台，使新塍美食享誉四方。图为蟹叉三馄饨、红烧羊肉、猪油糖糕和小月饼。

问松桥

俗称"思皇桥"，位于新塍镇北栅市河口，东西向。单孔有栏石拱桥，长22.30米，顶宽3.00米，底宽3.40米，桥孔跨径9.70米，拱高4.90米。

始建年不详。清道光二十二年（1842）重建。1991年，新塍镇政府拨款重修问松桥，古桥再现新姿。

据《新塍镇志》记载：相传南军杀伐至此，问松树云：前不可去耶？松为之点头，桥亦随之断，军不得渡而撤。

（据《古桥风韵》摘录）

红，皮子薄如绡，舀在碗里一朵朵浮起的；肉骨头汤加红辣油调味，吃一朵是一朵。这馄饨下酒也好。我喝了三两糟烧（高血压，不敢放饮），吃了两大碗小馄饨，拎着酒壶出店门，却意犹未足，去陆家桥程记糕点作坊称了一斤生糖猪油糕，走到问松桥坐桥上"切嚓切嚓"吃掉一块！

生糖猪油糕和蟹叉三馄饨都是新塍的名吃，生糖猪油糕祖传是民国时期李永泰茶食店出品的好，可惜镇上无从打听永泰老店的后人了。

旧街巷

1938年夏，新塍镇遭遇了历史性的浩劫！农历五月十三日，日寇大举进袭镇区，东南半镇的千余栋房屋被焚毁，能仁古寺的金刚殿、钟鼓楼、大雄宝殿及许氏祠堂、耶稣堂、民众阅报社、恒源米行、

嘉兴地方党史陈列馆展厅

吴泰盛米行、正大绸布店、春和堂药号、康恒顺丝行、小蓬莱菜馆、品艿茶馆等一片火海。这一场大灾难，毁去全镇房屋十分之六，现在年龄在七十岁以上的老人说起来犹心有余悸，称之为"五月十三大火"，是新塍的"镇难日"！大灾难几乎斫伤尽了古镇的元气，直到如今我们若想从明清新塍诗人的"乡土诗"中寻觅到可以对比、映照的往昔景象已不大可能了。如明初金慎的诗句："蔬畦药圃终吾老，未必溪花解笑人。"这种在镇上人烟稠密处自辟一园，过着种蔬锄药、风流潇洒生活的情趣，已是无法再现。又比如近现代郑乡老人的"阿侬生抢杜鹃痴，点缀花棚色色奇"中的"花棚"即是有名的花棚弄，当时有以卖卜为生的陆云韶秀才喜种杜鹃花，并且以异品小朱砂著称。陆先生的种花带动小巷里所有的居民也来种花，这条春夏之际花香袭人的弄堂，还曾以"花棚春雨"作为新溪八景之一，却在

屠家祠堂

坐落于新塍镇西北大街27号，约建于清末民初。近年经修缮，列为嘉兴市文物保护点。

祠堂共三进，前后堂楼，中间正厅。第一进为临街楼房，石库门，风火围墙高大，原为屠氏供奉祖先灵位的宗祠。二进正厅为宅院的中心，厅堂东西梁架顶端缀有精致圆雕饰件，大梁则雕刻各种精美浮雕图案。厅后雕花门楼，上有各种精致砖雕。门匾刻"陈留世泽"四字。陈留为河南古地名（今河南开封），亦屠氏郡望。嘉兴屠氏于宋高宗建炎初始迁海盐，元代中叶析居乍浦。明代成化年间始著闻，屠勋、屠应埙、屠应埈等均入《嘉兴府志》人物传。明清以降，屠氏散居平湖、嘉善、嘉兴，宗族绵延至今。新塍屠氏是否系出康僖公（屠勋，官至刑部尚书，卒后赠太保，谥康僖），待考。

第三进为起居楼厅，广漆楼板，重檐屋面，东西两侧为马头形和琵琶式风火山墙。楼厅内梁架门窗雕饰更为精细。

民国时期，屠氏在镇上经营布店和典当业，亦曾办书院，身份或为儒商。

1949年后，屠家祠堂由房管所接管，曾被用作供销社生活资料批发部，后租赁给本镇居民。

（据《老宅那些事儿》摘录）

"五月十三大火"中化为灰烬！我这次在新塍走了好多条旧街巷。新塍的世家旧宅叫得出名头的有不少，多在里巷的幽深处，残破而不蔽风雨。我因是初访，未作勘察记录，就匆匆的目之所及，镇上唯一保存完好的是建于清咸丰年间的丝绸商人吴润昭宅院，坐落在中北大街，现在作了嘉兴地方党史陈列馆。那天我进去看了，占地三亩多，屋高墙厚，可惜后园废弃，若想种蔬锄药却是不来事的。

新塍镇区为谢洞港、乌龙港、日晖桥港、汲水桥港等诸水潆绕，新塍塘穿镇而过的这一段称市河。旧的街巷大多分布在市河两岸。我那天从陆家桥南堍下去，从西南大街折回到西北大街，兜了一大圈，以西南大街感受最深。当我踯躅在宽不到二米、曲曲弯弯的长街上时，一个"邻家小妹"的念想突然冒了出来。我此行自然不是来访艳的，但像这样低矮窄小的住居（沿街多为"一门三吊闼"的两层楼，只是板门已改成砖墙，板窗已改装玻璃，不然光线更暗），最适宜遇到的是一个服饰举止都保持着上世纪五六十年代状貌的小家女孩，她双眸清纯、嘴边微微含笑；她过早地分担了家里的柴米油盐等琐事，因此并不娇生惯养，倒有几分老成练达；但见了陌生人却照例是很有些羞涩，她可以有礼貌地回答你的所问，但始终是半垂着眉眼，不跟你瞎搭讪，一转身就"避"回家去了。我的念想只是臆造罢了。我在西南大街上，见到一爿剃头店，一家箍桶店，一家小小的竹行，还有观音桥堍的烟杂店。大多的居民家闭门，偶尔有虚掩着门的，从小半开着的门里可以望见窄小的客堂间里摆着一对旧沙发，坐着一个或两个老人在看电视。有一家在搓麻将的，四颗脑袋凑一作堆，都是白头发。看见一个年轻女人端一脚盆衣裳去河埠上浣洗，女人趿拉着鞋，仰起头打了几个哈欠。那剃头店的剃头师傅，年纪和我差不多，梳个劈开头，没有抹头油，乱糟糟的；箍桶店的匠人，一双手的手节骨奇大，手中的那把圆刨，看来已经有点钝了；竹行在一个大石埠边上，搁着七八支毛竹，有刚做的几枝扁担、几只谷箩，地上一小堆劈竹、剖篾留下来的竹丝。两个竹匠坐在门口面向河滩，吸着烟，说着话。

一只手划小渔船（嘉兴已见不到了），缓缓地从河上驶过，船上没有捕鱼的网。

在竹行的斜对面，不经意间发现"高公兴酱园"的旧屋，这令我兴奋。高公兴创建于清乾隆三十三年（1768），嘉兴高公升酱园以及清末在新塍开设的高公顺酱园都是禾中巨贾高氏家族的资产。民国初年，高公兴、高公顺和许氏大生酱园（1937年秋，挨了日寇炸弹）在新塍三足鼎立称雄。高公兴的硬壳糟蛋、酱萝卜（入口即酥）都是著名的。它的糟烧配以橘皮，打开一坛来酒香飘溢，令人不饮而醉。这一栋临街旧屋，我不敢肯定年代是乾隆的，从狭小的窗洞里望进去，屋里摆放着十多口大酒缸，竹编的箬帽式样的缸盖上积满了黑乎乎的尘垢，不知多少年了，而裸露的、蚀成蜂窝似的墙砖，至少表明这旧屋不大可能是民国的建筑。旁有酱园弄，趸摸着进去，见到一处残壁颓垣的院落，草长得有一人多高。从酱园弄折向东南便是酿造厂，进去看了，厂里竟还有几间高公兴时代的酒库。不太费周折地买了一壶五斤的糟烧（此酒内部供给），循原路回到西南大街，走至观音桥，这桥跨市河，三孔石阶平桥，因桥上旧有水莲庵、供奉观音菩萨故名。在桥

陆家桥附近新建长廊

新塍镇西南大街一瞥

东自汲水桥，西至不锈钢阀门厂，长667米，宽3米。原系石板街道，1979年起铺设为水泥路面。此街原名南庆元坊，属古街巷。

（据《新塍镇志》摘录）

块的烟杂店里，见到有油氽花生米，心想午饭下酒就是这个了。开这烟杂店的是一对老年夫妇，老先生鼻梁上架一副老花镜，在低头看一张旧报纸；老太太慈眉善目，手里拿着个鸡毛掸子，轻轻拂掉落在玻璃柜上的微尘。老太太打开一个掉了漆色的马合铁饼干箱，取出一小袋花生米，轻声说："吾奴的长生果都是称过的，二两三钱一袋，勿错一分一厘。粒粒香脆，勿香勿脆好退货。"旁边的老先生似嫌老伴多嘴，瞪了她一眼，又掉过头去看报纸上的隔夜新闻。

听老人家说得这么顶真，吃了几颗，果然油润香脆，没有在嘉兴酒店里经常吃到的油腥味。

向老人家报以一笑，她也回我一笑，却没有半点儿得巧卖乖的意思。这是只有在古镇陋巷里才会

观音桥

旧名天竺桥，位于新塍西北大街南。三孔石阶平桥，长29.2米，宽2.8米，跨度15.2米。桥上原有水莲庵，供奉观音大士。

此桥始建年代失记，仅见于民国《新塍镇志》卷六《津梁》。

（据《古桥风韵》摘录）

遇到的人情之美。

　　观音桥一水横渡，一世的渡人，一世的善美，这烟杂店的老妪与之是很相配的。

能仁古寺

　　去新塍的人大概没有不到小蓬莱和能仁寺看看的。新塍在唐代建镇之前就早有先民栖息了，这有吴家浜和高家汇距今五六千年前出土的文物证明。小蓬莱原是能仁寺十二禅房之一，其地名环清房，与寺一水之隔。能仁寺始建于梁代天监二年（503），一千四百多年来历尽劫难，屡建屡毁。它的最后一次毁灭就是我在"旧街巷"一章中写到的"五月十三大火"。从1938年到1998年，长长的六十年里，我们能够感受到

一点名镇古寺气息的，便是小蓬莱公园内那棵千年银杏。这棵银杏树，树高二十三点五米，树围六点四米，苍劲古秀，是寺中的遗物。此树阅人无算，为嘉兴一地所有古木之冠，故又尊之为"树王"。

大约七八年前，我听说栖真寺有位和尚永观，在某月的某个夜晚，雇人摇船把一尊由他募捐得来的玉佛，悄悄运载到新塍能仁寺藏掖起来。这一桩"公案"在民间沸沸扬扬地传了好久，但因为永观和尚有"宏愿"在先：借玉佛之灵光，重建大雄宝殿、恢复能仁古寺，所以舆论倒也不能斥其形迹是近似于"窃"。我对旧时缁流，向来是有些不敬的，以为若辈无论老朽少壮，整日衣袂飘飘，口诵佛号而心不在经，手不用缚鸡而饭来张嘴，乃至个别轻狂的，僧榻枕旁时常有落剩的几根长长的青丝。真是岁月悠悠，但喜勿悲，这样的阿弥陀佛谁不做得？但这次去了能仁寺，却改变了我旧有的看法。永观和尚他们，自1998年经秀洲区政府批准重建能仁寺后，历经六个寒暑，在原址建起了大雄宝殿。大殿面宽二十六米，进深二十一米，高二十二米，清式木结构（十六根合抱的殿柱，均为菲律宾进口蒙格拉斯木），重檐歇山顶，琉璃瓦屋面。大殿金碧辉煌，雄伟壮观。如来佛青铜铸成，高达八米，耗铜十吨，倍于嘉兴明代楞严寺大铜佛。禾谚："嘉兴穷虽穷，还有十万八千铜！"移之于新塍，永观亦善莫大焉！永观年逾八旬，我虽和他未曾谋面，但看了大雄宝殿后已知他必是一位有道的僧人。永观祖籍苏州，"文革"时被迫还俗，下放在新塍八字村。这么说来，新塍是他的第二

能仁寺古银杏树

树龄1 480余年，树高23.5米，树围6.4米，杆直粗壮，枝繁叶茂，形态苍劲雄伟，绿荫覆地。为嘉兴市古木之冠。

（据《新塍镇志》摘录）

能仁寺旧影，民国时期摄

能仁寺位于新塍镇东南，始建于梁代天监二年（503）。一千五百余年，几经兴衰。民国十六年（1927）名医沈季良妻邱氏身披袈裟、背负韦驮佛像、手持木鱼，沿街三步一叩至南浔镇化缘募捐，历经四十九天，获庞氏等富室赞助，得以重建大雄宝殿，匾额为南浔张静江题书。1938年6月10日，日军进袭镇区，纵火焚烧东南半镇，能仁寺毁。寺仅存金刚殿前古银杏树及砖塔一对（1956年拆除）、蚕王殿、华严阁台基、环清房、凤山（假山）等。

1998年经秀洲区政府批准重建能仁寺，僧人永观等化缘筹款，于原址建大雄宝殿及重修蚕花殿等。

（据《新塍镇志》摘录）

故里。

比照荒落的旧街巷，能仁寺大雄宝殿的重建，使我想到若干年后，明清新塍诗人笔下的新溪风貌，或可供我辈来这里寻寻觅觅了。向给了我一页介绍古寺宣传品的知客僧道了声谢，步出山门外，路旁停着二三辆守候香客的三轮车。新塍的三轮车都装了个小的汽油发动机，不到一匹马力。这种装备使三轮车可蹬，可驾驶，但看上去却犹如中式长衫上穿一件西装背心那样的不伦不类。新塍镇区总共一点二平方公里，让这原本是足蹬载客、可以笃悠悠边行驶边看街景的三轮车，居然也"现代化"起来，冒着一股黑烟"突、突、突"地奔驰在马路上，那样子总是很有些滑稽的吧。

三轮车工人问我："阿要车？"回答他我到嘉兴去。

近些年来，新塍有不少人向往城市的生活，特

能仁寺新建大雄宝殿

别是年轻人以居嘉兴为时尚，新塍的公交车因此有很多班次，来去通畅方便。我在能仁寺山门的石阶上伫立不多一会，在斜阳的余晖里，只见一青年在河对岸桥上响亮地喊叫：

"末班车快来哩，豪燥点（方言，意为快速），吾拉一同回嘉兴！"

（陆　明）

洛东杂记

洛浦草堂

地图上找到了渔家汇的位置，在嘉兴市新塍镇西一里多。找渔家汇是为了找洛浦草堂。《新塍镇志》记载，洛浦草堂位于镇西和丰桥畔，水分二道，一通武林、一通吴兴，浦口即渔家汇。

车至新塍，沿嘉洛公路往西不远，看到了一条河道。河上有石桥一座，上有桥名和两副楹联，但字迹模糊，很难辨认。桥东是洛东村村民委，院内有一棵近千年银杏，枝繁叶茂，鸟栖高枝。回来翻阅资料，知桥乃周公石桥，上面的楹联是："上地川回通下地，北亭桥古对南亭。千年虹影横新水，数里波光接烂溪。"该桥又叫北亭子桥，桥上原有亭子一座，早已被拆除了，有点可惜。这种亭子桥在嘉兴很少见到。北亭子桥后改为周公石桥，是因为这棵古银杏旁原是一庙宇，供奉周公老爷。此周公不知是否是指辅佐周武王的周公（姬发的弟弟），不得而知。不过，周公老爷影响之大，波及桥名。

问路人渔家汇方向。答说：沿这条河港，前头就是。村庄的确就在前头，但路窄草茂，亏得同行兄弟建中车技了得，未费多大力气，就到了渔家汇。看到渔家汇牌子，停下拍了照片。再前行，有砖瓦房，估计是上世纪五六十年代建造的，墙面上写有"人民公社好"字样，因年久积灰，显得暗沉沉的。砖瓦房前方是一座水泥长桥，猜想这桥莫不就是镇志上记载的和丰桥？心中暗喜。上桥，有老妪过桥。问之，说此桥勿有名字。觉得奇怪。后又有一额头光亮的大叔骑三轮车上桥。他说，这桥是没有名字的，和丰桥还要沿河往西。问起洛浦草堂，大叔也知一二。草堂位置就在这桥的前面。大叔手指一个方向，那里有一村庄。原来这邵允中就在这僻静的地方过着逍遥的生活。

邵允中，字贞四，原籍余姚，元末避乱，居新塍镇西竹篱茅舍。他在《芝庭自跋》中说："余自武林弃职北游之槜李新塍镇，观其人情朴实，草木蕃盛，虽值世变，犹事耕读，务业专治农桑者也。余即移居镇西之渔家汇，得寸余之地，筑室而居焉。"可见当时的情形是，元朝末年，朝局动荡，允中在武林做官，看到战乱不断，觉得前途未卜，就选择放弃官职，携家眷顺着河流寻隐居之所。来到新塍镇，见人情朴实，草木蕃盛，且虽然在乱世之中，当地百姓还是循规蹈矩，读书种地，这不是世外桃源吗？

邵允中就这样定居下来，开枝散叶，这一带姓邵的人也就多了起来。问起桥上大叔，这里姓邵的人可多？大叔说，他就姓邵，这里几个小队大部分人是姓邵的。一人来此，开枝散叶，几百年后，附近几个村子都是他的后人，感叹生命的繁衍在时间的作用下，如此之强。

桥上往西望去，河道有一个三岔口，想必是镇志上记载的"水分二道，一通武林、一通吴兴"之处了。问大叔，大叔说，新塍方向来的河流，到这里分为两个枝杈，一个通往铜锣、湖州方向，叫严墓塘；一个通往乌镇、杭州方向，叫乌镇塘。这就错不了了。邵允中应该是从乌镇、杭州方向的乌镇塘过来的。来时，他带了小儿子。允中有三个儿子，长子信夫、二子信常皆留在姚江，守祖基坟茔。小儿子名叫缙一，随父亲来到新塍，种地读书。除二子外，允中还有弟兄八人，因为战乱，散处各地。虽然相隔数百里，但感情并不疏远，心中眷念，常以书信问候。

再往前，寻和丰桥。车子沿荒草路拐过一个村子，墙上贴有牌子"屠家弄"。思忖和丰桥一定就在附近。地图上说，此处有三个村庄：渔家汇、屠家弄和火炉汇。果然，在屠家弄的前面看到一座水泥石桥，两个桥墩均是磨好的方正石块。向村人打听，这桥正是和丰桥。该桥始建于何时，未见记载。但民国朱仿枚的《新塍镇志》上记载有乾隆二年（1737）重修此桥。当时有一个叫潘廷谔的人写过《重修和丰石桥碑记》："新溪之西有桥曰和丰，南北跨两岸，田连阡陌，岁书大有则百宝盈寍，故其名取时和年丰之意也。"碑记把桥的方位和周边事物也说得很清楚："其南则有般若僧舍，东经亭子桥，以达于镇。其北则有水月庵，毛公、沈公

二太守墓。西由月川以通于各乡，此往来之要道也。"桥兴村落，一座桥使得村落间交通方便许多。桥的四周，庐舍林立，竹木阴翳，人兴景美，在潘氏碑记中所描述的大有欧阳修醉翁亭之美："春则榆柳新翠，间以桃李；夏则菱蒲杂植，秋冬则芦花红蓼与黄柏丹枫上下掩映。此四时之景有不同也。"一年四季，景致分明，各有特点，允中先生是被这美景吸引了。

潘廷谔所住之处，肯定离邵家的洛浦草堂不远。他在碑记中描述，他经常到傍晚时分，登上和丰桥，看河里风帆络绎不绝，水禽扑水嬉戏，夕阳照在河面上，微微泛起粼光，让人看了流连忘返，如有志同道合之人，也许会有庄子惠子之乐。

在河西岸的桥墩边上，拨开草丛，发现一石上

和丰桥

古桥，拆除后改建为水泥桥。仅存古桥石一块，刻"和丰"二字，石已趋风化，字迹尚可辨识。据朱仿枚《新塍镇志》记载，清乾隆二年（1737）重修此桥，并有潘廷谔撰《重修和丰石桥碑记》。

和丰桥旧桥石

有"和丰"两个字，只是石块被倒放了，字也倒了过来。看到这两字，欣喜万分，洛浦草堂，和丰桥畔，总算未虚此行。桥旁有一老者在拔油菜杆，问及这桥何时变成了水泥桥。不知。然而，从他嘴里知道，火炉汇就是前面那个村子。

洛东之名源于洛浦，那么邵允中又为何要把草堂的名字称为"洛浦"呢？浦者，水滨也。难道此处也有一条河流叫洛河或者洛溪？一路打听，未有结果。猜测，离武林较近的海宁有洛塘河，又称洛溪。此河接长水塘，通运河。或许允中正是从此河过来，觉得河流名美，遂把定居之处的河流也想象成洛溪。也或者，允中虽身处江南，对黄河支流洛水独爱尤佳。又或者，允中心中也有一个洛神宓妃。凡此，均属胡乱猜测。后有老者称，原洛浦草堂边的河流的确也被唤作洛水。

来到此地，允中过的是怎样的生活。他自己讲述："余有田数亩，力耕而节用，藏书万卷，有暇而即读，颇习此方之克勤克俭，且耕且读，不遇非礼不赴外务，世守吾庐，不堕吾志。"不做官，生活肯定是节俭的，像陶渊明那样，日出而作，日落而息，腰酸背痛，手上磨出血泡，但始终不忘读书。他的万卷书让我想到了朱彝尊的八万卷书，遗憾的是爱书之人的书都不知了去向。"世守吾庐，不堕吾志"，说明一个人的志向与从事什么工作或劳动是没有特别的关系的。

尽管允中深居简出，但也与若干挚友往来。他有一书房，名曰"芝庭"，取"晚来芝桂庭前茂"之意。芝桂借指有出息的子孙后代，允中这是希望子孙后代不仅人丁兴旺，而且皆有品德。据镇志记载，这两个字是元朝大书法家吴兴人赵孟頫所书，能为他题写书斋名的，其关系可见一斑。

著书乃文人本色，允中在洛浦草堂里写就《易谈》八卷、《屑言》五卷、《西泠课士录》、《芝庭花谱》四卷和《停云诗集》六卷等。尽管精神是充实的，安居之所也是惬意的，但是离家的游子总有孤独之感，思乡之情。他在《芝庭诗》里写道："携琴西下马融帷，扑面烽烟塞砚池。满路干戈归未得，一巢孤寂柿林枝。"可见他抱怨战乱，身居柿林（新塍古名），实是因为无可奈何。在另一首《洛浦归帆》里，他这样写："波洄落水溯流长，几片风帆挂夕阳。料得天涯羁客久，言旋无复梦魂忙。"看到风帆，想到归乡，思家之情魂牵梦萦。

无奈就只好安心。想起一朋友诗歌所言，他乡也是故乡。邵允中也只有既来之，则安之了。他关照子孙少惹是非，安心耕读。"耕读"一词是我尤为喜欢的。耕是生活基础，读是精神之志。"耕读"的生活就是需要努力生存，不忘初心，不坠昔志。邵家后人，均遵祖训，过着简朴的生活。后人在《新溪杂咏小序》里记载有邵鲁传一人，此人喜欢结交雅士，草堂残破，却苦于无钱修缮。后有一东阳史公来草堂，看到不胜惋惜，临走相赠深厚，乃谓然叹曰："我今庶可以继先人之业而偿畴昔之志矣。"可见他对洛浦草堂邵家之人是很仰慕的。他评价邵鲁传是："以道义为华，不以峻宇；以文章为彩，不以雕墙；以道义文章之身而居斯堂，殆华彩之至矣……鲁传之光大先业而垂裕无穷者，又岂仅在斯堂之能葺已耶。"而今，邵氏子孙已遍及周边，枝繁叶茂。

那日寻访，去得较晚，所以未见"彩云捧出一轮红"的和丰朝旭；回得较早，也未见"渔火画灯光互照"的渔家汇晚眺。更没有见到已经消逝的洛浦草堂。但其乡人的纯朴之情，景色的幽寂之美，河道的自然之态，还是让人感觉到了古风犹存。

洛浦，虽无草堂，依旧是新溪胜处也。

洛东牡丹

早就耳闻洛东有一株百年牡丹，只是一直未见芳容。一位兄弟相邀，便欣然前往。

车子开到思古桥下，手机短信提示已到江苏境内。其实还未过界，想来空中那些看不见的电子颗粒也在到处争夺地盘。

同行的兄弟打电话问牡丹的确切位置，路上又向一位阿姨和一位老伯打听。阿姨指点了方向，说在前方不远的红政村，老伯更是热心，让我们跟着他就可以了。他直接把我们带到了牡丹跟前。牡丹被围在小小的园子内，铁门上锁，有点怕人惊扰的意思。后面人家的小狗叫得凶，像是护花使者。

找人开了铁锁，四朵牡丹在丛中开怀大笑，花盘硕大，花瓣丰腴，色泽粉艳欲滴，想到"国色天香"四字，确非虚名。站在花前，脑中闪过汤显祖《牡丹亭》"问君何所欲，问君何所求，牡丹花下死，做鬼也风流"的唱词，不免有些出神。常居幽闺的杜丽娘，遇到折柳相赠的柳梦梅，即使在梦中，也难以抵挡这"千般爱惜，万种温存"。杜丽娘委实寂寞得很，渴望有人关心同情于她，实乃人之常情。而对于在"似水流年"中看到"如花美眷"的柳梦梅而言，自然是甘愿在牡丹花下做个风流鬼了。

院内的牡丹旁立有一古树名木保护牌，上写树龄一百年。这与我在新编的《新塍镇志》里看到的不同。由胡锦权先生主编的《新塍镇志》里记载，洛东的这株牡丹也叫红庵牡丹。红庵是一座庙宇，庵内塑有多尊神像，其中最高大者，乡人称之"土地老爷"。这株牡丹就植于红庵院内，据当地老乡回忆，牡丹已有三百多年花龄。

为解疑惑，打电话给了胡老先生。老先生详细讲述了他所听说的关于牡丹的来龙去脉。这株牡丹原是八字乡红光村一个到窄港做女婿的人带来的。此人姓孔，传是孔子的后代。牡丹原先有三株，一株绿色，一株大红，一株粉色。绿色牡丹据说被一个姓杨的人迁走，大红的不知所终，留下这株粉色，怎么到了红庵，就讲不太清楚了。当地人想象力丰富，因这姓孔的女婿英年早逝，就附会他投胎做了土地老爷。土地老爷大小是个官，任命到别处也是常理。这老爷一来，带来了这株牡丹，红庵就亮堂了。

胡老先生说，这后面土地老爷的事纯属百姓想象，不过牡丹是孔家人带来的，

倒是可信。他曾在附近找到过孔家后人，他们称是山东孔子的后代，南宋时迁居江南，至明末清初，有一人考上进士，官至编修。此人后回到红光村一带定居，修有孔家墙门，并种下三株牡丹。据此推测，牡丹花龄至少应该在三百年以上。

用相机按下快门，今年牡丹的情影就留了下来。年年岁岁花相似，岁岁年年人不同。这株牡丹一百年也好，三百年也罢，总比我们这些赏花之人长久。

园子边上有一屋子，窗边一人正呷着小酒，看我们赏花正兴，就说今年才开四朵，去年开了十六朵，最盛时有三四十朵之多。我们啧啧称奇，这人也算艳福不浅，年年与"真国色"相伴，若被刘禹锡看到，是要感叹"自李唐来，世人甚爱牡丹"的。爱牡丹之人被刘禹锡一说，都成了追求艳俗

洛东牡丹

洛东牡丹亦称红庵牡丹。红庵位于新塍镇西北七里（洛东乡红政村），庵内塑多尊佛像，最高大者乡人称"土地老爷"。牡丹植于红庵院内，已有三百多年花龄，花瓣肥大，色泽鲜艳。每逢农历三月中旬花盛开时，前往观赏者甚夥。乡人更以花朵多少，卜田稻蚕桑丰俭。牡丹喜荤，开花时节，农家置酒庆贺，名曰"谢花神"。聚宴毕，将肉汤浇灌于花根部，以祈花事倍繁。

赏洛东红庵杜丹，久已成习俗，延续至今。

2017年，因看护不善，牡丹枯萎弃世，殊感痛惜。

之辈，而新塍人喜爱赏牡丹却从不加以掩饰。镇志上说，每逢农历三月中旬牡丹盛开季节，乡人就齐聚红庵。那些时日，新塍镇上的各种摆小吃摊、杂货摊的都会前往赶集，庵西南隅还辟有"戏文田"，常搭台演戏，场面盛极一时。镇上的绅士们更是携带眷属，和当地农家一起置酒庆贺，名曰"谢花神"。饮毕，将肉汤浇灌于花之根部，以期来年开得更旺，"荤牡丹"之名也由此得来。里人沈耀德曾赋诗一首："绿叶红花满庭开，占尽风流洛水边。年年四月花开日，杀鸡沽酒斟满觞。谢罢花神遗肚汤，夭折红枝搁蚕房。但得田蚕双茂盛，农家喜庆乐陶陶。"

这样畅快的事，岂是可以用"追求艳俗"一棍子打死？牡丹开得痛快，乡人赏得痛快，痛痛快快地表达自己的喜好，何过之有？就如自古英雄爱上美人，和心爱的女子或浪迹天涯，或归隐田园，也当是风流人生，总比满口君子的道貌岸然之辈要强。

洛东和洛阳只有一字之差，洛阳牡丹天下奇，洛东藏有一株牡丹，也算缘分。牡丹旁还有一丛草，长势茂盛，和牡丹齐高。因好奇，便向窗边人请教。此人看我们兴致很高，轻呷一口酒，并不着急说，伸手夹了一颗花生，塞进嘴里，一边嚼着一边红光满面地介绍，这是伴郎。牡丹最忌孤独，需要有一株草来相伴，方能生长葱郁，花开喜人。这解说温情，也带浪漫，让人心暖。无论是夜黑风高，还是明月当空，牡丹都不再寂寞。

回来后，在请教胡老先生时，顺便问了"伴郎"之事。老先生说，这并非什么伴郎，而是一丛臭草，主要是起驱虫作用。一听，有些后悔发问，现实往往要实际得多。

这是多年前，兴致起时，与朋友一同赏牡丹后写下的旧文。不想近闻牡丹因为种种原因已经"过世"，此文竟成纪念。三百多年的芳艳，如绝唱，戛然而止，实在是噩耗。

澜溪帆影

一

澜溪，又称烂溪，源出东天目苕溪，一路汇集车溪诸水，从桐乡青镇以东，横亘十里，波流湍急。之所以称烂溪，约莫取"烂漫"之意，即颜色绚丽多彩，十分美丽。朱仿枚《新塍镇志》对烂溪的记载："镇北五里，溪塘相接，昼夜风帆不绝……两岸俱栽枫树，秋冬间望之，不异赤城，亦名枫江。"很多当地或到过烂溪的诗人，对两岸的枫树也多有吟咏。里人沈莘士有诗："十丈朱霞枫树丹，一泓秋水烂溪宽。扁舟归向波平候，似火如花镜里看。""十丈朱霞""似火如花"等词极言烂溪枫林的绚丽多彩。清朝僧人德山也曾到过烂溪，他说"两岸枫林看不厌"，不知不觉就"一帆风送下吴江"了。可见烂溪之"烂漫"，确有其意，一点也不夸张。

从地图上看，烂溪流经杭州、湖州、嘉兴、苏州四地，像一条珍珠项链把沿途塘栖、新市、练市、乌镇、新塍、钱码头、盛泽和平望等昔日繁华的集镇串联在一起，明晃晃，十分耀眼。其中乌镇到新塍一段，笔直如削，俗云"烂溪直笼统，两头使得风"，非常形象。

烂溪上航运自古繁忙，钮世模《新溪棹歌》描述："南去北来帆影乱，好风不必问西东。"上世纪80年代，烂溪塘成为运河的主要航道，港航部门将其称为"京杭大运河"。实际上，京杭大运河在现代浙江境内有东、中、西三条航道，为区别中线烂溪塘，把从平望至嘉兴，经石门、崇福，到塘栖的东线称为"京杭古运河"——塘栖是中线和东线的交汇点。这是因为江南水网密集，相互纵横相连，京杭运河在这里成为一个网络型的京杭运河水系。

除了船多，烂溪塘里的物产也丰富，最有名的是河蚌、银鱼和簖蟹。

"蚌以澜溪所产为最，且时有怀珠胎者，故澜溪亦名珠溪。"这是朱仿枚《新塍镇志》里的记载。明朝隆庆皇帝时期，江南大旱，太阳毒热，人多热死。烂溪里的水位自然也低得可怜，河蚌们在仅有的水里苟延残喘，但它们肚子里藏着的宝物却抑制不住光芒，"有径寸夜光者，有五色圆走盘者"，吸引附近村落的农人渔夫数十百人前来采拾。明朝吴江诗人王叔承有《烂溪采珠歌》记之："采来溪蚌大于斗，明珠历历开光辉。炯如银河堕片月，群星错落流璇玑……老渔泅波似野獭，儿童出没犹鸬鹚。"整条烂溪仿若银河，蚌大如斗，珠明似星。且珍珠昂贵，卖可累千金，故不管是老人还是孩子，虽然饿得精疲力竭，却都抵挡不住诱惑，只要是个人手，都强打精神，冒着酷热到溪里挖蚌采珠。但是此时是大旱时节，采得珍珠，换得千金又如何？"金多谷少宁充饥"，有钱也难以买到粮食。可

澜溪塘

澜溪塘一作烂溪，五代吴越时开，系江浙边界河流，自桐乡市流来。塘在新塍镇境内，始于洛东乡三家村至桃园乡钱码头，流长5.13公里，河宽65.4米，河底高程−1.66米。据近代《新塍镇志》记载：此水"两岸俱栽枫树"，以红叶烂漫的景色得名"烂溪"。

（据《嘉兴市地名志》摘录）

怜很多采珠人因为饥饿，倒在了烂溪之中。

银鱼和箭蟹，都以思古桥下的最为有名。思古桥又叫狮吼桥、师姑桥，原为横跨烂溪塘的三孔石桥，高大雄伟。桥下因河道变窄，水流湍急，故水声较大，想必狮吼桥之名来源于此。师姑桥是民间传说，相传此桥由民合村孔家门"五姑娘"化缘重建，人们为纪念之而唤此名。至于思古桥，对于如今来说，或许更加贴切，因为三孔古桥早已不见踪影。

思古桥下的银鱼，体细长，柔嫩、透明、色洁如银，仅头部二黑点，即是眼睛。在水中游洄，如银箭离弦，故称银鱼。中国古代汉族神话志怪小说集《博物志》对银鱼的由来这般说："吴王江行，食鲙有余，弃于中流，化为鱼，名为鲙余，即银鱼

也。"如此描述，有些倒胃口。不过当地人对银鱼的美味，还是赞不绝口，吃法也很多。可以做羹，味道鲜美，也可以和鸡蛋合炒，是江南应时名菜，还可以晒成干，作长时保留。春末夏初及秋季为捕捞汛期，黄梅季节最多。里人高焕文《新溪棹歌》有诗："扁舟撒网绿杨阴，师姑桥边爱水深。一夜雨风春涨急，银鱼百万细如针。"

烂溪籪蟹又称"铁脚蟹"。"铁脚"应是水急练出来的。经过急流锻炼的蟹，膏厚肉腴，"雄者白肪白于玉，圆脐剖出黄金脂"，想到丰子恺记录儿时的剥蟹经历，口水是要流下来的。清人张园真纂修的《乌青文献》有关蟹的记载："东西烂溪，稻熟时，蟹最肥美，霜后者更佳。"籪是捕蟹的工具，当"秋风响，蟹脚痒"时，只要在河道、沟渠插上籪，蟹一碰到籪，便改道向两边爬去，落入渔人预设的篾篓之中。一般渔人捕到蟹，多是要卖的，

思古桥旧照

位于新塍镇西北13里，古称狮吼桥、师古桥、万寿桥。桥身横跨于苏浙两省交界的澜溪塘上，桥下产银鱼味甚美。此桥几经兴废，至光绪三十二年（1906）里人徐瑞堂等募资重建，1908年动工，到1917年竣工通行，前后长达12年。

桥型仿照王江泾长虹桥，为三孔石级桥，中孔约10米，两侧各4米，东西两端共98石级，桥面左右两侧有20个石柱和24条石栏，桥顶左右分列4只花岗岩狮子，东埭左侧为万寿庵。

为便利航行，省交通部门于1979年将石桥拆除，在原址以北100米处改建成单孔水泥拱桥。

（据《新塍镇志》摘录）

但也有性情者不卖钱，留等嘉客，酌酒三两，一同"嗒滋味"。一只壮蟹可以下三两酒。明诗人王叔承有句"主人有蟹不卖钱，但逢嘉客留斟酌。持螯岂慕尚方珍，长对杜康呼郭索"可以佐证。"郭索"即螃蟹爬行时发出的声音，宋代张端义也有"螃蟹郭索来酒边"之句，写得人心里痒痒的。

二

烂溪，物产丰富，风景秀丽。但在历史上，并不是时时都那么美好，有些时期避它唯恐不及。明朝著名地理学家、旅行家徐霞客在经过烂溪时，几乎没有停留，选择白日，匆匆而过。他在游记里这样记述："（从王江泾）直西二十里，出澜溪之中。西南十里为前码头，又十里为师姑桥。又八里，日尚未薄崦嵫（指太阳落山的地方），而计程去乌镇尚二十里，戒于萑苻，泊于十八里桥北之吴店村浜。其地属吴江。"徐霞客为何不到前码头（即钱码头），不到师姑桥畔歇夜，而是提早泊船，在吴江的吴店村浜落脚？原因就在他记录里的"戒于萑苻"四字。"萑苻"是泽名，《左传·昭公二十年》云："郑国多盗，取人于萑苻之泽。""萑苻"之地，强盗出没，常于泽中劫人，凶险异常。据史料及诗文中记载，从钱码头到思古桥，再到乌镇这一段直笼统的烂溪塘，的确是盗贼经常出没的地方。一到夜里，他们劫船伤人，骚扰村庄，使得周边不得安宁。

这些盗贼据说很多从太湖而来，就是所谓的"太湖强盗"，也有一部分是周边的土匪。他们劫财害命，无恶不作，使烂溪周边的村落人心惶惶。新塍郑官房的郑镰有《澜溪新乐府三首》，其中一首是《界石颂·思弥盗也》写到盗贼杀人的悲惨场面："有盗杀人，昏夜中伤，人人呼，皆聋虫。舟指可掬，流血红甚者，捐躯鱼腹充。"盗贼在夜里劫船杀人，受害者再怎么大声喊叫也没有用，因为附近村落的人是不敢出来的。"舟指可掬"是指船里被砍断的手指可以捧起来。被杀的人，跌入河中，河水被血染得通红，河里的鱼能以尸首为食，饱食终日。血腥的画面，不知是否有些夸张，但足见这一带当时着实不太平。

烂溪上之所以有那么多盗贼，一方面是因为水路方便，盗贼可以来无踪去无影，而更重要的是它地处边界，是多县的界河。郑镰的《界石颂·思弥盗也》说："澜溪界，七县同。澜溪路，七县通。"盗贼杀人抢劫后，村人报官，官员装模作样到一到，但都很怕事，西县的官说这是东县的地界，东县的官说这是西县的地界，真是

"界莫辨，茫茫一水，帆西东继。按舆图，度以尺……如虞与芮，争不清"。况且还有很多官本身也是"明修栈道，暗度陈仓"。郑镰《澜溪新乐府三首》中另一首《官盗行·讽贪吏也》就有："溪多盗。昔有微官，曾遇盗。盗绕登舟，仆出告主，乃是官尔，勿暴。答云：我盗，官亦盗。"当时的官员只管自己的腰包里捞足，偷取民脂民膏，在匪徒面前胆小如鼠，对待老百姓的凶狠程度却不弱匪徒。

老百姓一度以求神拜佛来祈望盗贼平息。郑镰《澜溪新乐府三首》第三首《香船曲·讥佞佛也》描述："溪中三月多帆樯，菜花风暖锣声扬。船尾插旗油布黄——大书曰：天竺进香。"一些投机者利用老百姓的无知无助，用进香船骗取钱财。可怜两岸"愚妇"花了好多进香钱，盗贼猖行之事，并未得到解决。正如郑镰所说："俱莫听，菩萨由来等鬼神，敬而远之，毋太信。"最终使得盗贼劫杀之事有所收敛的是烂溪两岸立起界石，界石上标明各县地界，谁的地界犯事，由谁管，这样职责分明，起到了一定作用。

时至今日，对于盗贼的祸乱，当地村民谈论起来，依然心有余悸。思古桥西南有庄新村（现在已合并到洛西村），该村由庄浜、新浜和后浜三个河浜沿岸的自然村组成。1949年解放前，这里还常有强盗出没。当地家境殷实的人家为保障自身及村落安全，曾出头到湖州含山一带请来教拳术的师傅，到村里传授功夫。来的师傅中，人称"官力士"的较有影响力。他四十开外，个子不高，但长得比较壮实，尤其是一双眼睛，精光四射，一看就知是练家子的。他喜欢把裤腿绑起来走路，步伐矫捷，没有声息。官力士从三个河浜里挑选了一批小伙子，开始传授功夫。

据说这个官力士是北方人，从小习过武，在街头靠卖艺为生。日本兵侵略进来后，他偷了他们两支枪，才逃到南方，落过草做过贼，后来被含山上的老和尚点化，便以授武为生。官力士在庄新村传授了十几套拳法。为了防范盗贼，大多小伙子都练得很勤，据说多多少少起到了护村的作用。我在文化馆工作时，曾遇到非遗普查，当时洛东乡的确有好几个关于武术的非遗项目，有几个年长的人，还懂几套拳术，想必是那时官力士所带的徒弟流传下来的。

三

烂溪塘畔，思古桥西南角不远处有沈家浜。沈家浜出状元沈廷文，这是康熙二十七年（1688）的事。关于沈廷文的故事，民国九年（1920）《新塍镇志》上记录的并不多。沈廷文，字原衡，号元洲，云泉乡雁湖里人，康熙戊辰状元。沈廷文从小天资聪敏，勤奋好学，饱览群书，博闻强记，是个读书人。中状元后，授翰林院修撰。修撰是掌修国史的职务，实际上做的是秘书的工作，但还是个读书人。在仕途上，沈廷文最出名的一件事就是在康熙三十三年（1694），"分校礼闱"——主持会试考试，任会试册考官。那场考试得十三人，之后皆是知名之士，为国家选拔了一批人才，廷文因此声誉鹊起。

廷文虽然做了京官，但为官清廉，家境并不富裕，可谓"四壁萧然"。不过只要亲戚朋友有困难，他都会全力资助，就算典当家里的东西也无所谓。某年，有一朋友生病过世，廷文不仅用好棺木安葬他，所有的开丧费用也全部由他承担。以此可见廷文待人之诚，为人之善。

沈廷文的品德在年轻时，就小有名气。他的父亲沈仲霖，曾效力于南明小朝廷，清军攻入广东后，便被清军监禁。廷文虽年少，但不怕艰险，亲自到清军中，苦苦哭诉，最终使他的父亲获释。他曾作诗记此事，同里友人为之作序云："孝子身经百险，幸觏止于鲸波鳄沫之余。孤臣迹越千乡，正彷徨于电闪沙惊之候。"这件事情当时传播得很广。

沈廷文编史功底深厚，注重史实考订，针对当时记述历史典故、轶闻，所载出处多有纰漏的混乱情况，搜集大量史料，编写了《广事同纂》。该作对于人们准确认识历史史实，大有裨益；对于后来运用的史料能恰如其分，提供了可靠依据。除编诗之外，廷文的诗作颇有江南水乡的生活味道："行处河流千百折，到来茅屋两三间。盘中剩有吴监在，买得青葱紫苋还"（《舟行即事》），有《广居楼诗集》传世。只可惜天妒英才，廷文享寿才四十七载。

烂溪塘边沈家，并不是从沈廷文起才为人知晓。廷文祖上几代为官，尤以曾祖沈振龙的名声为响，一点都不亚于这个曾孙状元郎。里人钮世模《新溪棹歌》有诗："毛坟翁仲列东西，沈墓葱茏画碧溪。妾自绿荫移艇出，白杨衰草鹧鸪啼。"毛坟和沈墓安葬了两位太守，毛太守和沈太守在当地是响当当的人物，他们在逝后能遥相呼应，倒也不寂寞。毛公讳晟，居住在新溪之西二里许，是明正统皇帝时期的贡士生。在濮州做知州时，筑东昌府城楼，在土里挖出黄金，他没有私吞，而是作为筑城的费用，多下来的还上交公用。朝廷感其清廉，擢升他为东昌太守，只可惜在上任路上就过世了，后祭葬于新溪故居之旁。

而这个沈太守就是沈廷文的曾祖沈振龙。他是明万历癸丑（1613）进士，赋性慈祥，才情通达，为官时，政绩突出。任泉州知州时，因为断案神明，被人称颂。在淮安做太守时，不仅剪除了妖党，还召集流亡百姓数万户，给予安置。后调任赣州太守，正好遇到福建一带流寇横行。在守城时，因事与上级官僚发生分歧，被弹劾回乡。回乡后，与百姓相处和睦，拿出钱财救济贫弱，倡修府学。当时正遇到干旱饥荒，沈振龙想方设法四处募集粮食，救赈灾民，把因饥饿而死的人掩埋好。事后，乡人感恩其德，死后把他请进乡贤祠供奉。

　　朱仿枚《新塍镇志》上记载："沈氏义塚，在镇西外河沈家浜。"但是现在已经很难觅其踪迹了。不过于沈振龙一族而言，也是无妨的。凭其在世时的品德，为乡里尽己所能，不遗余力的作风，对后世之事，应该也会看得很淡，不至于太过计较。正如郑镰《新溪棹歌》所言："沈家坟古半慌林，流水清窥太守心。笑看家家船上塚，纸钱灰白不成金。"

（邵洪海）

王江泾回望

闻人氏略考

王江泾，宋代为闻川市。

我对王江泾最初的一点认知，是从明代一部话本小说《石点头》来的。著书者天然痴叟，号浪仙，生平事迹不详。以小说证史，前贤屡试不爽。所以，天然痴叟在书中写到王江泾一节文字时，虽然不免落入话本的老套，但我至今仍有好的印象。其文云："嘉兴府去城三十里外有个村镇，唤做王江泾。这地方北通苏、松、常、镇，南连杭、绍、金、衢、宁、台、温、处，西南即福建、两广，南北往来，无有不从此经过。近镇村坊都种桑养蚕，织绸为业。四方商贾，俱至此收货，所以镇上做买做卖的，挨挤不开，十分热闹。镇南小港去处，有一人姓瞿号溪吾，原在丝绸机户中经纪，一向贩绸走汴梁生理。"文中的瞿溪吾者，吴语：瞿机户也。文字并无出奇，而我之所以有"好的印象"，是历来的旧志图经，大都重文轻商，看一地方的经济总是欠得要领也。

暂且撇开经济讲历史。现在主要依仗的还是唐佩金所纂的《闻川志稿》（以下简称《闻志》），全稿二十卷，存卷一至卷四，虽薄薄一册却也可供我辈披览。我对唐佩金先生也颇有好感，唐先生别号"印僧"，是地方名士。名士好风雅，并非想当然耳。这有一事可证：民国六年（1917）隆冬，鬓发斑白的他带了童仆，从镇上冒着朔风坐船走运河，过穆溪、杉青闸、秀水，直抵南湖烟雨楼。扫雪呵冻，种梅十余本。唐先生作诗："数枝拟傍水边栽，不种官梅种野梅。"并自谓"暗香疏影，不减和靖当年胜地"也。这年，他已是六旬的老人了。他的《闻川志稿》，是

在五十三岁那年完成的，襄助校稿者乃陶拙存先生。陶氏，闻川望族，有忠孝堂陶公菊隐，我且留在以后的章节着重说。

讲到闻川望族，第一要推闻人氏。据《闻志》记，王江泾"宋为闻川市"因"闻人氏家焉"。查辞书，闻人亦复姓。《风俗通》谓"少正卯，鲁之闻人，其后氏焉"。那么，据此说闻人氏最早的郡望在齐鲁大概不会错吧。嘉兴出现闻人氏，是在公元957年，当时有闻人新者自钱塘徙秀州。闻人新之父珪，仕吴越官至国子监祭酒，居杭州已三世。闻人新之子泰，官大理寺评事。闻人泰生二子，长子闻人建。我注意到这位闻人建，《闻志》上说到的"闻人尚书"就指的是他。闻人建字端木，宋天禧三年（1019）进士。他的一个族兄闻人侃，早七年登大中祥符五年的进士。旧志说，这是吴越国归宋后，嘉兴开始有显于朝者，而闻人氏由此著名于乡里。闻人建从道婺两州推官做起，到著作郎、骑都尉、监秀州都盐仓，最后转秘书丞，以子贵加

闻店桥

位于王江泾镇市河东端与京杭大运河的交口，长虹桥北侧。南北向，单孔有栏石拱桥。东西桥额镌"闻店桥"，石护栏完好，桥顶有靠凳石。桥长24.40米，顶宽3.60米，桥孔跨径8.50米，拱高3.60米。东西两侧有桥联。西联："纡回迤越水之波彩虹跨岸，襟带汇闻溪之景金雁联隄。"东联在运河中，仅录得下联："扶摇利涉永资海宴河清。"

闻店桥始建年失考，系宋闻人氏设肆处。明天启末（1625）圮，里人蒋之华等重修。清道光七年（1827）里人重建。

2002年列为市级文物保护点。

（据《古桥风韵》摘录）

赠尚书。加赠"尚书"是虚衔，但也足够荣显。这时的端木封翁家族，已经不耐于城中居（宅邸故址在今冷仙亭南侧），他们有的是权势和财力，可以向城郊外拓展领地，去营建"宜尔子孙绳绳兮"的庄园了。最先选择的是今天的南汇梅家荡，这是嘉兴境内第一巨浸。浸本无名，因闻人尚书得名闻湖、闻家湖，后因乡音讹转为"梅"，由此径称"梅家荡"。闻湖自元代起，胜迹税暑亭、寻梅桥、问柳桥、闻湖书院、两洲亭、巢云馆等，多见于诗人的咏叹，然而却已经非关闻人家的事了。

闻人氏自宋祥符、天禧年间通显于嘉禾，到南宋末的近三百年间，奕世簪缨不绝，素称江左望族。这两三百年在闻湖一带经营的庄园，有文字可以稽考的是，成就了一处闻川市。闻川市旧址即今莫家村，我这次特地去看了，想看看闻川市哪怕是半块残损的街石，还有前人所记的白塔庵、卢圃古梅（古梅在民国时，"本干如轮，繁枝旁引数丈，花时遥望如雪，游者伛偻行香影中"），结果自然是失望。村中的罗阿三老人告诉我，他小时听长辈说，莫家村从前是一个大镇，石板街路一直通到长虹桥，"长毛"来时烧光，一点形迹都未留下。罗阿三老人未必晓得闻人氏、闻川市，但他的话可以坐实此地曾是古镇。

莫家村三百来人口，濒临铁店港（旧称接战港，相传吴越争战于此），离运河不远，运河的西岸即王江泾镇。据《闻志》记载，宋闻人氏"河东不住住河西"，渡河筑屋设肆于此，遂复又成街市。闻川市迁运河西岸留有古迹闻店桥，这座桥在长虹桥北侧，单孔石拱，跨市河口，位置恰好在运河长堤上。我这次去王江泾，看到闻店桥尚称完好。桥的始建年月已失记，只知道曾在明天启年末重修和清道光七年（1827）重建。重修、重建，都是依靠里人的力量。

大约在闻川市未西迁前，闻川市即有王氏江氏两大姓，根据是祝穆的《方舆胜览》中所说："王江泾在漕河东，因巨姓王氏、江氏居此，故名"。祝穆的这部地理志大著，成书于宋理宗赵昀在位时（1225—1264）。待到闻川市渡河西移后，王氏江氏随之附居并逐渐取代了闻人氏，而镇因以名王江泾则要到元朝了。这根据是至元二十五年（1288）刊印的《嘉禾志》上所说"元设王江泾巡检司"，距忽必烈铁骑扫灭南宋不久。巡检司，官署之名，多设于市镇、关隘要害处，掌训练甲兵，巡逻州邑，职权颇重，受县令节制。据此，王江泾这座由氏族而兴，多织绸、收丝缟之利的集镇，在元初朝廷向它派驻了命官后，一跃而成为嘉兴北部的重镇。

闻人氏之衰，我估量在宋末元初。陆游《老学庵笔记》卷一第三十五则记云：

> 嘉兴闻人茂德，名滋，老儒也。喜留客食，然不过蔬豆而已。郡人求馆客者，多就谋之。又多蓄书，喜借人。自言作门客牙，充书籍行，开豆腐羹店……

在放翁的笔下，这位闻人滋老先生饶多风趣，或者正因为家亦贫，他待客所食也不过是青菜豆腐汤白饭罢了。然而，其实并非是。《老学庵笔记》为陆游绍熙年间家居山阴时撰，去闻人滋隆兴初（1163）中进士不到三十年。而闻人滋以进士官救局删定官（与陆游同事），历县丞、县令，仕途平顺终无颠踬。再说绍熙之后，宝庆二年（1226）及端平年间，闻人家相继有行医者名播于世，如闻

刘公塔

位于刘王庙北侧一小洲上。1998年4月23日建，投资260万元（刘公园历年门票收入及募捐所积蓄）。塔7层，高43.8米。顶层置铜钟，1.3吨重。塔内设梯阶可登，每层有护栏，可逐层远眺田野景色。

人耆年刻《备急灸法》以济时疫，闻人规精痘疹科，著《闻人氏痘疹论》四卷等等，似乎可证这一时期的闻人氏，尚不至于家道中落。闻人氏的衰败，可以举我在前面讲到的"闻湖胜迹"，如税暑亭、寻梅问柳二桥，那是元至顺年间（1330—1334）朱张穹寿所建，可知闻湖的主人这时已经转换异姓。至于大名鼎鼎为诸生讲学会文之处的闻湖书院，则是明代嘉靖时参议沈谥与太守盛周共建，衍至晚清，湖中仅存书院墩，墩上蒹葭丛芜（丛芜亦美），墩下水中产紫底青口蚬，农历二月里煮汤吃风味最好。

闻人家族自闻人建起，从北宋天禧年间到南宋归于元，两三百年间由闻湖而闻川市，说是王江泾的开镇之祖应当无疑。他如家族中名载志传的闻人安道、闻人璪、闻人宏、闻人颖立等，都见于光绪《嘉兴府志》，我就不作文抄了。

镇域略说

唐佩金《闻志》述王江泾镇域，沿用旧图经略谓："镇界无明定区域，秀水县编户二百里，镇市凡四：王江泾、新塍、濮院、陡门，而县北只王江泾一镇。南尽秀水县界，北据吴江县界，南尽云者……南起金桥，东北至油车港接嘉善之天凝庄，北与西北抵吴江所属之黎里、黄溪、盛泽界。曩时行政经划固以郡城迤北，闻川左右周围二三十里内，各乡里悉统于泾镇。"这末几句说得甚是斩截，和今之镇域也大抵相符。三十年前，我从事地名普查，在北乡十数个村镇，有过一次徒步的经历。当年行脚所到的双桥、王江泾、虹阳、荷花、田乐、南汇、澄溪、栖真，在2001年撤乡建镇时，除却澄溪、栖真（此两乡今称油车港镇），加上嘉北四村统属于王江泾镇辖区，面积合127.3平方公里，人口十二万（包括外来流动人口三四万），比较清道光二十年（1840）前的户数人口，大致也相埒。

三十年前的北乡，阡陌纵横，湖荡相连，而尤以梅家荡水势浩渺，给予我印象最深。记得我曾在南汇的小客栈住过一宿，客栈的楼下是茶馆店。凌晨一二点钟就被小镇上肉店的杀猪声惊醒，那杀猪声是"嗷、嗷、嗷"的长声尖叫，有似绝望之诉求。接着，茶馆店里，扁担铁钩碰着木桶的叮叮当当的挑水声来了，铁钎嚓嚓嚓的捅炉子声来了，一个昨天打过照面长得肥胖的女人搬动茶壶茶盅的丁零咣啷声来了，还有那咚咚的脚步声、咳痰声、擤鼻涕声、划火柴吸烟声、嗓子有些苍哑的大声说话声，都来了。这是四乡赶来吃早茶的农人。千百年，农人循顺着天地自然作息，而早茶便是一天里作息的起始。这会儿，茶馆已是热气蓬蓬（通红的茶炉上，团团坐着八九把大水壶正煮水沸腾），烟雾弥漫，烟雾是气氛也有声（吸烟的人无数，吸烟说话两无碍），农人的脸个个黧黑赭红，这一天当中的精气神，全在早茶的那一刻勃发了。我受着感召，天未明就下楼去泡了一壶茶，拿了个茶盅，盅的边沿有一圈铁锈般的茶垢。又到隔壁糕团店买回四只烫手的刺毛鲜肉馅团子，"哧呼哧呼"把团子吃了，一壶红茶喝白，天色已大亮，起身去梅家荡。

这是我普查地名的一个重点。我找寻到了书院墩。时令正值晚秋，墩上、荡埂上，芦花怒放似雪。我伫立在南岸远望北岸，尽目力所及，那茫茫水域的北岸，影影绰绰似墨洇染的几簇起伏的黑点儿，应当便是古称"墅泾"的村庄了。梅家荡水通田北荡、菩堤荡，水质明净。我在南岸芦苇丛生的浅滩上发现，水下到处栖息着螺蚬，都静静的。螺是青壳的，蚬是紫壳而青口的。螺蛳和蚬子，它们甲壳上的纹络，明晰可辨。三十年前的梅家荡水，留在了我的记忆中。这样清澈的水，使我毫不怀疑可以生饮。

古人以三十年为一世，我写一世前的南汇茶馆、梅家荡水，不免是重做一世的旧梦，而旧梦碍难割舍，这就不免于本节文字有些"跑题"的歉意。然而所说是在镇域内曾经有过的人文，因此并非是缠夹。再者，我写文向来惮于放纵情感，讲到"旧梦"的几句，尤其是水，也是不得已而与之言。

我且接着讲镇域吧。《闻志》记"街坊"颇得要领，街坊有别于村市、乡圩，是要讲到镇上的概貌。在清咸丰朝前，镇有三街、十坊、五埭、二十六弄、二里、二廊、三汇、一湾。街址以南北一里半、东西屈曲三里计，面积一平方公里略有余。证之唐印僧在《闻志》"沿革"文末所云："镇当要冲，阛阓殷阗。明嘉靖倭寇，崇祯鼎革，小有残损，尚无大害。乾嘉以后，烟户万家；咸丰兵燹，尽付一炬。同治初，故老殚力招徕，迄今五十余年才三百家，不及盛时二十分之一。"这"二十分之一"，便是于今尚存的一里街。现在去镇上访旧，也主要在一里街兜一圈，但如无《闻志》及《闻川缀旧诗》向导，恐怕只能带回一个"荒落"，并无多大的兴味。

百岁街、射襄坊、闻店坊、济阳坊、浔阳坊、会源坊、万福坊、定中坊，都是往昔旧镇上嘉名，可以使里人永念。丝行街、面店弄、箔店弄、混堂弄、桐油

一里街

清咸丰十年（1860），清军与太平军在王江泾多次激战，镇上房屋大部被毁，镇上保存较完整的街巷仅为一里街。清同治三年（1864）后，以一里街为中心，镇恢复元气，再度繁华；商业集中于此街，有丝绸坊7家、米行4家，商店200余家。抗战初期日寇入侵，纵火三日两夜，镇受此重创，一里街居民仅剩123户，只有30多家小店和3家丝行。

图片所示：一里街旧貌，亦王江泾已逝岁月的一个缩影。

弄、当弄、财神弄、鱼行弄、仓场弄、轿子弄、糖坊汇等，仅存于故纸，依稀是当年商贸的留痕。

我对以上大多被废弃的里巷街名却很有兴味，因为它能引发起我的想象，使我在想象中得到求证历史的愉悦，不以为虚幻。譬如筘店弄，筘，铁质而状似梳子，织机用以确定经纱密度，它的长即是织品横幅的宽，不算是一个太小的家伙吧。有专为筘开设的店铺，想必机户都赖以供给。王江泾原是"其民多织缯为业，日出千匹，衣被数州郡"。又"闻湖俗名王江泾，土产绸绫，机声灯影近连，比户鹄纹柿蒂，广售四方"。如此说来，筘店弄的筘店，应当不止十数家。这其中有卖筘的，有修理制作筘的，也有配置桄子、梭子、篾圈和掌扇的，还有在铺子门口摆一口缸卖猪胰脂，这是用来煮练生丝。而镇跨秀水、吴江两县地界，这筘店弄如是东头属秀水，西头与吴江县隔河相望，那么，两县机户都来此买货,头上戴蓝印布包头巾的,戴花帛巾帕的,脚步杂沓,挨挨挤挤。盛泽那边的"吾俚、吾俚",秀水这边的"吾奴、吾奴",乡音嘈嘈,数铜钿讨价还价,作势作态,市声繁响不绝于耳。

古桥与镇

王江泾镇上,现存的古桥有:长虹、闻店、济阳、浔阳。现存,是说原本不止此数,如射襄、迎曦、万福、定中、会源等,都曾是有名的津梁。射襄、迎曦、万福诸桥,有的已毁,有的经改建后不复石拱。

唐印僧《闻川缀旧诗·射襄桥》注云:"在夹河口,今讹为寿香,即射襄城故址,咸丰庚申为粤寇毁。肃清后,桥接以木。今复易石,桥上立射襄古巷,以存旧迹。"唐氏写下这一节文字,去今不过百年,而我此番去王江泾,就是想找寻到一点射襄的踪影,便是唐氏所称的"以存旧迹",哪怕只是一个名目也罢,结果呢却很令人失望。据旧志记载,射襄桥的始建年佚,只知道清乾隆年间重筑。桥是奔着射襄城而来,城在镇一里街东段北侧,即所谓的"夹河口"。现在夹河早就填湮成路,若无人指点,谁知此处即是大名鼎鼎的射襄城城址?吴越八城,射襄在八城之外,亦吴王当年构以御越也。嘉兴一地,历史上讲到吴越两国兵争的遗址极多,其为后人附会者也不在少数。与镇相近的雁湖,古名檇李池,相传为吴王造战舰处,即是一例。但,"附会"总还是"事出有因"。吴越争霸,史书所载。吴王阖闾、夫差父子,越王允常、勾践父子,两代的国君从周敬王十年(公元前510)夏五月起,在吴越两地频年兵革,锋镝所向,或吴胜越败,或越胜吴败,直到周元王四年(公元前473)冬十一月,夫差败走秦馀杭山(据《吴越春秋》),仓皇于天寒地冻中居然饥以得嚼生稻、生瓜,大为诧异。最终,在勾践的再三戏侮下,夫差伏剑死。吴越之战,首尾三十七年,而战于檇李(今嘉兴)就有七次之多。战迹的遗存,可信;而附会与史实的缠夹却也难免。唐印僧的《闻志》对于射襄城的考索是"宁信有",我比较欣赏他的这个态度。因此,尽管连"射襄古巷"也已不复旧观了,但在此地用最经济的办法,搞一点石刻的标志,让子孙后代得以了解本土的历史,其为"政"亦善莫大焉。我不知道王江泾镇政府,对此是否曾有所属意?

闻店桥，我在《闻人氏略考》中已有介绍，这里再稍稍费词，是闻店之"店"，究竟属于何种店肆？闻人氏拥有庄园良田，那么，稻麦黍稷豆是可以入店，鸡鸭鱼肉蔬蕻菱芡之属亦可以入店。买卖，这都是庄园产。鸡鸭鱼肉，熟食生意。切一大盆冻猪头糕，捎带着卖酒，来一壶月波，两人对酌，三人共饮？凭窗，眺望官塘隋堤，烟柳画桥？那时还没有长虹桥呐。我这是瞎猜，不足训。但据清乾隆《吴江县志》所说，吴江县"绫绸之业，宋元以前，唯郡人为之；至明熙、宣间，邑民始渐事机丝，犹往往雇郡人织挽；成、弘以后，土人亦有精其业者，相沿成俗。于是盛泽、黄溪四五十里间，居民乃尽逐绫绸之利……"盛泽与王江泾，两镇接壤，乡风如出一辙。据此，闻店之"店"，似应与绫绸之业无干。近人根据归有光《震川先生集》得出明代江南地主颇多农贾兼业，有"田园市肆之人"的说法，这个较之闻人氏，比震川先生笔下的"遂为庐舍市肆如邑居云"之"归府君"，起码要早个两三百年。只不过闻人氏在南宋时或许仅是一特例，尚不足以称农贾相兼的"经营地主"吧。但于王江泾的开镇，我觉得很有意义，只是遗憾闻人氏在这方面的资料太过于稀少，不能够备以探究，如是强说，则不免又将是瞎猜复瞎掰。

闻店桥为官塘运河入镇市河第一桥，迎曦、济阳、浔阳、万福、定中、会源诸桥，也都跨市河。济阳、浔阳两桥，虽然久已破敝，但喜其尚古，比照历来的题咏，有物可睹，不落空茫。两桥都是陶侍御建。查许瑶光《嘉兴府志·秀水列传》，王江泾陶氏家族中，官至御史的有陶煦、陶俨、陶谟三人。陶氏亦闻川名族。自南宋初将仕郎陶怡生起家，至陶煦兄弟已逮十三世。陶煦字时和，明弘治二年（1489）举乡试，翌年登进士。知永丰，调溧水，入为湖广道御史。陶煦死在福建副使任上。陶俨字时庄，煦的族弟。正德九年（1514）进士，授阳信知县，以德政擢云南道御史。陶俨以河南副使致仕，回故乡颐养天年。临终，嘱子陶谟置义田赡族。陶谟字大显，嘉靖十一年（1532）进士，历官建德、莆田知县，升四川道御史。后迁大理左丞，任满归，遵父命在雁湖忠孝堂广置义田，赡济族中贫寒。我简单地勾勒出这三人的仕禄，大致可以推断济阳、浔阳二桥为陶谟建，时在万历初年，他已经是大耋的老人。陶谟建两桥是以纪念他们的郡望。济阳是否是陶氏的祖祢，我说不大好；而江西浔阳（今九江市一带），东晋的陶侃、陶渊明，生老于斯。浔阳，千百年来被奉为姓陶的祖籍，这是天下人所知晓

的。尤其是渊明先生的"五柳"别号，我早年在乡下遇到一老者，手扶竹节杖，面清癯，目含精光，谈吐甚是文雅。问他尊姓，老者缓缓颔首，说："五柳堂。"他是姓陶啊。

再从年代看，陶煦、陶俨、陶谟，登上朝班或在弘治初，或在正德、嘉靖中，这跟上文所引《吴江县志》"成、弘以后……居民乃尽逐绫绸之利"恰好相符，并且有诗可证：

春水桃花浪拍天，浔阳古渡柳含烟。
蒲帆幅幅随风卸，桥外新回汉口船。

这是清宋景和《闻川泛棹集》中的"浔阳桥题咏"，诗下注云："里人多卖缣楚北汉口。"想想，镇上的丝织品从这里装船出发，远销至湖北汉口是怎样的一个地域概念？又，浔阳桥亦名浔庄桥。浔

济阳桥

位于王江泾镇一里街南侧，南北向，跨市河。三孔梁式有栏石板桥。东西桥额镌"济阳桥"，桥长25.50米，顶宽3.00米，中孔跨净空3.30米。南桥墩北侧壁刻"放生官河"四字。

济阳桥又名圣堂桥，明代陶氏建。

2002年列为嘉兴市文物保护点。

（据《古桥风韵》摘录）

浔阳桥

位于王江泾镇西，坐落在丝行街市河上。东西向，单孔无栏石拱桥。桥长15.90米，顶宽2.70米，底宽3.20米，桥孔跨径7.70米，拱高3.00米。

清宣统《闻湖志稿》卷二"桥梁"载："此桥与济阳桥皆前明陶氏所建，故以陶氏两郡望名之。"

2002年列为嘉兴市文物保护点。

（据《古桥风韵》摘录）

庄之"庄"，在明清时代像王江泾、盛泽这样以丝绸兴的市镇，镇上凡称"庄"者，多为丝庄、绸庄、绢庄。如是绢庄，售绢的为机户，收绢的为绢主，坐庄负贩四方，非大贾莫属。据此，我以为陶氏在镇上筑石梁以利渡之外，家雄于赀，兴举丝庄之类跻身货殖，是完全可能的。而王江泾的繁盛，闻人氏、王氏、江氏加上陶氏，先后都大有力焉。四巨姓之于一镇，陶，绵绵瓜瓞，历时最长，以迄近世。

雁湖陶氏

公元1129年春，宋室放弃中原南渡，大批北方士族不接受金国的统治，随之纷纷奔南。他们在江南各地定居后，不忘"靖康之耻"，埋下了对异族仇恨的种子。仇恨的种子要发芽。他们的后裔，在此后历史上反元、反清的斗争中，有许多和本土的世家一起，揭竿于市井乡野，被称为"江南义民"。

陶氏南渡始迁祖陶观，字怡生。他是汴梁有名的富豪，官居十六将仕。将仕，将仕郎的简称。将仕不食俸禄，是散官。宋制从九品下，共二十九阶。地方有兵事，将仕统领乡勇起而保境安民，这当然只有富豪能为。陶怡生南来嘉禾，估计是带着老家的乡勇的。他奉命守郡城，有功，朝廷赐子孙世袭将仕郎。怡生守城后，择居于城北金桥，即原双桥乡金桥村，地濒运河西，距王江泾镇十四里。金桥古名陉桥，据说吴越槜李大战，吴王阖闾被越国大将灵姑浮挥戈砍伤大脚趾头，丢了一只战靴，狼狈奔窜七里，最终"卒于陉"的"陉"就是这地方。陶氏来金桥后，散金银招募土著，筑垒垦田，不数十年就富甲一方。其二世祖陶册、三世祖陶升、四世祖陶起，头上都顶着一个将仕郎的荣衔。陶起之子造图，承父职在南宋末年仍为将仕郎。这位陶造图，性慷慨有奇节，耕读之暇喜谈兵。宋德祐元年（1275）冬，蒙古铁骑渡江，消息传来，陶造图亲去临安军中拜见文天祥，奉勤王诏，散家财团聚乡兵备战御敌。《雁湖陶氏家谱》（以下简称《家谱》）上说他"公屡破元游兵"，看来造图是有过多次主动出击的战绩，他的乡兵也曾出现在嘉兴郡城的城头。次年宋亡，陶造图避隐于杭州洛山（今萧山洛思峰）。此前，他已经在雁湖修筑了庄园，建忠孝堂，种菊千株，自号"菊隐"，本想一如其祖渊明那样，采菊东篱下，过起诗酒流连的田园生活。这时国破家亡，什么都顾不及了。儿子君畴也随他去洛山，他在洛山亲订家训，诫子孙勿仕元。这样的崇高气节，使他和隐居平湖广陈的赵王孙孟坚，嘉兴凤桥瑶池的殷澄，并称"秀州三义"。

陶君畴生三子，长子安节，好炼丹之术，在杭州洞霄宫做了道士。允中、宜中兄弟俩，后来返回雁湖，重修菊隐公旧业以居。雁湖在王江泾镇西，近世分称北雁荡、西雁荡。陶氏雁湖世居地在北雁荡南的杜家浜，我这次去实地隔着一条小溪勘察了一番，旧迹自然都荡然了，找不到半爿忠孝堂的碎瓦。从杜家浜跑去西雁荡，我估量脚力不够，叫了一辆机动三轮车，途中翻车在田沟（沟无水），两个轮子朝天，一个轮子扭成麻花，人从车斗里倒爬出来，幸好和车夫都无损。在道旁等车，仍三轮，一路奔突去。西雁荡东的郎嘉桥，半爿，清乾隆五十年（1785）建，三孔石梁平桥。四个望柱上蹲着四只小石狮。模模糊糊看桥联，唯东侧一联能辨认："虹影遥分鸳渚……"下半为水所浸。此桥建在长堤上，想当年应该也是一景。村民某甲告诉我，经常有古董商贩开着轿车来，来了都嚷嚷"乾隆造""乾隆造"，最高出价十万元。我问："卖了？"某甲说："勿能卖！"村民某乙说："二十万也勿卖！"乡下人都知道古桥值钱矣。

西雁荡的水域，尚可以称旧观。北雁荡则大半已填湮。我原想搜寻一点湖上曾有的名迹，如陶家山、听月窝、望湖亭、濯缨矶、闻喜亭、菊亭、来鹤楼等，大多出自陶氏家族，却早已经或成陆地或水天茫茫，无所见，无所见啊！于是只得悻然而返。

允中、宜中昆仲，阿弟宜中是白眉，好书画，手自校雠不啻万卷，更具胆识。元季兵乱，宜中躬率义旅，保捍乡间，有祖父菊隐公之风。陶宜中生二子。长子陶长原，字孟生，号松竹主人。次子陶安生，字秉彝，配沈氏，即吴江甲富沈万三女。陶家这时能和沈万三联姻，财赀的雄厚可以想见。所以，《家谱》上说："结姻吴江沈氏，又与昆山顾氏、金华赵氏诸巨族交好，豪盛一时，有江南十大户之称。"据传，朱元璋在金陵看了江南粮户的簿册，发出感叹"不若江南富足翁"云云。

陶长原在明初以功臣之后，任万石长，负责运粮南京。洪武九年（1376），江南七郡进京的粮仓遭到水浸，米粮腐坏，各解粮户被逮捕，长原首当其冲，死在金陵。但这一点儿没有动摇陶氏的根基，到长原的孙子耕学时，这位耕学公善治生产，雅爱图书鼎彝，于正统五年（1440）输谷麦二千二百八十石助赈，正统皇帝朱祁镇特敕为义民。四年后，嘉兴大饥，陶耕学又出谷数千石于常平仓，这次被朝廷赐旌为义士。陶氏在王江泾，不，嘉禾全境，究竟拥有多少田产，无法考证。从明初第八世陶长原起，到第十二世陶楷，族中尚无正式的科举功名，因屡屡应诏运米助边助赈，最多被恩赐一个七品的散官。到陶楷时才有了转机，子弟开始仕进。陶楷字文式，号菊亭，又号来鹤。配沈、陆两太夫人，生七子。他好购奇书、蓄藏名画，写兰竹、吟诗作文，情致隽永，真草书法得古人笔意。《佩文斋书画谱》中，是有他的名头的。他在雁湖的来鹤楼，经常置酒高会，名流有沈石田、文徵明、祝枝山等。陶楷的寿命很长，有孙子十八，曾孙三十七，玄孙六十。子孙进士三人，举人二人，监生十一人，贡生五人，秀才四十七人，职官九人。他最引以为荣显的是，仲子陶俨、孙子陶谟俱登甲第不说，还父子都列乌台，"陶侍御家"由此得名。并且也就在这期间，家族从雁湖杜家浜析居到王江泾镇上，起造府邸，门悬"父子绣衣"匾。据老辈说，从前门首的一对巨大的石兽，是戚继光所赠。

陶氏镇上的故居在浔阳桥西堍陶家浜，我自然也去看了，无法想象往昔的辉煌，无奈之下举起数码相机，半生不熟地摄下一张"陶家浜"三字的门户牌照的照片。

回嘉兴查看《闻志》，其"父子绣衣第"条下大略谓：明正德间建，嘉靖末倭寇残毁，后重修；清乾嘉后故址尚存，咸丰兵燹荡尽。又《闻川缀旧诗》云：道光季年，诗医薛瘦吟僦居陶家浜口，家有狐，能知休咎。道光二十九年（1849）镇被大水，水退，狐言此镇十年后当为平地。十年后，庚申，即咸丰十年（1860），太平军兴，镇尽付一炬，而"绣衣第"岂能独免？狐之言，果灵验与否不去管它，对那位终日诗声琅琅的瘦吟先生，是不是贾岛一流的人物，我也没有兴趣去查考，像他这样与狐同室的"诗医"，想来也不大会是正经的路数。但，实实在在的，陶氏巨族正是在庚申之后，开始走向了式微。

陶疯子故事

四十三年前，我下放在市境东部的大桥乡做知青。村里有个贫窭人叫文生，虽然说话口吃，却喜对人哼唱民间小调、讲陶疯子故事。

"六月里来呀——热难啊、啊当，蚊虫飞来呀——叮胸啊、啊膛。叮奴千口呀——心里啊、啊血，莫叮边关呀——万、万、万……"文生这时的一颗小脑袋剧烈地一颤一颤，终于颤出个"万杞梁"来。

文生唱的是《孟姜女寻夫》。这是一支十二月花名体的民歌，每节七言四句，十二节，按着江南的月令农事来。万杞梁被秦始皇捉去造长城了，一去不回，这是文生觉得最紧要的地方，所以口吃得厉害。文生讲陶疯子故事，也有紧要的地方，尤其是讲到甸上村庄园时，右手多着五个手指头，那颗小脑袋简直像饿鸡啄米似的乱颤："啊、啊，五、五、五——"我每每看他这样子，总有些于心不忍，便替他说出"五千零四十八间"，彼此都长长地松了口气。陶疯子的故事，我已经听了不止八九回。

甸上村陶家船坊石柱

文生面鳌黑，小头，小个子，孤身一人。他的右膝上长了一个穿骨瘤子，久治不愈，走路瘸。文生年老丧失了劳动力，成了五保户（村里每年保给柴米等，免致冻馁）。在我看来，文生是苟活。但文生却自得其乐，村里人也不嫌鄙他，他走到哪家哪家都留饭。

文生讲的陶疯子，我后来在净相寺、新篁一带也有听说，是同一个版本。陶疯子之"疯"，并不是精神错乱而是一种皮肤病，即通常所说的银屑病、牛皮癣，民间亦称蛇皮疯。陶疯子故事讲清朝乾隆年间，王江泾有一姓陶的，摇一只敲榔船捕鱼为生。他贫苦，身上又长满了一片片鱼鳞般的疥癣，没有女人肯嫁他，所以四十出头了仍是鳏夫。一日，陶疯子摇船从雁湖往北过盛泽、桥北荡、莺脰湖，来到梅堰草荡。他沿途在水中布网，拿一支桨"榔、榔、榔"敲击船舷，使鱼受惊，往网里钻。这种捕鱼法是专门对付小鱼小虾的，加上他的船破，干一天撑死了所获也不大。陶疯子在草荡里转了几个圈，把捕得的鳌鲦鱼鳑鲏鱼，去梅堰镇上换了一两升米。他抬头看看天色已近昏暝，拔起橹，决计在梅堰过夜。他的船停在桥边一座楼阁下，正好对着楼上的花格子窗。时令已过白露，向晚秋意萧瑟。他胡乱扒了两大碗冷饭（天黑，懒得生火），吃了一块极咸的臭腐乳，倒头便睡下。睡到半夜，他忽然觉得有点不对劲，睁眼一看：黑天墨地的，有人在楼窗口往船上扔东西，声音很沉，响动也不大。他伸手摸摸，一个个包裹软的硬的。他咋了咋舌头，缩回手，心跳得慌。过一会，船晃动，有人摸黑来到船上。他闻着茉莉花粉的香气，这是一个女人！"冤家唉，走呀，快点走呀……"女人娇喘着小声催促。他不敢违拗，"嗖嗖"几篙子把船撑出梅堰镇，一头扑向黑黝黝漫无边际的草荡。

陶疯子不明就里地载着一个女人，一船软的硬的包裹，从梅堰赶回老家雁湖，把船系在湖畔一棵合抱的杨树下。这时，天将破晓，夜雾在一点点消散。陶疯子又乏又饿，去舀了半升米蹲在船艄上煮粥。他想吃了粥，有了力气再把这女人送走。女人一直蜷缩在舱里，低着头，他没有看清她的容貌。

砂锅里的水和米"噗噗噗"滚了，他掀起锅盖，一股热气直往上冲，不料匍匐在杨树上的一条"灰狸鞭"（方言，即蝮蛇，是一种毒蛇）被热气一激，受了惊，"啪嗒"一声从树上掉进粥锅。他急忙折一根树枝去捞，捞不起，那毒蛇的肉已糜烂。陶疯子原是吃得邋遢做了菩萨的户头，蛇肉煨粥正对他胃口。他掇起砂锅，把昨晚吃剩下的一点臭腐乳卤浇在粥里，那粥咸鲜，"嗤呼嗤呼"吃了个精光。打了几个极响的饱嗝，揉揉肚子正想去撒尿，却直觉得身上火灼似的，鱼鳞般的疥癣成片成片"簌簌"地往下掉。他把单衫也脱了，两个手往胸脯上一捋，咦，竟长出了白里透点红的新皮肉。再看胳膊、腿上，也是白里透点红。摸一把脸，竟是光滑。天色大亮，陶疯子看清楚那女的是个美貌娇娘；那女的看陶疯子，衣衫虽褴褛，却喜长得白白净净。陶疯子小心问女的去哪里？那女的自言姓梅，是大户人家的小姐，从未出过远门，来到这陌生地方，不知去哪里是好。陶疯子这下作了难，那梅小姐却呜咽地哭诉起来。

原来，这位梅小姐昨晚上和情郎约好，由情郎摇船来停在她楼下，两人过半夜一起私奔。不料情郎负心毁约，她自己误落在陶疯子船上。事已至此，寻思一女不嫁二夫，私奔出来横竖回不得家门，索性将错就错跟了眼前这男人吧。于是叹了口气，说："真是个冤家，阿奴认命呀！"随手把十七八个大小包裹一一打开，那软的是绫罗绸缎，硬的是金银首饰。

这是一个穷汉暴富的故事。

大桥、净相寺、新篁，相距王江泾几近百里，可证故事流传颇广。这个故事，凡我听到的，所有讲述的人和文生一样：没有仇富，只有歆慕的表现。

我至今仍清楚记得，文生讲到小姐的金银绫罗时，面露惊喜，两眼闪闪发光；讲到陶疯子由此起造五千零四十八间庄园宅屋时，神情不胜惊奇，而他的小脑袋，自然是加倍剧烈地颠颤了。

我现在想念文生，他贫无立锥，却如此津津乐道陶疯子，并且没有仇富的心理，似亦可哀。但倘责其愚蒙，恐怕有失简率；如讥其痴心梦富，似乎也有欠允当。我的家乡民风受儒教影响甚深（府城有三座孔庙，分别是嘉兴府孔庙、嘉兴县孔庙、秀水县孔庙），所谓"秉礼义""世守其业"，除非社会发生剧变，家族遭遇大不幸，一般的人，特别是乡村大多数的农人，不论贫富，安分向善是他们的根性，更遑论因仇富而起忿争？这也是不少世族富家得以绵延传承有序的原因所在吧。

甸上陶家

甸上是王江泾镇的一个旧村名。古人称"郭外曰郊，郊外曰甸"。甸上村在镇东三里处，相距嘉兴城三十里。现在，除了当地老人，很少有人知道"甸上"这个村名了。

陶疯子的故事，其实和甸上陶家风马牛，虽然王江泾至今仍流传他的传奇（故事版本与市境东部有异，说陶疯子摇敲梆船捕鱼，一日船触荡埂，他下水拔抬船，摸得许多砖块，回家一看都是金砖，由此发迹云云）。

据旧志，甸上陶系出陶家浜绣衣门第的一支。明嘉靖二十三年（1544），倭寇纵火闻川，烧毁绣衣第之和乐、隆庆两堂，这是自正德年间陶俨父子建府邸以来，不过数十年遭到的第一劫。后由陶氏姜恭人重构，门第焕发新彩。然而不足百年，族中陶朗先以进士官登州知府，在天启五年（1625）被魏忠贤阉党诬害，房产籍没入官，宗族扫地出门，远徙避居他乡。这是绣衣门第的第二劫。到崇祯十

年（1637），陶朗先之子学瞻考中了举人，赴京叩阍讼父冤，费尽周折，得以昭雪。"父子绣衣"匾重新悬挂门首。清康熙二十七年（1688），族中亚庵公对府邸重加修葺，可是不到十年，飓风拔木，堂毁。这是绣衣门第的第三劫。此劫之后，"绣衣"每况愈下（虽然学瞻、学琦昆仲都是举人、诸生，但他们弟兄好诗文不善治生，所以朗先的一支，光景寥落），而它的中兴，是在陶朗先族弟玉璇的后裔身上。按谱系，玉璇为十七世。大概在"扫地出门"那一年，玉璇公率族人远避他乡，四年后重返故里，镇上是不想去住了（房产还未发还，去了睹物伤心），择居于铁店港，力耕稼穑，重振家业。

对于陶氏来说，从始迁祖陶观起，治农是他们的本行，而耕读传家，向善、仁义是不变的宗法。所以，玉璇公循着祖训的这条路走，很快不出三代，到他的曾孙让德，复又崛起于陇亩。陶让德，字逊安，号逊庵。太学生。议叙州判、例授徵仕郎。这后头两个是虚衔，非实名。太学生是实，去国子监受业、读书。他的父亲陶圣功，赃赠儒林郎，这当然也是因读书所致。

《家谱》记陶让德："公善治生，富而好施，岁歉减价平粜。乾隆乙亥岁大饥，蠲粟助赈，为一郡之倡。独建大成殿，一椽一瓦皆亲理之。"蠲粟，免除租谷，救济饥贫，总数在一千八百石。独建大成殿，王江泾隶属秀水县，但让德不拘于县籍，乾隆五十四年（1789）重修扩建嘉兴县学，他出头勇于任事。至于地方上修葺、筑造闻店、射襄、济阳、华思、尚德诸桥，凡输金捐石等善举，他都乐从。

让德公生八子，世字辈，楷、纲、侃、杰、□、仁、俊、义，第六子世仁，号乐山，太学生，惜早世。第七子世俊，《家谱》有记，亦太学生。自让德公（二十世）起，迄于二十四世陶文鐈、陶福钟等，就科举而言，二十三世陶步元，郡庠廪贡生，道光戊申年预考选拔。陶恺元、陶养元，都是邑庠生。陶赞元，号襄哉，道光丁酉年举人。比较"绣衣门第"，让德一族，没有中进士，功名不算闻达。但就财赀说，雄甲一方是当然的。嘉庆十三年（1808），长虹桥突然轰然坍圮，里人唐秉义等募资重建，所有的桥面石由甸上陶任铺。长虹桥初建于明万历三十九年（1611），至天启元年（1621）竣工。清康熙五年（1666）修葺。嘉庆十三年这次重建后，除了唐印僧先生在光绪六年（1880）把桥顶的两块栏杆石加以补缀外，桥面石至今完好无损。长虹桥桥石之精美修洁，允称无伦。甸上陶当年选石购石之功，于此可以想见。但这一点，却为多人所写的长虹桥文，轻轻地给忽略了。

甸上村原地貌东、南、北三面环水，南与北分称前港、后港。宅地面积一百二十亩，房屋五千零四十八间，有义庄（赈济族中孤寒）、义园（殡葬族人）、米栈（储粮）、糟坊（酿酒）、家塾（供子弟读书）、祠堂（祭祀）、花园、荷花池等。自让德公起，五代人生息于斯。这座庄园，最繁盛时食指当在数千人以上（家族之外，佣工、家丁、仆妇、婢女不在少数）。甸上陶在仕途方面未获荣进，这是否跟明末十七世祖朗先公突遭家难，子孙殷鉴于此，隐痛于此，从此不汲汲于功名有关？我不敢贸然断定。但从《家谱》的记载看，陶让德的第三代，陶斯咏（名璐，号云岑）好读书，嗜古玩，册籍卷轴藏有六十架，所居名"借山楼"。和斯咏同辈的陶琯（字声和，号梅石。陶乐山长子），也居甸上，在前港筑"绿蕉山馆"。梅石善丹青，工诗，著有《绿蕉山馆集》。陶琯的胞弟陶琳，也善画，斋名"松荫庐"。陶琳的从弟陶琼，绘花卉深得南田之神，唯稍逊于琯。我这里举出的"四陶"或以收藏名，或以书画名。"四陶"之下，又有四女史：陶豁、陶翯

（均陶琳女）、陶馥、陶馨（均陶琯女），她们的少女时代，在甸上庄园整日调脂煅粉，寄情于山水花卉。并且个个工于韵语，是难得的檇李女诗人。

借山楼、绿蕉山馆、松荫庐、梦华馆、澹园，俱往矣。便是甸上村也已经易名为"田丰村大园""田丰村荷花湾"，这是我在甸上见到的农户门牌照。而"大园""荷花湾"，应是此处曾有园林、荷花池的地名流变。那五千余间宅屋，如今只剩下"大园42号"三间，我登梯趴在院墙上看，院中有寻丈长巨石，是高屋大堂的阶沿石所遗。据陶巧官老人说，宅主陶延庆，早年留学去美国。因北京侨务方面曾派人来探视，故此屋未动，任其破敝。村中尚有旧迹可考的是竖立在河边的数根石柱、石槛和一块系船的礅。这是船房所遗。船房，亦称船坊。以石作柱，横木为梁、橡，上铺瓦以蔽风雨，专供停舟泊船。从前家有船房的，譬如甸上陶家，族中

长虹桥

位于王江泾镇东南。东西向，跨京杭大运河。

始建于明万历三十九年至天启元年（1611—1621）间，清康熙五年（1666）重建，清嘉庆十七年（1812）重修。清咸丰十年（1860）"庚申之乱"毁桥上栏石南北各一。清光绪六年（1880），里人唐佩金购石修补如旧。

故老相传，桥原址在闻店桥北，嘉庆十七年重建时移址于南。

长虹桥为浙北平原在软基上建造的最大石拱桥。全长72.80米，水面至桥顶高18.80米，桥顶宽4.80米。桥面有石护栏和靠凳石，东西两端有石阶55级。

长虹桥造型优美壮观，为历代文人称颂，有"虹影卧澄波，登高供远瞻，南浮越水白，北接吴山绿"等诗句。

2006年，列为全国重点文物保护单位。

（据《古桥风韵》摘录）

的某一位，或者竟就是绿蕉山馆主人梅石先生吧，雨天出门拜客，他从"山馆"踱步去船房，不必携带雨具，宅园和船房有长廊可通。梅石先生双手捧个水烟筒，"卟噜卟噜"抽水烟。他抽兰州上等皮丝，烟雾淡蓝淡蓝的，很香。下船。这种船装有四扇明窗，舱篷高敞，应称舫。有童仆相随。在船中，洗烟筒、装烟、"噗"地吹燃煤头纸，都由童仆伺候。梅石先生凭窗，抽烟、吃茶、眺望湖上雨景。冻雨、雪，都无妨。白铜的水烟筒，安一个狗皮套子，不冷手。脚下铜炉，烧安吉白炭；脚上一双毡靴，靴底不沾泥尘。到主人家，主人家也是船房、长廊，廊连接花厅。赏画、论画。主人在紫檀雕螭纹大画桌上展开一幅画，四尺宣，董香光的《烟雨放舟图》，是盛泽一个丝绸商托人送来叫帮忙"看货"的。梅石先生撅起花白髭须瞟了几眼，摇摇头，说："胎气薄了点。"拿起水烟筒，闭目，卟噜卟噜。

他堂兄斯咏的借山楼，藏了董其昌画"武塘柳洲"的四个条屏。

撂开，改说"四王"，本朝的，倒不会怎么造假。

彼等商贾，两眼墨黑，只认铜钱——呵呵。

告辞。梅石先生拱手。说：

"世兄，留步、留步。"

"梅翁，回见、回见。"

主人是他老友的儿子，看画，眼力还浅呐。

梅石先生缓缓落船。雨，下大了。无碍。童仆和摇船的健佣知道，回到甸上，照例会有赏钱的。

甸上陶家，二十四世后，裔孙星散。庄园废止于1949年，1958年拆除。

附记：据唐佩金《闻湖志稿》（稿本）载：甸上村"俗称张家甸，为陶氏聚族所居"云。按：此"张家甸"获名于何时，无考。

矮　桃

矮桃，桃中之异品。

清代吴其濬的《植物名实图考》成书于道光年间，记有"矮桃"，但那是饶州平野上的一种草，不是桃。矮桃见于文字记载的，有唐印僧《闻川缀旧诗》、倪禹功《嘉秀近代画人搜铨》等。禹功先生《搜铨》记"陶琯"目下云："陶琯字声和，号梅石……秀水人，菊隐公裔。家住闻川之廉让（甸上），出门数步，烟波浩渺，远树遥村，尽供画意。其父乐山翁储藏名绘甚多，又喜艺花，奇葩异种，莳植逮遍。而灰色倭桃、宝珠山茶，尤非凡品。"这一节记画外之事甚觉可喜（倪氏《搜铨》多此种闲笔，亦难得），所云"倭桃"，即矮桃也；"乐山翁"就是让德公的第六子陶世仁，字济苍，号乐山。太学生。世仁承父余荫，家殷富。《家谱》说他"早世"，看来是不及中年就去世。乐山风流倜傥，善感，多病。精园艺。他在甸上庄园六房的居所（陶让德生八子，每子在庄园各占房头），辟蝶来圃，专意于花草果木。春天，蝶来圃内，几株名贵的九嶷绿萼梅的青碧枝条上残花点点，那茎秆簇密、丈余高的宝珠山茶，则怒放出猩红肥硕的花瓣，朵朵秾艳可掬；摆在三四层高的青石条架上的上百盆矮桃，层层叠叠，这时枝条上也参差地缀着大小不一、嫩黄的、灰色的、粉红和紫绛的花蕾，只待吹上两三阵暖风，便是满架小花山似的锦绣了。

一年两度，蝶来圃都要举行赏花、品桃的雅集。赏花，在清明这一天，闻川镇上和附近天凝庄、麟溪、盛泽、平望的名士们，都坐船来，船泊在甸上前港的船房，有网船和四扇窗的舫。从上午到下午，络绎不绝。款待酒饭。接客送客。主人陶乐山甚累，趁人不见，去浇花的水缸里咯了点血，洇了，几小朵，像极妖媚的桃花。他痴看了一会，点点头，微微含笑。品桃，那要到大暑过后（矮桃果熟迟）。陶乐山连着两天，磨墨握管，写帖，一笔瓯香馆的蝇头精楷，墨色极黑。他吩咐仆佣把帖子分头送出，不会有"恕不赴席"的，一定都是"知单"。矮桃，珍稀之品，特异之果呀。

届期。陶乐山一大清早，身着软绸白裌衣（他病肺，畏寒不畏热），指挥众仆佣摘桃，一个个装贮冰盆，送往五柳堂。堂上，筵开十席，湖绿缎子绣胭脂红寿桃的桌帏，每桌上摆三个冰盆，成品字形，每盆都满堆；堂左右，各设书案，供笔墨纸砚，名士们吃了桃子是要做诗的；堂前，湘妃竹子簾沉垂，映着庭院里金桂、银桂的满树青碧。

不一会，名士们至。老少咸集。都是乡贤。啖桃，每人一枚（待会儿作诗论优劣，另有赏桃，此是雅兴）。桃有红晕的，水蜜也；白而鹅黄的，李光也；大红的，玉露也；桃荔枝蜜的，即是矮桃中开灰色花的，其味无与伦比。

席上所供之桃，都是树头熟。

"乐山贤弟，君家之桃，名不虚矣。"

"乐山兄，得之于道家，秘不可传呀。"

"喔，呵呵……"

众名士交口说。

陶乐山颔首，微笑。拱手道："今日诗会，诸位咳珠唾玉，必以启下愚呀。"

"乐山仁兄大人，此，此真折煞小弟也……"

"哪里，哪里。"

"请，请请——"

堂上纷纷揖让，乱了一阵子。

运河湾新民健康湿地养生农庄

该农庄位于王江泾镇太平村，由浙江运河湾农业科技有限公司负责运营。公司于2010年10月28日注册运营，注册资金3 000万元。农庄经营占地面积1 037亩，是综合现代化农业、现代养殖及观光旅游于一体的生态化园区。具体分餐饮娱乐区、农业观光游乐区、休闲农业体验区和重点观赏区等板块。内时有中国式掼牛、江南船拳、硬气功等多种表演。

这时，名士中有一位山楂脸、两个颧骨微红似桃的，趁人不备，连吃了三个荔枝蜜的，汁水淋漓，抹抹嘴，也哼唧起来，缓缓步向书案。此人善制艺，平望的文翰楼有他的墨卷。诗上头，却拙。他边走边搔首，颧骨一突一突的："种桃道士归何处……"他是想"偷得半联"，讨一个巧。

禹功先生在《搜铨》"陶世仁"目下说：世仁"收贮法书名绘甚夥，朝夕浸润，擅画花卉。虽无画名，实开琯琳之先河。"言下颇多惋惜之意。我倒是觉得，画名，不足惜。乐山倾短暂生命，培植出乡史上前所未有的矮桃，其名焉得不传？

二十年前，已故耆宿许明农先生曾撰《嘉兴名果——矮桃》一文，其文略谓：

> 我禾矮桃乃王江泾甸上陶氏最早栽植，据称其祖先得之道家（相传陶氏食客中有一道士，不唪经，不打醮，食则酒肉，一住半年，奴仆侧目而主人仍以礼遇。一日，道士临行，袖中出桃核数枚为报，繁衍至今，传为珍奇）。

> 甸上矮桃，花有粉红、嫩黄、紫绛、白中有红点及灰色诸种，至于灰、黄两色，则早已失传。近世善种矮桃者，除甸上陶之外，嘉兴人陈镛（字良才），育有数十盆。民国二十六年（1937）夏，陈氏与上海永安公司约定展览嘉兴矮桃，惜以日寇"八一三"之役作罢。其次，家居城中砖桥弄戚慕萱，种菖蒲、矮桃、兰花、山茶，极精，并藏有昆吾（美石），世无双。慕萱亦园艺家，种三四盆，高仅六七寸，造型优美。结实删存两三个，故大逾寻常，桃枝不胜负重，撑以小竹枝，观者无不称美。其果甜，汁盈，不输玉露云。又，海日楼主沈曾植，曾携矮桃引种京师，迄今消息杳然。

许先生所记，均1949年前之事。他自己当年得到陈良才赠与一红一白两盆佳种，红者花开似水蜜桃，白者花开似李光桃。这两盆矮桃，呵护到上世纪的八十年代，存一红。

1989年立秋前数日，许先生特请周君荣先摄影，并缀语云："余手栽之嘉兴矮桃（红花水蜜桃，高仅五寸，每桃重三两），味甜且鲜，诚名果也。许明农记，时年八十有一。"

沈寐叟、陈良才、戚慕萱之矮桃，根于王江泾甸上陶氏。

沈、陈、戚、许诸乡贤之种养矮桃，都是宝爱故园名物心的使然！

公泰和栗酥

栗酥，嘉兴人称酥糖。这是一种用芝麻粉、糯米粉、精绵白糖、饴糖，拌和压制而成的茶食。我小时候，过年亲友往来互馈"节礼"，圆果（桂圆）、荔枝、蒲桃，应算上品；其次是柿饼，比较适中的手中拎一盒酥糖，也可以称得"出客"。桂圆、荔枝、蒲桃、柿饼都是干货，南货店用一张径尺方的大草纸（纸很厚，专用于包扎干果，不是上茅厕的那种手纸），包成一个大方包，四边有棱有角，拿一根苏草松松扎好，不使太紧，因纸包中空，装的干果并不多，但卖相却很好看。据说店伙扎这种草纸大方包，手上功夫非三年学徒莫办。因是年节，礼品纸包上贴一张玫红纸，看上去很是古色。

酥糖是装纸盒的，标号是不是"公泰和"？我稚齿呆拙，只晓得吃，哪里会顾及到此。记忆分明的，也只在"吃"上头。小时过年随祖母去乡下拜客，从前的人节俭，拎一盒酥糖已算是很体面。在我的记忆里，祖母这一盒酥糖送出去，在几家亲戚兜一大圈，最终往往又回到我家，这时已将近正月半了。祖母看看它的"使命"已尽，亲戚的礼数以待来年了，便打开纸盒让我吃。可怜的酥糖，几经转送、颠簸（旧时讲古礼，受人馈赠，必再三地推让），已经碎成粉末，起连头（蛀坏），每块中间的白饴糖芯，半烊，粘着盒底，手指头捞起来吃，其甜已经带点儿糖哈（音耗）。小孩子总是贪嘴。我在酥糖里吃到虫子，祖母说和米虫一样的，吃下去，不碍的。

我把纸盒里的酥糖刮刮拢，一搭刮之都吃了。

王江泾公泰和栗酥，我未之见也。

闻川钱君福卿有《公泰和栗酥》一文，叙事亦简明。其写栗酥包装云："栗酥五块一排，五排一层，两层；草纸包，上有一张红纸，印一葫芦，中书'栗酥'二字，并有'公泰和'标号。纸包用一根咸水草扎成长方形，携带甚便。"

钱君所说是旧包装，据闻现在商家于过年时或偶尔用之，亦以存念想之意。

公泰和栗酥由张竹溪创制于清同治四年（1865），竹溪的家世不详。同治四年，恰好是在咸丰庚申（1860）兵燹王江泾后之第四年。庚申的兵灾，于镇的创痛甚巨。据陶葆廉在《闻川缀旧诗》序中说："猘寇狂突，华屋山丘，士女虫沙，荡然无片椽之存，亦无一家得免于死亡。同治丁卯以后，先勤肃公偕诸父老，除

瓦砾、修桥梁，瘁力招徕，终未能挽回一二。"招徕，虽然步履甚艰，但镇的恢复从同治六年（1867）开始是可以确证的。勤肃公便是晚清著名的封疆大吏陶模，葆廉的尊君。陶模在同治六年已经是举人（次年中进士），有力量偕诸父老招徕乡人。鉴于此，如果公泰和的创始年无误，那么，张竹溪是率先两年，开店设肆，在荒寂的死镇上，吹燃起第一颗复活的火星！

清咸丰同治年间，太平军与清军相搏于江南，生灵涂炭，人民受苦。咸丰十年（1860），王江泾灭镇。但与镇仅一水之隔的盛泽，却并没有殃及战火，成为乱世的怪象。怪象是，那时的盛泽、严墓、平望、吴江一带，崛起了江湖派的地方武装——枪船。枪船的头目，大多是湖匪出身的痞棍，他们驾一种尖头板桨小船，船上七八人、十数人不等，配置火铳（鸟枪、鸟炮，发射时装火药、铁砂），漂泊大

公泰和糕点

公泰和栗酥由张竹溪创制于清同治四年（1865）。新中国成立后，为保护和发展地方名优特色产品，嘉兴县公泰和食品厂在王江泾镇陶沙弄挂牌成立，主要生产糕点和菜油等。进入上世纪六十年代后，由于粮食紧缺，公泰和几乎停止生产。改革开放后，公泰和食品的生产渐渐恢复，但1992年又因事被迫停产。2009年5月，公泰和食品有限公司重新开张，由朱荣伟任总经理。现公司主要生产、经营"四酥二饼一糕一片"，即芝麻栗酥、奶油桃酥、袜底酥、核桃酥、麻饼、苏式月饼、荤米糕、麻燥片。

泽，纵横乡里，或劫掠民财，或聚众赌博，或斗殴杀人。这原本是祸害百姓的土枭，却在乱世被知识阶级的缙绅们看中，缙绅们（如葆廉先生）斥骂农民起义的太平军是"猘寇""红羊"，却甘心不顾儒教的衣冠，与盗谋"道"，在纷乱的世象中，打出了一套"迷踪拳"法，以使乡土苟安。如当时有悍匪小鸡法度、孙七（此人颇通文义、能诗）两人在的盛泽镇，有杀人不眨眼却惧内的卜小二在的严墓，有吴砂锅、喇叭在的平望镇，等等，竟都赖以无恙，百姓依然世守其业。

我据此推测，那位张竹溪先生，很可能是盛泽、吴江那边的有名饼师，趁王江泾这边战乱甫弭，他就跑过来开店做栗酥。张之栗酥，"麻香浓郁、甜而不腻、脆而不疏、酥而不散、上口不粘齿"，是其风味。

王江泾公泰和栗酥，历史逾百年，驰名江浙。但，我在镇上，却怎么寻觅不到它的店招呢？

注：我撰此文时在2008年，次年有田乐乡人朱君荣伟创建"嘉兴市公泰和食品有限公司"，并在镇之长虹桥西（长虹路46号）设店。店匾"公泰和"三字，由原国家商业部部长胡平题书。朱君善经营，恢复传统茶食栗酥、桃酥、袜底酥等，风味不输于张竹溪制。

孙家馆咸菜冻麻雀

咸菜冻麻雀，是我辈下酒的妙品。

王江泾孙家馆咸菜冻麻雀，烧煮最佳，最早记载见于清光绪间邑人吴受福（号晋仙）补辑《古禾杂识》。晋仙先生按语云：王江泾孙家馆咸菜冻麻雀："枫泾丁义兴冻烂肉、乌镇许家酱鸡，皆驰名甚远。王店母猪肉味亦香美，春波桥钱家早面佐以白切鸡、蟹羹等，鲜美胜于他处，人呼为小手家小面，每晨座客恒满。"前辈写名物，据实，不著一"粗"字（嘉兴近年有"粗菜馆""土菜馆"之目，鄙陋可笑），这跟文化是有关系的。

二十多年前，我从嘉兴徐儒先生得到咸菜冻麻雀的制法。徐儒老先生好酒，他在民国时期是嘉兴《商报》馆编外的访员，人称"醉记者"。写稿不习惯用标

点，"连珠法"，晚年也如此。据说，一天最多能走笔得万余字。上世纪40年代的某年中秋，他走访刘王庙网船会，记庙会会首，发布会讯，香头多少，聚赌有谁，草台戏班，小吃摊贩，警所治安，以及江浙信众（大多是渔户）从王江泾连舟至连四荡不下十万艘，等等，一路铺陈写来，所记事没有半点儿生夹。

地痞霸市、流氓拆梢、讼师欺压孤贫、某官嫖妓之类社会新闻，更是徐儒笔下称手的"报料"。他有正义感，同情在小民这一边。那时场面上有头脸的人物，做事勿局，露丑，见到他总有点发憷。

徐儒老先生的"冻雀"，烹调其实甚简。取数百只麻雀，拔毛去脏腑洗净，置铁锅内，上盖以切细的腌雪里蕻（要塘汇产的），中实两斤重奶脯猪肉一块，略加酱油、盐，加水，加黄酒，加赤砂糖，文火煮。费时小半天，致雪里蕻细末黏附雀

刘王庙·网船会

位于连四荡（今作莲泗荡）北偏东，民主村驻地。庙始建于明代，祀元代江淮官指挥刘承忠，以能驱蝗，有惠政，元亡自沉于河，世称刘猛将军。清雍正二年（1724），敕命全国祭祀。清同治年间，加封刘承忠为"普佑上天王"，始称刘王。庙建筑面积450平方米，主殿高12米，有刘王等神像17尊。1972年拆庙。1986年在原庙址重建，定名刘公园，为王江泾镇游览胜地。

自清咸丰年间起，每年清明及农历八月十四（传为刘承忠诞辰）为刘王庙会，也称网船会。赶庙会时，数以万计的江浙渔船挤满连四荡，连接十余里，远至王江泾。庙会持续四五天，除给刘王上香、敬献祭祀供品——猪头、全鸡、全鱼等——仪式外，表演打莲湘、挑花篮、打腰鼓、舞龙……娱神亦娱己。庙会由民间自发组织，秩序井然。

网船会被列入第三批国家级非物质文化遗产名录。

（据《嘉兴市地名志》摘录）

上，起锅。

我把此法告诉翁建国厨师，翁厨的"南湖船菜二十四品"，其中"冻雀"和"缸肉"，是顶好的。

咸菜冻麻雀，热天放多日不会馊坏，可以致远。不只下酒，过粥亦甚鲜美。

清光绪年间，距今也百年矣。当年王江泾孙家馆的"冻雀"，是否是徐儒之法？无以考。

古镇名士

王江泾一名芦泾、雁水。

明高濂《遵生八笺》中有一节写到闻川，说："王江泾多芦，时乎风雨连朝，乘舟卧听，秋声远近，瑟瑟离离，雁落鹭飞，幽情闲逸，谓非第一出尘阿罗汉耶？"

高濂，字深甫，号湖上桃花渔。钱塘人。明万历时戏曲家。高濂善摄生，服膺道释。但我读他的《野蔬品》，没有"道气""佛气"（录野菜六十九种，可应荒年之需。讲到滋味，语多平实，不作夸饰之辞），还是关心民瘼的。

高濂大概是从杭州来过王江泾去苏州的，寒秋，泊舟雁湖，蒹葭萧疏，烟水弥漫，竟使他流连不止，生出了隐居于此的念头。

他的想法没有错。

闻川水云乡，为隐者游居之地，才俊名士辈出。我搜检吴藕汀先生《近三百年嘉兴印画人名录》和傅近勒先生的《嘉兴历代人物考略》，以明清而言，举王江泾一域，骚人墨客、丹青之士、刻印名手及渔樵寄生者，竟致不克细数的地步。我今从居于镇上的说。第一位名士，当然应属蒋先生石林。蒋先生名之翘，字楚稚，号石林，又号雪樵。他生于明季（1604年），少负才名，工诗。年及冠，往游湘水，谒三闾大夫庙，作哀屈子诗。又游于江陵焦竑之门，从兹肆力古学。他在科举上头，好像是犯了小人的恶，连饩于庠都无望。明亡，作遗民，以布衣终老于乡。他家住在镇上定中桥东，居所名三径草堂。这是取意于渊明《归去来辞》的"三径就荒，松菊犹存"。蒋氏先世富藏书，他的十七世祖渔石公，有一部《李长吉评本楚辞》，到他手中更十分宝爱，重加采辑而刻印之。我推想，他在气质上和李贺有相通之处，而追慕屈大夫灵均，忧国伤怀，引为知己。请看他的诗"幽兰芳杜寄情高，吊古悲歌首自搔。尚忆停杯当木落，满楼风雨注《离骚》"，其自许如斯！

自作诗文：甲申前后集，以明亡之年为标识，这是与所有遗民相同的。惜亡佚，遗珠或见于他人笔记。他倾力校刊补辑的《楚辞》《晋书》《韩柳文集》几种，朱彝尊在《静志居诗话》中特予表出。朱氏说他："又辑《槜李诗乘》四十卷，搜录乡党先正诗无遗，兼能备举轶事，使听者忘倦。晚年无子，书籍散佚无遗，诗乘亦亡，可叹也！"

竹垞对于"明遗民"是心怀"隐痛"的。朱氏的世系，他的高祖朱儒，明神宗时官太医院院使；曾祖朱国祚，万历十年（1582）状元，官至户部尚书兼武英殿大学士；祖父朱大竞崇祯时出任楚雄知府；父朱茂晖，秀水县学生，承祖荫授中书科中书舍人；本生父朱茂曙，增广生，甲申后弃去。一门四代，世沐国恩，尤以曾祖父通显朝野。明亡的第七年，竹垞二十二岁，他随叔父贵阳太守朱茂睭赴十郡文社。这是一次江南十郡文社在嘉兴南湖举行的反清集会，与会者都是胜朝（即明朝）的名士。竹垞对于参加反清斗争之事，当然是心存忌惮的。他的名作《鸳鸯湖棹歌》，没有吟唱到烟雨楼，就是这个原因。此后，浪迹江湖近三十年，在康熙十八年（1679）应博学鸿词之征，以软膝、软脖的代价，终于做了康熙皇帝的文学侍臣。他内心里对自己所付出的"代价"，是备受煎熬的。这只要看他在诗文中对待遗民的态度，比如称年辈比他高的同乡鸿儒巢鸣盛，明亡后不仕，在老家凤溪种葫芦、手制匏尊是"剖心刮垢"。剖心，是向明朝剖露忠心；刮垢，是要洗磨掉对清廷或许有的软膝软脖的任何一点念想！看看，巢端明的遗民精神自律是何等的峻刻！竹垞对此能不自责而深怀隐痛？以是，他在《静志居诗话》中为蒋之翘作传，说"甲申后，隐于市"，寥寥六字，语虽平淡，但实在也是内含敬意的。

这是竹垞翁心目中的石林。我倒是以为，蒋先生石林的一生，最具节概的地方不在清而在明，并且可以煜照出他不同庸常的胸襟！

明天启五年（1625）惊蛰前后的某一日下午，正在书斋山晓阁里删订《湘游诗草》的蒋石林，向来访的文友们讲说他前些天的一桩奇遇。是那天傍晚将要上灯的时分，他寓所的屋后忽然升起一道千尺长的虹光，"嗖嗖嗖"直射南斗。全家人惊骇不已，他举灯去屋后察看，照见地上有一巨罅，青烟袅袅。第二天掘土下去，锄头触着石匣，启盖，匣中一泓清水。他回到书斋正诧异着，突然听闻到龙的吼啸声，急去后园，只见石匣中静卧着一把剑，没有鞘，龙纹，寒光闪闪似冰。谛视，剑上镌"青虹"两个古篆。

这一节"传奇"，见于《闻志》"剑啸台"条目，有"黄学使汝亨记"，我再加以敷演。需要指出的是，"虹光千尺"云云，应是蒋石林的"假托"。明季政治糜烂，党争激烈，魏忠贤专权擅政，荼毒人民。魏珰的缇骑经常被派遣到江南，读书人对国是稍有言论，即贾口祸。在这样的背景下，蒋石林在天启五年（1625）于宅屋旁筑剑啸台，刻碑明志，以"剑啸声如雷，宝气久销歇"来含蓄地倾吐他对朝政的不满，是要有胆识的。读书学剑，诗酒襟怀，原是真名士的本色！我对于蒋先生石林的这一点"本色"，最为看重。他不是咿唔派，是披发仗剑的诗人。

咸丰六年（1856）秋，闻川诸名士重葺竹林书院。龟巢主人杨汲庵（象济）在书院旁筑新舍，奉蒋之翘神主以祀，名清芬祠。其时去石林先生辞世已一百八十九年。配祀张楷，字雪泉。道光年间人。工诗，好客，有至行。亦名士。居镇上怡耕楼。

石林兄之华，字淳还。明天启末，闻店桥坍圮，他召集同志重修，功未半而死。死前一日，在病榻上犹口占两绝寄同志。诸人诵于灵前，泪下。

蒋淳还好像也是一位布衣。

镇上名士如一隅草堂计楠，兰林书屋于楷，萝月山房沈文锦，惇朴堂周文德，繁响阁骆天游，后繁响阁陶淇，得半轩钱氏，小桃花庵唐印僧等，大多以诗文字画活跃于嘉庆道光年间。有一位迎霞楼张畹英，名媛、才女，著《迎霞楼草》。吟诗："懒随桃李同春笑，甘伴冰霜作冻吟。"读这两句，我就觉得她过于孤芳。她大约不会趴在楼窗上吃粥看街景的，在古镇上。

清官陶模

陶模的谱系，不是城北金桥陶，也不是王江泾甸上陶，是另一支。这是陶模曾孙诚益先生说的。

刘公塔近景

　　诚益先生的祖父陶葆廉，字拙存，别署淡庵居士。《嘉兴市志》有传。葆廉，清末"四公子"之一。精西北舆地之学，著《辛卯侍行记》，为晚清史地学力作。学识渊雅，唐印僧的《闻志》《闻川缀旧诗》，由他校阅、作序，得以纸贵。诚益先生尊人陶铜士，未载志乘。铜士，日本早稻田大学肄业，民国时供职南京政府立法院，任秘书。我见到过他的一帧照相，着学士装，手持司的克（手杖）。陶氏在嘉兴城中住砖桥街，名陶家园。宅园南临报忠埭，北抵弓箭埭。有多大？无法确说。只知宅中有学稼堂、有恒堂。有恒，取孟子"无恒产而有恒心者，唯士为能"之义，翁同龢题匾。学稼堂，盛泽名士沈蒙叔书翰。陶家园到铜士一辈，园已芜。铜士住学稼堂，率妻黄瑾英，子诚益，女诚祥、愉，在己丑（1949）初几年，举家啜粥度日。秋天，园中青桐黄叶纷坠，铜士绕树徘徊，想到寒衣尚未措置，皱眉，搓手，竟不知如何之好。偶有客来，开门揖让，彬彬有礼，不肯示人以窨。1949年解放了，陶家园仍旧礼。学稼堂里，晚上父母归卧室，儿女要说"歇得好"；清早起床，儿女要问"昨晚歇得可安"。一日三餐，虽然桌上放一钵粥，两三碟腌萝卜头、咸酱瓜，食毕，却要互致："用得好。"都是敬词。据见过铜士先生的人说，彼时，铜士先生满脸粥气，青灰。

1955年，时任全国人大副委员长的陈叔通先生，致书陶铜士，称："铜士世兄，令祖勤肃公，弟之恩师"云云。陈叔通，光绪二十八年（1902）中举人，座师是两广总督陶模。这是一封来探询陶氏后人近况、昔日门生报师恩的书函。全国人大的红字笺头，当然能生效。不久，铜士征聘为浙江省文史馆馆员，月致车马费四五十元。子诚益去嘉兴图书馆。女诚祥因较早独立，已在上海某幼稚园任保育员。小女陶愉，承欢堂上。

诚益先生供职于嘉兴图书馆古籍部，我以前去图书馆，查什么书，问他，书架上一取就得。他助省社科院陈学文先生编就《嘉兴府城镇经济史料类纂》一书，为日本学者所重。赠我一册，署上下款，字很方正，他从小是学颜的。诚益先生未娶。鳏。脸长方，堂堂；白皙，望之有"官相"。1986年以嘉图老职工退养。后送往子城老年公寓，这是出自崔馆长泉森的安排，亦获福之报也。

陶家园久废。今仅存三椽老屋，柱、檩、墙、瓦面，俱圮。荒墟中长一棵泡桐，野生，树冠极乱。紫色的泡桐花，花随晚春已去，想象花开时亦极乱。

陶模（1835—1902），字方之，号子方。新编《盛泽镇志》谓陶模道光十五年（1835）"……生于秀水（今嘉兴）调下浜村（今田乐乡）"。但据《闻志》记载："东皋草堂在三官埭，顺治间菊隐十三世家孙，明经陶兆琦偕弟璠居此。又七传至勤肃公，亦生长于斯。"文末注云："勤肃微时，勤苦力学。庚申兵毁，避居盛泽。同治初，重筑数椽，殊隘。移家郡城。"这样看来，陶模和东皋草堂关系至深，然而谱系和陶造图菊隐公其实并不搭调，我推想他的祖上，是以"联宗"而依附到菊隐公的世嗣，原因主要还是出于门祚不济、托庇阀阅余荫的考虑。

清道光末年，王江泾镇上，三官埭左边的一条小巷里，每天清晨走出一个少年，双手捧着母亲刚从织机上取下来的一匹白绫，急步跨过郁家桥（今存，已改建），去丝行街交给收货的坐商。这少年人便是陶模。把母亲织的丝绸去市集上变卖，然后换取些柴米，回家来再攻读经书，日过日。这种生活，贫窘无以言，占取了少年陶模的青春。他还有一段生活可记：庚申，太平天国李世贤部大败清军于王江泾，攻占嘉兴府城。他一度存身在太平军中服杂役，亲身体验到农民起义的前因后果，这和他日后居官能够始终持仁政、亲民，是有很大关系的。陶模三十五岁中举人，次年会试中进士，改翰林院庶吉士。他从甘肃文县知县做起，官至两广总督，经历、政绩，《嘉兴市志》有大传，不赘。我这里据嘉兴故老传闻，记他的清和廉。故老说，陶模显达后，每次回嘉兴，竣拒地方官的赞敬、赈助。出门拜客，不坐轿，便服；随行的老仆，衣帽和主人几乎无二。当时鸳鸯湖的花船花酒，从来不去；烟雨楼的拍曲，不管始尚清曲，后改锣鼓说白，没有听说他有这方面的爱好。居家，坐有恒堂上，高声诵桐城古文，音铿锵，家人屏息，蹑足走。不喜八股，督子弟读诸子百家书，像他自己年少时那样。学稼堂里，客来，奉茶一盏，茶叶是顶普通的炒青。陶模家从来不备一块大洋一斤的好茶。

大捷山

明代王江泾平倭大捷纪功碑应该有两块，一在镇上射襄桥，一在离镇西南三里的倭墩浜。这两个地方，我都去看了，看遗址。镇上的，《闻志》卷三"古迹一"记云："大捷山，在射襄桥南夹河中，有石勒'平倭大捷山'字，俗称倭墩，即张经败倭埋骨处，亦呼杜墩。今其碑大半在土中，头阔三尺，四面云纹，古篆剥蚀。乾嘉时为陆营牧地。"

射襄桥亦名寿香桥，我在"古桥与镇"中已有介绍，但看来我只说此地宜刻石记"射襄古巷"是不够的，这里还关系到抗倭纪功。夹河，市河旁之小河。旧志称射襄桥在"夹河口"，这也是我已说的。平倭大捷山，埋葬倭寇尸骸的墩，墩在我家乡有称坟墩的。杜墩，方言"大"读如"杜"，言大墩也。"大捷山"条目下附《杂咏诗》云："功成表京观，卧碣遗残照。迷离海门烟，鬼哭汀花笑。"京观，古代战争中胜者为炫耀武功，收集敌尸封土而成高冢之谓也。大捷山碑，头阔三尺，即碑身之阔；高，大半在土中，不可测。四面云纹，古篆剥蚀。我揣其文意，唐印僧在编撰《闻志》前，是见到过此碑尚存于"射襄桥南夹河中"的。《闻志》刻印在宣统三年（1911），去今九十七年。问镇上老人，碑的存毁，都茫然。闻川土著钱福卿先生好古，他带我去看大捷山遗址，在镇一里街东段北侧，夹河早已填湮如砥，成路了。我站在人烟处揆度方位，发现唐印僧先生的小桃花庵旧址离此不远。揣想壬辰（光绪十八年，1892）那年，印僧先生旅次吴门，因慕"吾家六如先辈之品学"，归来自比唐伯虎，在射襄桥西辟地筑小桃花庵，以为诗酒之憩。他在庵中如何风流，无以窥；请人绘图题咏盈帙的《小桃花庵记》，无从见。这且不去管他，是真名士自风流。

从小桃花庵到夹河口，不过百余步。某年的一个春日，桃花开了，柳絮飘飞，夕阳返照片片红。印僧先生微醺着推开绿漆的庵门，踱步到射襄桥。他的身后是幽深的古巷，夹河两岸芳草萋萋。他抬起蒙眬的醉眼，向那块大半掩埋在土砾中刻着闻川军民抗倭丰功的石碣，唱出一首五言四句的古调：

> 贼臣满朝宁，孤忠亦何补。
> 摩挲残碣存，悠悠触今忱。

诗，优劣不论。但乡国的情怀，对于发生在四百多年前的平倭之战，不能无动于衷，却是真的。

倭墩浜即平倭泾。《闻志》卷三"古迹一"记"平倭泾"云：

> 明嘉靖年间，总督侍郎张经遣总兵俞大猷等，剿倭于此，筑京观以纪功。旌其地曰平倭泾，构亭覆之前，祀真武曰圣武亭。

真武即玄武，朱雀、玄武、青龙、白虎为四方之神。真武居北方。宋代，道教把真武帝君弄成"披发、黑衣、仗剑、踏龟蛇，从者执黑旗"的形象，并俗传农历正月十六日为真武下界日，诸神亦必陪同，与民同乐云。把张经、俞大猷等著名抗倭将帅化为真武大帝，神道设教固不足论。但我觉得，这里头似乎有一种镇魔驱鬼的意味。史载张经、俞大猷等与倭寇战于王江泾，斩获倭众两千余，埋于此。两千多具尸首，想想那"阴气"该有多重！从前乡下多荒冢堆，成片；入夜磷火荧荧，随风飘忽。说者、听者，都惊怖。这在科学不昌明的旧时代，民间有一些迷信还是可以理解的。

那天，我甫到王江泾便由镇政府魏海泉、祁爱玉两位干部，陪同去倭墩浜。

镇政府相距倭墩浜约三四里，因还要去甸上，两路，所以驱车去。车道宽广坦平，不颠，如坐家中沙发上。沿途但见村坊整饬、别墅华美。别墅多坡面尖顶琉璃瓦者，欧罗巴风矣。瞥见一户别墅的庭园，宽廊高柱，柱饰以铜。阶前芳草绿茵，两棵合抱的朱砂玉兰，著满树繁花，此当在欧罗巴之上矣。多厂房。纺织、丝绸，都为农户经营。听车中闲谈，二十年前之"陈百万"，今已不为首富矣。

行前翻阅1982年版《嘉兴市地名志》，其记"倭墩浜"，略谓：在杜家浜大队境内，传为埋葬倭寇之地。又，人口一六三人。二十多年前编撰的《地名志》，乡镇还是"公社、大队"的旧称。倭墩浜应属自然村。进村去，村中语音驳杂，大多是从四川、安徽、河南等地来的外乡人。说话嘟格嘟格，俺们俺们，像吵架，但脸上却笑容灿烂。原先的村民搬到别墅或镇上的公寓社区去了，这里成了

红烧鳜鱼

红烧鳜鱼在王江泾是一道名菜，多家餐馆均能烧制，鳜鱼食材多来源于太湖。图为王江泾镇上商品市场附近一弄堂进去的福满多饭店烧制的鳜鱼。饭店为一家人所开：老父亲掌勺，儿子张罗客人，儿媳收账。饭店玻璃门上贴着"家常便饭，欢迎光临"字样。客人多为熟客。

"移民村"。我看到好几户人家的屋檐下，挂着一串串红辣椒，还有玉米棒子。一个后脑勺撅根小辫子的男孩，捉着一头大白鹅想跨上去。穿大红花衬衫的姑娘和赤膊披一件皱巴巴西装的小伙子，从一扇低矮的蓬门里钻出来，姑娘的双手端着个痰盂，睡眼惺忪。他俩是在附近绸厂打工的，上夜班。老人们都是随着年轻人来的，坐在廊下，择菜、拣米虫子、吸烟、喝茶。他们怯于乡音，极少说话。他们的表情沉默，但很慈祥。

村里有多少人？无法计。一幢旧两层楼，往往数家合租，并且变动不常。

小河自西向东汩汩流来，在村中淳潴成一个很大的水塘。水色绿得发瘆。"唧格是毒水哟！"一个四川口音的中年妇女，疾步从水塘边上走过。

我四顾，村里村外无高丘，更毋庸说圣武亭了。

"十丈穹碑竖"，这是唐印僧先生的诗。这里，原先有"平倭泾纪功碑"。

村户的蓝底白字搪瓷门牌上，是"倭登浜"三字，这中间的一字怎么会错讹成这样呢？

平倭之战

我很抱歉，没有先交代倭寇的由来，以致使人感到有些突兀吧。其实，在历史教科书上都记载明代倭患的，并且总不漏"王江泾"。我因对"文抄"不是很有兴趣，所以先来净扯些大捷山遗迹如何、平倭泾遗迹如何是想引起关注么？只是个人的力量有限也真是微薄得很呀。

翦伯赞《中国史纲要》上说："十四世纪以来，日本已进入南北朝分裂的时期，日本西南的封建诸侯组织了一部分武士、浪人和商人，经常在中国沿海进行武装掠夺和骚扰，他们抢劫中国的商船，掠夺中国沿海的居民，我国史书上称之为'倭寇'。"

自然，这里头也包括有中国人，如徐海、陈东、王直等辈，他们屡导倭寇骚扰沿海各地。这帮人也是"髡颅"，就是把额头上的顶发剃掉，发髻在后脑勺扎成一个椎，识者谓"假倭"。假倭之害与真倭同，所以不必把倭寇细分。佔毕之士，咬文嚼字过甚，有时是很令人讨厌的。

倭患从元末明初就已开始，最早在北方山东沿海，后来到明世宗嘉靖年间，炽于东南江、浙、闽、粤诸省，滨海千里，烽堠屡警。嘉兴地当沪杭冲要，据《嘉兴市志·历史记事》载："嘉靖三十二年至三十五年（1553—1556）三四年中，倭寇侵犯嘉境约百余次，三陷嘉善，两占崇德，一占乍浦，七进硖石，久围桐乡。两掠嘉兴，数扰平湖、海盐……倭寇到处横行，烧杀抢掠，灭绝人性，甚至用开水烫死婴儿，听其啼哭以为笑乐，剖孕妇腹看胎儿是男是女，无比残暴。其蹂躏之处，庐舍为墟。"

嘉靖三十三年（1554）五月，南京兵部尚书张经总督浙、闽、江南北军务。十一月，朝廷改张经右都御史兼兵部右侍郎，专办平倭事宜。次月，张经驻节嘉兴。张经（？—1555）字廷彝，福建侯官人。他正德十二年（1517）中进士，授嘉兴县知县。后召为吏科给事中，历两广总督等。他这次率部来嘉兴，可称是旧地重游。其时倭寇最大股徐海盘踞柘林（今上海奉贤南海滨）、川沙洼（今上海东南五十四里），聚众两万余。张经在嘉兴布兵，调集各路兵马包括湖南永顺、保靖的苗、土家族之土兵和广西田州僮（壮）族狼兵（言其悍勇）等，三万余众。

嘉靖三十四年（1555）五月一日，明军俞大猷、胡宗宪、卢镗、汤克宽各部及湖南永顺土兵彭翼南部、保靖土兵彭荩臣部，集聚王江泾围堵从平望奔窜而来之倭寇五千余众。主战场在镇南六七里的秋茂桥（今王江泾镇寺前村，三孔石梁板桥，已废），地近范滩荡。秋茂桥跨港达桥港，水流深宽，两岸高陡；水曲折迂回，东通栖真北官荡，西连范滩荡。历代诗人称"范滩左右，洲渚错落，林树迷离，水国幽境也"，即也是指秋茂桥一带之地理。

大战将迫临。

田家少闲月，五月人倍忙。其实农忙是从四月下旬起，一直到五月的。乡村的景象，野蔷薇花谢了，蓝紫色的楝树花和白的槐花，次第开了；农人们挥镰割麦子、打油菜籽、收豆、插秧，大片割掉麦子的田野裸露在苍穹下。一个荆钗布裙的村姑，拎着饭篮踽踽行走在田塍上，她是去馌彼南亩。白云悠悠，暖风吹不止。黑羽白翎的野鹁鸪们，"咕咕——咕，咕咕——咕"，一声声此起彼伏地叫唤。它们是在催情。

大战是四月二十八日就开始的，明军的一支水师抵秋茂桥北侧的杨家桥水港。二十九日，明军与倭寇初次交锋于秋茂桥。到五月一日晨，总兵俞大猷以舟师控制王江泾各水口，永顺、保靖土兵蹑后，胡宗宪、卢镗部由南向北，汤克宽部中路直驱，团团合围倭众。午时，明军炮发。明军的呐喊声，倭寇的嗷叫声，长枪大戟和倭刀盾牌的格杀声，惊天动地。

这时，四乡的农人们，有拿镰刀的，有手握扁担的，有肩扛锄头铁搭的，还有"当当当"敲锣、敲铜面盆、敲铜脚炉盖的，纷纷赶来助阵。

此战，俞大猷等斩获倭寇一千九百余，烧死溺毙者甚众。余寇溃退途中，复遭广西狼兵（瓦氏夫人统领）阻击，鼠窜，至柘林不及两百人，仓皇遁海去。

王江泾一战大捷，嘉靖皇帝称"自有倭患来，东南用兵未有得志者，此其第一功云。"然而也就是这个嘉靖，听信严嵩党羽赵文华的诬陷，竟将督师进剿有大功的张经问罪处死。天下士庶莫不为张督师冤！十余年后（隆庆初），张经昭雪，谥襄愍。

张经殁后三百余年，闻川名士杨象济会同里人王沛、计念曾、钱聚煐、屈庆墉等，在兴福庵辟地筑张襄愍公祠以祀，震泽陈寿熊撰碑记。时在清咸丰八年（1858），洪秀全占取南京已五年，江南战乱频仍，人心惧危。

唐印僧《闻川缀旧诗》"兴福庵"注云："（庵）在新开河东，国朝僧觉新善写芦雁，尝主斯庵。道光二十三年，乍浦夷警。浙省调台兵防堵王江泾，内有队长郑珊号雪湖，善画梅鹊，曾借居于内。"

我对善画芦雁的和尚，喜作梅鹊图的武夫，都并无兴趣。兴福庵注尚可一取的，是知其方位。所说"新开河东"，应该是在镇北和盛泽交壤处。张襄愍公祠，久已无存。

长虹桥西堍之一宿庵，亦镇名胜。近年扩建为长虹古寺，庄严瑰丽，飞甍相望。寺内由南向北排列：城隍殿、一宿古庵、观音殿、大雄宝殿、三圣殿、五观堂、天王殿、僧舍。城隍殿中为城隍并两夫人，东一七老爷，东二东岳大帝；西一刘香女，西二城隍太子并两夫人。

古寺香烟袅袅，烛火煌煌。梵呗声声，南无南无。我观瞻复观瞻，找不见张襄愍公。

（陆　明）

栖真记事

麒麟出没的地方

栖真一地，唐时属麟瑞乡、思贤乡，延至清末始改乡名。和栖真同样在唐代属麟瑞乡（或部分属麟瑞乡）的是澄溪、塘汇以及嘉善的杨庙、善西、凤桐等。麟瑞乡得名于麟湖。古时麟湖有东西之

别，东麟湖即今杨庙乡境内的六百亩荡；西麟湖即今栖真千亩荡，而千亩荡又有"东千亩""西千亩"之称。厘清麟湖的区分，有助于拨开我此后在《杨庙杂记》中将要写到的明代享誉士林的"北山草堂"的一些迷雾。这个，容我暂且按下不表。

东麟湖、西麟湖都是远古时太湖的遗存，那时嘉兴境内大多地方陂湖相连，烟水苍茫，而尤以北部为甚。大泽之中，湖荡天然生成，干涸丰沛不定，并无名称。湖荡的得名，是应当和农业的开发有关的。即如来了"马家浜"先民，他们原始的渔猎和农耕，绝不可能有大的作为。而此后的崧泽、良渚，似亦应作如是观。嘉兴从春秋战国到秦汉，这千把年里虽也有围田的举措，但那都是星散而不成规模的，"地广人稀""火耕水耨"以致"多贫无积聚"是当时的历史写照。嘉兴有文字记载的、成

千亩荡

千亩荡由西千亩荡与东千亩荡合称，古名麟湖。胜丰、池湾、麦家、栖真等行政村濒湖。东千亩荡水域面积0.690平方千米，周长3千米；西千亩荡水域面积0.805平方千米，周长4.030千米。水深2—3米，最深处约5米。盛产鱼虾，尤以青鱼著名。

（据《油车港镇志》摘录）

规模的农业开发最早是三国东吴陆逊的出任海昌屯田都尉，在海盐县境屯田。继陆逊之后，西晋建武元年（304），高使君领兵三千屯田于嘉兴北部。屯田，就是以军队屯垦，筑圩岸、兴水利、围湖造田，使沼泽变成朝廷的粮仓。旧志上称这位高将军"领兵三千屯田于此，久而镇静，岁遇丰稔，公储有余。"并且，将军没有因为屯田有功累获升迁而离去，他是终老于斯的。乡人感念将军的功德，在梁大通年间（527—528）立庙祭祀。从前迁善乡（今嘉善下甸庙、陶庄一带）有高王庙，春秋香火不绝；而麟湖一域，则又有"将军村"旧名。说到麟湖，麟，据《礼记·礼运》载："山出器车，河出马图，凤凰麒麟，皆在郊椒"。椒（音叟）本或作薮，聚草也。古人认为凤凰麒麟，是出在沼泽地的。麟是仁兽，传说其状如鹿，独角，全身长鳞甲，尾似牛。当年高使君领兵过此，投鞭于这一大片茫无涯涘的水沼决心屯垦开发时，他是不是真的发现了"麟"这种模样怪怪的神奇之兽呢？

我这次去栖真，走了诸多村镇，也遂了去千亩荡"看一看"的多年心愿。东西千亩荡合起来是一千六百多亩的水域，荡上的风景，由于布满了养鱼的网箱就不大好说了。但当我沿着荡滩走上圩岸时，举目眺望千亩荡周遭，那万顷良田都在蜿蜒的圩堤之内。节令已经过了白露，稻穗也将秀齐，沾着些许稻花的穗，密层层的像一支支青翠的玉簪！司机金惠良告诉我，他小时候到圩上来玩，经常可以拾到康熙通宝和其他不知朝代的古钱。金兄的这一段童年记忆，似可证明麟湖——包括相距不远的杨庙六百亩荡——的这一大片圩田，经历了历代农人的辛勤耕耘，那些遗落在草丛砖砾里的古钱，是铸进了农人的汗水的。在我们今天看来，也许圩岸的筑造并没有什么了不得，但在古代，千百年来实践证之，却是最有效的排涝灌溉两宜的营田法，并且一直福荫到后世的今天。

我点燃起一支香烟来，圩堤上的草撩拨着我的脚踝，我向纵深处走去。我没有诗人那样浪漫的情思，望见田野上回翔的白鹭，想起几句什么诗来。我的思绪仍滞留在"麟"上，无疑的，麒麟只是传说中的动物。孔子著《春秋》至"哀公十四年春，西狩获麟"止笔，不写了，是夫子以为"麟者仁兽，圣王之嘉瑞也"。当时并无明君，怎么获麟呢？夫子用的是所谓"春秋笔法"，借"麟"说事，诟责无道的国君"哀公"。但，有一种兽，却是可以仿佛于麒麟的，它是麋鹿，亦称"四不像"。麋鹿体长二米余，毛色淡褐。雄有角，两角分歧似"树杈"；尾长，下垂及胫。麋鹿角似鹿非鹿，头似马非马，身似驴非驴，蹄似牛非牛，模样同传说中的麟一样也是怪怪的。虹阳干家埭"龙坟"，曾出土过不少麋鹿的遗骸。上世纪五十年代末开掘红旗塘，西端起始于澄溪沉石荡口，中经天凝、洪溪、干窑诸乡镇，东至上海青浦县界河，全长二十点九公里。民工在施工中发现一具麋鹿头骨，雄性，角粗长，两角之间相距一米十左右。脑袋上架着这么大一个"树杈"，可以想象它的体高和健壮的身躯。这是一头罕见的"麋鹿王"！

麋鹿性温良，食草，善奔跑。当高使君的麾下放下军械，操起畚锸、犁铧，浩浩荡荡开进水洼时，他们有没有发现麋鹿？未见记载。我这里只是想象，想象是将士们惊起了栖息在这里的麋鹿，它们伸颈、张望，"呦呦"的鸣叫；它们回首、再回首，眼神里满含着惧色；它们望见高举着的铁锸在太阳底下闪着雪亮的白光正一点点逼近、逼近，锋利的犁刃"嚓嚓嚓"割断苇根，成排成排的芦苇倒伏下来。它们终于都一齐掉头，跃过淤泥堆积的埂跑向芦荡深处去。将士们目送着它们，将士们没有伤害它们。麋鹿，这是先人们说的同麟一样长得怪怪的仁兽，或者它就是麟的化身？是瑞兽、祥瑞之兽啊。

翌年，岁大稔，仓实廪满。

高使君巡田至此，稍息，抚锸，赤裸的腿肚子挂着干结的泥巴。高使君掀髯，微笑，环顾湖田而言曰："吾等敬奉王命来此，脱甲胄而事稼穑，无分寒暑，尽四体之辛劳，与仁兽为侣，与百姓相睦，乃有斯获。吾等感应天地，而天地不可无嘉名。由此呐，即名此湖为麟湖，以其祥瑞垂千年百世也，众将士以为如何耶？"

众将士齐声应答："好耶，好耶！"

自西晋建武元年（304）起，至今已历一千七百余年。在这一千七百余年中，栖真先有麟湖之名，尔后麟瑞之乡又以麟湖得名。栖真向以"水美、鱼肥、米香"著称于嘉禾，据民国时期生人追忆：栖真"荡田"（即高使君屯垦后之湖田）的田价，比较嘉南诸乡田地高出四倍，田中所产"香稻米"一种，风味独特，为他处无。

这样的美誉之乡，怎可没有一篇追本溯源的文字？

以寺兴镇

在北宋开宝二年之前，尚无"栖真"之名，更无须说到镇。开宝二年即公元

969年的春天，有一位法号宝月的和尚，布衣芒鞋、肩上搭个麻布褡裢、里头装一本度牒和一个吃饭的钵，云游到麟瑞乡落脚在丁庵荡畔。这里距麟湖只里许路，听得到湖上汨汨的水声。丁庵荡不大（明代尚有"丁庵荡"旧名，推想荡为建镇后渐次填埋，遂失原貌），其水从麟湖来，水清涟涟、波澜不兴，荡边二三野桃，枝朗叶疏，花映镜面。宝月坐观多时，觉得此地风水甚好，宜于禅。大约"地广境幽，绝无尘迹，足可栖真养道"这几句话，最初就出自这位和尚之口。

宝月在丁庵荡结草为庵，讲说佛法，信众渐夥。他是怎样来募化甓瓦木石最终建成栖真寺的？历代旧志并无记述。就我所见到的史料，栖真寺到元朝末年也即公元1368年间，毁于兵火。明洪武三十一年（1398），海宁盐官慧律寺僧慧海发起募捐，重建栖真寺。过了一百七十年，僧法寅建禅堂于殿右，这是一次有关寺内增筑新建筑的记载。到天启年，大概寺已破敝，所以如山和尚重修了大

栖真寺

寺位于油车港镇栖真集镇西端。

北宋开宝二年（969），僧人宝月途经此地，见地广境幽，绝无尘迹，足可栖真养道，乃结茅为庵，守护兹土，是为栖真寺创建之始。元末寺毁，明初重建。香火兴盛，居民四附，渐成集镇。

栖真寺明清时期，迭经兴衰，多次重建重修。1931年，僧开智重建藏经阁。鼎盛时占地32亩，另有寺田48亩，僧众百余人。

1945年9月，寺曾作"嘉兴日本徒手官兵管理处"的押俘场所。1948年9月，自北方南迁的河南中学一度借住于此。时寺尚剩殿堂10余间，占地约2 000平方米。

1952年，寺内佛像被毁，寺舍改为国家粮仓。1978年，仅存的大雄宝殿拆除。

1994年8月23日，经嘉兴市郊区人民政府"嘉郊政发【1994】41号文件"批准，栖真寺重新开放。次年开始重建。重建断续历经15年，至2010年底，栖真寺恢复、扩展占地34.6亩，建筑面积达6 000平方米，前后投入资金（募捐所获）2 500余万元。建大雄宝殿、天王殿、玉佛殿、南厢房、斋堂、伽蓝殿、山门等。释永观、释法光、释宗修先后任主持，而释宗修于重建工程付出心力尤著。

重建后的栖真寺成为嘉兴北部佛教活动的重要场所，香客除本地之外，还有来自上海、杭州和安徽等地的，达数万之众。

（据《油车港镇志》摘录）

雄宝殿。清乾隆九年（1744），僧大鉴修葺了寺院。看来工程有些浮皮潦草，仅过三十四年复又"再修"。光绪二十八年（1902），栖真寺住持海宁人莲仁大和尚重修大雄宝殿、千佛阁，据称"寺宇焕然一新"。不到八年，看来仍是莲仁，应四众弟子之请并迎合乡俗，建斗母殿、星宿殿、阎王殿等，装饰道释诸法像，还供奉了吕祖（就是八仙中的吕洞宾），善男信女来此问病求签，并有羽士装束的郎中处方施药。栖真寺至此，释道混成，既有来世的祈福又有现世的普济，这是最合于乡民的所愿，也是庶众的理想。

十二年前，栖真寺（镇）一位名叫"雨文"的老先生给我写信，追述他年少时见到的寺中香火：寺"四周环河，过东方桥一片大白场，每逢庙会热闹非凡，外地来的木偶戏、皮影戏、变戏法以及当地的调龙灯、舞狮子、踩高跷、小吃小卖"。"朝南的头山门是栖真寺的面孔，两棵在明代万历年间普陀和尚亲手栽植的银杏树，树龄四百多年，蓊蓊郁郁、高插入云。东面的一棵还伸出长长的一枝粗干，仿佛像黄山的迎客松，招手欢迎来自四面八方的客人"。雨文先生还依次详叙了天王殿、大雄宝殿、星宿殿、阎王殿、斗母殿、地藏殿以及大雄宝殿前左右各六棵古松、古柏，殿后面的千佛阁、禅堂、方丈室、藏经阁、吕祖殿等等。他特别记叙到寺里巨大的铜钟和"直径大约二米的大铜鼓"，鼓安在木架上，旁边支着一把木梯，和尚擂响大鼓须爬上梯子。和尚们吃斋的斋堂廊檐下，挂一个木雕的大鲤鱼，一具大铜锁和一段胳膊粗的棕榈木的槌。木雕的鲤鱼形象生动，挂在斋堂门口却有点匪夷所思。和尚们午时吃斋，香积厨里的两个夯汉抬着一谷箩热气腾腾的米饭进了斋堂，一名眉清目秀的年轻僧人举手推动棕榈木槌，槌的一头乌黑油亮，"当——，当——，当——"，铜锁发出的清音不疾不徐，清音里一长队披着海青的和尚低眉垂眼、双手捧钵，鱼贯而入。雨文还讲到"登上千佛阁，倚窗极目远眺，千亩荡碧波粼粼，在阳光照耀下似有无数的闪闪明珠在欢快地跳跃，千亩荡东西两侧，万顷良田和风景如画的村庄"也是尽收眼底。

我和雨文先生未曾谋一面，从行文讲到的栖真寺来看，他应该是1930年代生人，那时寺尚盛，住持僧开智是莲仁的徒孙吧。

1952年，岁在壬辰，寺改建粮库，伽蓝尽废。山门前东西两银杏树，仅存，

合数抱，幸其壮伟。某岁，东树忽奄息，几近于毙；数年后，枯枝复挺萌新，乡人获庆，咸谓似有灵佑欤。

明天启中，如山上人重修大雄宝殿而寺得以扩大，占地三十二亩，香火称最盛。因是，栖真寺"居民四附"，遂渐成镇，位居麟湖北隅，领受南来纷纭之瑞霭。镇四街七桥，步云、环秀、迎思、赐福等，都是古津梁。镇溪（钱家港、青龙港）十字四分，回环相通，水流潺湲而人家、店肆尽枕河。水气香鲜，无分四季。旧称镇人口逾千，有"商铺七十余家，以张姓南货店比较具规模。"并谓此"小镇上竟有三爿中药铺，朝南埭短短一街就开了两爿，一名九芝堂，一名大德堂"。

朝南埭傍寺，今存。九芝堂、大德堂，还有吕祖殿上那位身穿道袍的白发郎中，我都没有赶上那年份。

栖真寺古银杏

寺前两棵银杏树为明万历年间所植，距今已四百余年，高20多米，直径1.34米，被列为嘉兴市市级古树名木保护单位。

（据《嘉兴市志》摘录）

憨山来礼先师塔

憨山（1546—1623），俗姓蔡，名德清，字澄印，以号行。十九岁出家，从云谷禅师修习《华严经》。后托钵云游四方。他和嘉兴楞严寺的紫柏（真可）大师，都不是"安分"的和尚，两人都蹲过朝廷的大狱。憨山和紫柏、袾宏、智旭，主张佛教各宗并重，禅净双修，释、道、儒三教合一。这四人并称"明代四大高僧"。万历四十五年（1617）春天，憨山大师因去余杭径山寺吊怀紫柏灵塔过嘉兴。此前，他已三过嘉兴，这一次是四过，距紫柏瘐死京城狱中已十三个整年了。紫柏俗姓沈，名真可，字达观。他是江苏吴江人氏，原是市井中人。十七岁那年，他忽然发心，头不回地跑去苏州拜虎丘僧明觉为师。中年卓锡嘉兴楞严寺，世称"紫柏大师"，也是他一生最辉煌的时期。紫柏在楞严寺铸造"十万八千"大铜佛，刻印《大藏经》（创刻于浙江余杭径山寂照庵，嘉兴楞严寺为流通所），这两项胜业，前者，今人有钱也能够做一做；后者，即便万千和尚齐来，也不顶甚用！

明末四僧中，憨山小紫柏三岁，两人情谊最深。憨山过嘉兴，楞严寺自然要去挂单的。继紫柏之后，他也是楞严僧众的师尊。这年，憨山已七十一高龄了，须眉花白，身子骨却喜清健；身量不高，长得黑黑的，双目炯炯如炬。憨山早年曾因坐私造寺院罪，下狱严刑鞫讯后，发配广东雷州充军十余年。南国的瘴雨蛮烟并没有侵蚀他的肌体，相反却使他的筋骨变得能忍万苦，拖磨得起。古稀老人了，走路还是疾步；在蒲团上打坐，长夜无倦色。远远望去，大殿上、烛影里，像戳着一段黑疙瘩的树桩。

憨山这次到楞严寺，恰逢寺里行水陆法会，信众们个个合十欢欣。在午前会斋的座上，有一位年轻的白面居士，自言姓沈名旅渔，讷讷地邀请憨山等法会事毕后，去他家小住几日。

"大师，乡下虽不比城里，但寒舍的素馔是常备供养的。"

"居士贵乡何处啊？"憨山笑吟吟地举箸摭起一个肥肥的红烧素肠圈，边吃边问。

"鄙乡是麟溪，去郡城东北二十里——"

"哦，是麟溪呀，栖真养道的福地呀。哦——咳咳！"

楼堪食宣

雪古传友酥千年为雨润要物果土楼真

左石泺大咸池东色水塔晖

霁月光同白百代兄凤即霖生福田春道

业空调
出售 回收 维修
15858395xx11

栖真寺石牌楼

憨山放下箸，脸上显出悲容。

"贵乡的宝刹栖真寺，离府上几许里程？"

"里许路。只是，只是，寺荒寂已久，这次弟子来，就是，就是想借重大师——"沈旅渔有些急不择言。

"塔院安否？"

"荒寂，咳，真是，荒寂——"

"咳，咳咳——"

憨山脸上的悲容浓重起来，把一碗莲子羹轻轻推开。

这时，两人的所想不同。沈旅渔所想是，这次邀憨山去麟溪（池湾），借重大师的名望，实现他向栖真寺许下的置长生田四十八愿，每愿一亩田地，合银五两。只是沈家不比从前了，他个人力薄，祖上所遗田产，大多已属他姓，世事纷纭，吾辈唯以向善为怀，以祈后福子孙。

憨山呢，所想是，数十年来奔波于江湖，到过无数名山丛林，讲授经法，所蒙化者以千万计。平日里教导起四众弟子来，也总是以儒者"一日为师，终身如父"为训诫的。却偏偏对于蒙化自己的恩师——云谷师尊，多少年来未曾起一念想，也未曾去师尊的埋骨处致一礼，"真是业障迷心呀"。憨山深切自责，低声对沈旅渔说："朽人先师云谷的灵塔就在贵乡宝刹，朽人此番随居士去。先师弃世已四十二春秋，世俗所云，墓木也将拱矣。"

憨山随沈旅渔在倾脂河下的船，出望吴门水关，船走运河由上睦港折向东，过北官荡，经桃墩、庵西埭入丁庵荡，向晚抵栖真寺。寺荒落甚，山门窳敝，草长及膝，鸟屎斑斑。寺中只僧海印一人，老而惫。海印抖索索拄杖引憨山去塔院，门半掩，摇摇欲坠。沈旅渔去废池里舀来半钵水，憨山沐了手，在暮霭里默默向先师的灵塔行礼。憨山的心凄然久之。塔一盘，这是僧侣墓塔的定制，佛和菩萨、缘觉、罗汉，则八盘、七盘、六盘不等。先师的灵塔其实仅名存，塔身早已倾圮，塔砖散乱在草丛里。憨山俯身捧起一块残砖，拂去尘泥，那砖上刻的字只依稀辨认得一个"之"，半个"塔"。

云谷禅师是嘉兴人，俗姓怀，出家后名法会，号云谷。他是明弘治十三年（1500）生人，幼年剃度于嘉善大云寺，后至嘉兴天宁寺、南京丛桂庵等名刹参究禅宗。晚年住栖真寺。憨山十九岁出家，启蒙师是云谷。海印告诉大师，云谷师祖是万历三年（1575）正月初五寂灭的，那时法寅师祖还在，法寅筑造禅堂是为供养云谷，两位师祖都是栖真寺高僧。

憨山大师此行，在麟溪（池湾）沈旅渔家中盘桓了数日。临别，大师磨墨濡笔，恭楷写下了一篇《栖真寺置长生田引》，他在"引"中说："予思以塔院属常住僧，随众食则塔赖之可久，僧依之可安，此长策也。"又转述沈旅渔居士的话后道："且闻居士述梦寺伽蓝告以乞赡僧田，居士即许四十八愿，神甚喜之……是知神乞田以供僧，其僧必真；则人舍田以供僧，其神必护。"大师在此处特别讲到一个"必真"，语气似截铁，断不容疑。世有伪僧，亦由来久矣，而我栖真岂能容一伪缁乎？

憨山大师此行后不到十年，如山上人发起募修栖真寺，寺得以廓大而镇因之兴。

我以为这跟憨山的"引"是有相当大因果的。憨山在"引"末说："老人他日或来说法，则为我先师出广长舌，并使我大师法身常住于此，为一方万世之福庇，岂不为一因缘哉！"

如山没有辜负憨山，那云谷禅师的墓塔也已修葺，残砖上的字已补刻，只是憨山未及目睹，大师先于三年前在广东曹溪宝林寺圆寂了。

憨山《栖真寺置长生田引》，正文凡四百三十字。作于明万历丁巳（1617）三月初八。时大师在麟溪（池湾）沈旅渔寓，桃花盛开，田野上菜花烂漫似金。

这一篇短文，是我栖真文献，历来关于栖真寺的文献甚少，这一篇真是珍其难得了。

池湾的乡绅

金惠良兄见我急着要去池湾，就笑道："老陆，池湾真的有介厉害？不就是一个破镇么。"我对金兄说了憨山大师和沈旅渔的事，还问他池湾有没有姓沈的大户？这时，我刚读过李日华（号竹懒）的《味水轩日记》，竹懒老人在万历三十八年（1610）十一月三日、三十九年（1611）八月五日，两次记到"池湾沈仲贞"。前次是"三日，同汤慧珠、许叔重、亨儿拏舟至池湾，访沈尔侯仲贞兄弟，留集北山草堂"，后次是"五日，池湾沈仲贞乞《殂胜斋近艺序》"。我由此对大名鼎鼎的"北山草堂"究竟在杨庙还是在池湾不免有些疑惑，李日华，明末文学家，以书画鸣于世，一生大部分时间在故乡，《日记》所记如"北山草堂沈氏""天籁阁项氏""南堰陈五洲种茶"等，都是他当时的亲历亲闻，不大会因是追忆前尘之事而难免有所错误吧？金惠良兄对我讲的，自然不会太感兴趣，他住的村子和池湾只隔两条田塍，也算得上半个池湾人了。金兄说，他只知道从前镇上有姓周的大户，却从未闻姓沈的，还有"啥格北山呀，池湾港南港北都是水，啥里来格山！"

池湾古称麟溪，又名池溪。因镇周多鱼池，水道弯曲，故近代以来通称池湾镇。镇形成于何时，难以确考。旧志上只说"北宋时已有文字记载"。历史上有南池湾、北池湾，曾颇为繁庶。清道光元年（1821）重修麟溪桥碑记中有云："市镇又新，利万商云集。"当时人口似在五六百之谱。我这次到池湾，所见到的当然不会是旧志上描述的景象了，"港南港北一条长街""沿河尽廊棚，雨天不湿鞋""鱼行四家，典当、茶馆、南货店……""屠家汇头——"即便想怀旧也找不到一个好支点，大青石条砌的帮岸都换成水泥小石头了。旧家的破屋倒还有几处，但绝对找不出昔日"几进厅堂""几进院落"的印迹了。沿河的民居，也就十来户吧，屋檐低矮，屋里很暗。踩着草径走近一家院子去（这已是在"镇里边"），院墙外是一大块菜畦，秋后的茄子、毛豆蓬显得杂乱，紫茄上留着斑斑铁锈色，那是老熟了；一架半圯的豇豆棚，挂着零零落落的、被虫子咬出好多个洞眼的老豇豆；棚架的角上有很大一个蜘蛛网，粘着一只黄色的粉蝶，是刚粘上的，微微抖颤翅翼，用不了多久便化为蜘蛛的一顿美餐。绕过豇豆棚是两口粪缸，都半截埋在地里，没有盖，粪缸里浮着一小堆稻草之类的腐烂物。院墙上爬满了葎草，这种草俗名拉拉藤，有刺，一不小心会割破手。院墙向东的铁门扃键，从门外窥望，水泥钢筋结顶的平房是半洋式的，廊檐高而宽。金兄说，这家的主人三四年前建造此宅，住不多久就到嘉兴去了。徙居都市是乡镇青年的向往，近年来不少乡镇的荒落也概因此。我在池湾见到的几乎都是白发皤然的翁妪。

我从莫翁（名晋明，年九十）、沈翁（名志浩，年七十九）口里得知，池湾旧有倪、王、莫、周、屠五大家族，屠氏后起，但那也都是清末民国之事。请沈翁述其祖德，沈翁也只能讲到祖父一辈，在镇上开香烛店为生。问到憨山大师、沈旅渔居士，一脸茫然。问到"北山草堂"，更是茫然（看来，此次池湾之行，求证到"北山草堂"应在杨庙是不小的收获）。

莫翁和沈翁都是生于斯，长于斯，并且还将终老于斯的池湾"老土地"。讲起镇上的乡绅，倪家因近亲通婚，子孙不发，很早就败落了。其他几家，后代都在外地。莫翁讲到一位屠般卿先生，清末举人，里中父老乡亲咸称"三老爷"。屠先生热心地方公益，被举为镇长。那是在抗战前，当时的镇公所一般由镇长、副镇长、事务员、镇丁四五人组成，正副镇长多举乡绅担任。镇长有薪俸，十五块到二十来块大洋不等。以当时嘉兴纬成庆记绢丝厂的工人月薪所得来看，男女工人八百多名，月薪最高六十大洋，最低九块大洋。取其中间，那么，镇长月入大概也就是一个普通技术工人的酬劳。如是比之于中学教员，上世纪二三十年代省立嘉中（今嘉兴一中）教员收入最高，月薪九十到一百大洋（张印通校长是一百二十大洋）。一个乡镇镇长的俸禄，只好说是"微薄"了吧。但，既为乡绅有钱无疑；或祖上所遗田产，或自己经营的商铺，都足使衣食无忧。一般乡绅从小都读诗书，孔孟之道，以仁待人，他们中不少人出来为地方做事，是克己复礼的。镇上发生民事纠纷，都需要镇长出面调解、劝之以"和"，这是镇长的主要职责。其他如"征税、纳捐、防治瘟疫、编查户籍"等等，不少是"上命差遣"，镇长只需表态、"宣讲宣讲"，具体概有事务员去办。镇丁一人，伶俐，烧水沏茶、跑腿，闲时坐在镇公所门口跷腿吸烟。

屠般卿先生，南人而北相，身高脸长、说话嗓音洪亮，举止有威仪。在他治下，一镇熙然。塘汇警察分所某巡官脚上那双牛头老壳皮靴，是极少有机会"咯噔、咯噔"去敲响池湾的石板街的。

屠先生有弟名凤凡。这位凤凡先生早年去日本留学，归来，也不出去谋事，襄助乃兄做了一名副镇（旧时，副镇长亦民选，概不拿钱），人称"小老爷"。这位屠副镇长行事、为人如何，有一轶事最好说明。某年冬天，有乡人在嘉兴塘湾街轮船码头跨上去池湾的船，忽然张见船舱旮旯里缩着一个身着长衫马褂的绅士，双手捧着个热番薯，一小口一小口地吃着。乡人仔细一瞧，原来是屠凤凡先生。

塘湾街上的禾兴馆是名店，清炒虾仁、蟹黄面、白鸡面最好，屠凤凡先生不去。这种自奉的俭省，在当时的"乡绅精英"（此是时髦用词）中，为数不是少。

池湾濒千亩荡，讲"水气香鲜"，更胜栖真寺。池湾人开门去河埠头，手所浣，足所濯，澜起的波涡就是麟湖的波涡！

池湾离栖真寺里许，池湾人去栖真寺叫"跑一批"，是言其路程短而快速。从前某家的主妇在烹红烧青鱼尾（千亩荡青鱼曾经极享盛名），想起在栖真寺大德堂药铺的男人，兜一碗送去，回家来饭桌上的鱼碗依然百热着呐。

夕阳古渡苜蓿湾

马库汇是栖真的一个自然镇。马库的"库"，初次接触的人大多会误读"库"。我第一次碰到"库"，也是去翻了字典才知道的，读音"舍"。我有点怀疑这个字是从北方过来的。北方最早有库姓，如东汉金城太守库钧。前燕和北周（魏晋南北朝时期），并有复姓库傉、库狄的，连同库钧那都是北方少数民族姓氏。《康熙字典》注释"库"，谓"姓也……金城太守库钧。今羌中有姓库，音舍，云承钧后"。

这样看来，后世库姓都出自于库钧。但后世写到这个"库"字，却又多作为地名、村名。嘉兴二千五六百个自然村名，"库"出现十次，真是稀之又稀。或以为是库姓人居于此，积久成一村名，如双桥之南库、荷花之西库浜，均以方位姓氏名村。讲到马库汇，却又有点不通了，难道会是马姓库姓的合居地么？历来对于马库汇又有譬解：一说这地方旧称苜蓿湾，有唐人"落日行吟芳草畔，夕阳古渡苜蓿湾"诗为证，后人讹读为马库汇；一说此地亦称买纱汇，因远近乡人多以织布为副业，来此买纱故名，后读别为马库汇。另有一说，元末吴王张士诚战败，其族人避乱于此地车家港，旧时居人多姓张，至清乾嘉年间，"构大厦于汇上，居民四附"，遂成集镇。这一说，讲到成镇的缘由，却无关乎马库姓氏了。

我取"苜蓿湾"作标题，是感到字面好看，也有内容可说。盖苜蓿一物，属类约分六十余种，豆科。古代所称苜蓿即专指紫苜蓿，也名连枝草，西汉时由张骞从西域罽宾国传入中土，原是牧马的草，亦可壅土肥田。花冠紫色、花瓣似蝶，春天广袤阡陌上苜蓿与芸薹同时，黄紫错杂，一大片一大片的，望之真是如锦绣！苜蓿茎叶嫩时可瀹食，从前村塾教书先生清苦，拈须自嘲"苜蓿堆盘莫笑贫"云云。

苜蓿多种于西北，何时传来江南？以我的家乡而言，我首举西晋建武元年（304）高使君之来屯田（包括永嘉后，衣冠之族南渡），会不会是这次屯垦把苜蓿种子带来此地呢？又，高为胡人，部属多北狄，军中会不会有库姓屯于此、择居于此，其姓氏也便流布于此呢？次为唐广德年间朱自勉屯田嘉兴和北宋南渡及元朝蒙古族入主江南，这三次人口播迁，也多有北人定居我禾的。《闻川缀旧诗》"苜蓿湾"下注云：苜蓿湾"在雁荡西南口，元至正间产苜蓿于此。"查阅地图，"雁荡西南口"相距马库甚远。然而作诗是尽可以"浪漫"的，所以"海云桥上望，拍拍聚鸥凫"的诗句也出来了，似乎"苜蓿湾"就在王江泾镇边。唐印僧是清末民初人，居闻川，王江泾的老土地。他写苜蓿湾不会错，只是这样一来，又坐实了非关姓氏（马、库）名镇了。

说了一大篇，还没有涉及现实的人事呐。现实的人和事，有一位美籍华裔方廷谆教授，他是华盛顿大学教育基地的行政主任，嘉兴人，祖上是马库汇方家。五六年前，方先生从美国携妻女回来寻根访祖，他经人介绍，邀约我陪同他去栖真。在栖真寺那两棵五百年白果（银杏）树下，方先生举起DV摄像机，镜头由树的根部而树干而树冠，缓缓向上移动。在一间原先应该是山门前殿却早已改建成仓库的旧屋里，我指出有几根褪去朱漆的椽，肯定是庙里的旧物。方先生频频点头，又举起了DV。他告诉我，他的祖父是在抗战第二年去世的，当时正值兵荒马乱，祖父的灵柩暂厝栖真寺。他此次来，一是想看看当年权厝祖父灵柩的栖真寺尚安在否；二是想找一找殡葬祖父的墓地。方先生说："家母在美国常念叨此事，先人坟茔最牵缠游子心。"我替方先生去问了好几位乡老，答复都茫然。经历了土改、合作社、人民公社、大跃进、土地承包……土地变迁甚大，谁还说得上来"天字圩某都"呢？

在马库汇，方廷谆教授最想找寻到方家的旧门第。他明知这多半会是徒劳的，但从一踏上栖真乡土就开始出现在脸上的那种庄敬的神情，始终如一，没有丝毫的改变。我跟着他在镇上有限的几条小巷里走进走出，徘徊复徘徊，踌躇复踌躇。后来在镇上一位老辈人指点下，说通往河埠的过道是方家"老宅基"。方先生当即和太太、女儿站立好，手抚着爱女的肩，让我"揿一张"。

方先生和太太、女儿是站在一块大长条石上的，石下流水淙淙。

这旧年岁月的流水能无言吗？

马库方家系出"嘉兴方氏"，是有谱牒的。据《歙县罗田方氏迁禾分支宗谱》云：方氏原籍安徽歙县，明末方思祥（字端吾）为避兵乱率子方时辉由歙县罗田村徙居嘉兴东门外北板坊，端吾公由是为始迁祖。方氏自迁禾第十世起，字辈序次凡二十字：惟受锡於朝廷，承恩咸庆；乃显扬其宗祖，积德恒昭。其第十一世方受谷（字嘉生，号耕花）于同治初由北板坊迁居栖真桃墩，是为老大房。方受谷幼习举子业，是一位贡生。善诗词，稼穑之暇，吟风弄月，自号桃溪渔隐；著《稻香馆粲香词》，自署稻香馆主。他的著作嘉兴图书馆有藏。受谷之第三子锡荣，字申命，号金题，别号橘隐。同治七年（1868）邑庠领青衿，善围棋，郡中推为巨擘。北洋政府段祺瑞闻其名，邀赴北京与日本围棋五段对弈，胜两子，名噪京华。著《围棋集成》，未付梓。

桃墩与马库，相去五六里，舟行甚便。我推想在同治年间，方氏已有人居于马库。根据是：我禾近现代史上有影响的著名人士方於笥、方景昭，都出生马库汇。方於笥，字青箱，光复会在嘉兴的领导人。1911年辛亥革命发生，他被推举任嘉兴军政分府民政长。他是於字辈，和耕花公只隔一代，在他诞生之前（他是光绪三年生人），方家人早在镇上"敲棋读古书"是情理中事。另一位方景昭（锡荣之女，善刺绣，族中咸呼"绣伯"），名英。早年和章太炎夫人汤国梨及堂妹方志远（女书家，烟雨楼存有其父方锡川撰句、她书的"出东郭门，半里而遥……"对联）、马库人沈右揆等，一起负笈上海务本女学堂。民国元年在范蠡湖畔创办嘉兴女子师范学校，开风气之先，是我禾早期女子教育家。抗战前，马库镇长方驵权先生（名於琼），清末附贡生，耕花公长孙。他是乡绅，为地方做事，掌管着这镇上的近百户烟灶。据方朝柱先生《回忆我族的过去与略记大房的近状》一文，我推测驵权先生胞弟於册（字桂编，号简书。秀才。居马库，曾经营染织作坊），是方廷谆教授祖父；於册次子朝俊，字选升，是廷谆之父。方朝俊曾任国民政府航空署官员，在航空界有相当地位。他们这一家，先去台湾，后至美国。

大约自驱权先生之后，马库、桃墩方氏对于地方的影响也就逐渐消失了。

乡绅文人的风雅，耕读传家，幼诵《朱子治家格言》《女儿经》，稻香馆词，绘画刺绣，长日手谈，以家传之法秘制桃花酒，去竹园扫雪煮茶，开轩面场圃，不以穷达为意替地方做事，等等等等，都消失了。

马库镇上龚氏、张氏亦大姓。龚宝铨，字未生、味荪，别号独念和尚。他是浙江光复会领袖之一，革命家而学者。与鲁迅、周作人、钱玄同等，同出章太炎师门。太炎长女配宝铨，龚氏马库故居内曾悬太炎亲书匾。1922年6月在杭州病逝，世寿

龚宝铨故居

龚宝铨（1886—1922）原名国元，字未生，号薇生、味荪、味生，别号独念和尚，嘉兴人。辛亥革命时期，与蔡元培、陶成章等创立光复会，从事反清活动"见利不惑，临强不挠"。民国元年（1912）任浙江图书馆馆长。1916年曾当选为省议员、副议长，省宪法会议议员。1922年6月因肺病逝世。1931年嘉兴建辛亥革命七烈士纪念塔，龚宝铨列名七烈士之一。

故居位于马库集镇宝铨路41号，占地面积302.73平方米，建筑面积235.68平方米。有店面（两间）、楼房（三楼三底）、平屋、天井等建筑。清代建。龚氏祖辈于清乾隆年间由上海南汇徙居嘉兴，在此开设"同善堂"药铺。1949年后，为国营栖真中新药商店马库门市部、栖真供销合作社马库中新药门市部。

2008年，嘉兴市文广局与镇政府投资200万元按原样修复故居，次年列为嘉兴市市级文物保护单位。

（据《油车港镇志》摘录）

龚宝铨塑像

仅三十六岁。

　　张绍忠，字苊谋。宝铨妹婿。中国现代物理学家。1947年卒于浙江大学教务长任上。早年曾在镇上创办马库完全小学，浙大旧同事说他"君幼失怙恃，贫不能自存，而抗志读书，耆宿惊叹，资之成立。故君于亲旧有恩，兴学出钱无所吝"。

　　龚未生、张苊谋在马库的故居，尚存。

　　两位先贤的行状，旧志新志均有记述，不赘。

　　马库药肆旧名同善堂，为龚氏祖上创建于清同治年间，可证宝铨即产于斯。

兹乡兹土

　　版画家袁谷人和马库方家、张家没有关系。和龚家有一点儿关系，龚家龚扬时先生，是谷人上中

学时的级任导师。秀州中学是教会学校，龚先生还是这所学校的宗教主任。

　　袁谷人出生崇德县（今桐乡）乡绅之家，曾祖父是清末秀才，祖父、父亲业岐黄、善治喉痛，在乡间悬壶济世。谷人十七岁那年，家中突遭"变故"，母亲和他还有两个妹妹的生活顿时陷入困窘。这时，龚扬时先生已离开秀中，回到老家马厍汇办祈祷所、传教布道。成了乡村牧师的龚先生，在听说了袁家的情况后，非常同情，他想起自己这位学生喜好绘画，若能来祈祷所帮助绘制一些宗教宣传品，这母子四人就暂且可以避免冻馁了。龚先生没有丝毫的犹豫，他把彷徨无主的谷人一家接到了马厍。这对于谷人全家，不啻是绝处逢生！在当时的情势，除了伟大的人道主义，龚先生的举动没有旁的好解释。龚扬时先生的人道主义思想，给予少年袁谷人十分深刻的印象，而谷人在马厍最初的这一

张绍忠故居

张绍忠（1896—1947），字荩谋。嘉兴马厍汇人。著名物理学家，浙江大学物理系创始人。1937年抗战爆发，浙江大学开始历时两年零三个月的西迁，由杭州辗转流徙抵贵州的遵义、湄潭，行程5 000余里。张绍忠时兼任教务长，全面负责西迁。由于他的努力，使浙大学生在"流亡"中仍能继续学业。校长竺可桢对此评价说："对于迁校事，荩谋之功尤大。"

民国三十六年（1947）7月28日，张绍忠病逝于浙江大学。

故居位于马厍集镇绍忠路150号，原有五开间五进，后三进为楼房，东侧为花园，花园南又有五间楼房。中间主楼为两层五开间，朝南有廊，砖木结构。清代建筑。当地人称"张家老墙门"，"文革"时遭到严重损毁。张绍忠系张氏族中人。

2009年1月，嘉兴市文广局列张绍忠故居为市级文物保护点。近年，尚存的一进五开间两层楼与东侧厢房已修复。

（据《油车港镇志》摘录）

张绍忠故居内景

人生际遇，对于他今后所从事的艺术创作也影响至大。因为世界上凡真正造就一位艺术家的（包括作家、诗人等），天赋、勤奋、机遇之外，是绝对不可能没有或缺乏人道主义思想的。

1954年初秋的一天，袁谷人在栖真寺相遇了从嘉兴来的臧松年。这时，谷人已从部队复员（他是1951年参的军），先后做过信用社会计、初级农业合作社记账员，待初级社转为高级社，乡里又推荐他任会计。拨拉算盘，素不为他所喜，他内心想着的是画画，龚先生要画的宗教宣传品，早已不能满足他创作的欲望了，他在部队时，曾尝试刻过斯大林头像的版画。这次去栖真接待县里来的宣传队，也是习惯成自然，袁谷人随身带上了画画的速写本，他喜欢走到哪画到哪。

臧松年时任嘉兴中心文化馆馆长，他是山东诸城人，老革命，学历上海美专肄业。臧松年喜饮酒，落拓不羁，有名士气。四十初度的臧松年，后来在袁谷人追忆的笔下是："胡子拉碴，竟夹杂花白；嘴里衔一只烟斗，样子像闻一多。"这多少可以看出袁对臧有知遇之感。在栖真寺喝过酒后，臧松年把酒瓶子塞进口袋里，翻开了袁谷人的速写本。当翻到"农夫与牛"的一页画上，他的眼睛眯缝起来又睁开，亮亮地放着光；他猛抽了几口烟，烟斗烧得滋滋响，毫不含糊地说：

"这不是写生，该是创作的啰！"

"是的，蓑衣是我加上去的……"

"创作难得，呵呵，创作难得！"

"请老师指教……"

"好！人性的温暖，水乡人，疼着他的牛哪。好，好好……"臧松年咧开嘴，笑嘻嘻地从褪了色的旧军装口袋里掏出了酒瓶子。

袁谷人画的是在蒙蒙春雨里，一个农夫结束了犁田，在田头把蓑衣披在牛的身上，自己在雨中淋着，牛感觉到了，牛扭头回望农夫……这幅画，决定了袁谷人的一生。两年后，在臧松年先生的力荐下，他调入文化馆，从此告别索然无味的算盘。

袁谷人是一位地域观念很强的画家，数十年来，他对于马库这一方乡土，心系萦之、念兹在兹。这从他近乎半个世纪的创作里，我们所读到的他的黑白或水印木刻上表现的水乡鱼簖、船、桥、牛、临河的村舍、稻垛、撒网捕鱼、夜月、猫等等，几乎都能具象到马库的某一处。当然，"马库"在画家看来又是一个水乡的符号，从栖真周边的乡镇扩展开去，那么澄溪、南汇、田乐、荷花、虹阳，简言之，嘉兴西北片最具泽国特色的境域，都在画家的视野之中。这是浓缩了的杭嘉湖水乡！上世纪80年代初，著名剧作家顾锡东先生在嘉兴图书馆明伦堂作文学讲座，顾先生第一句话就是："要想了解杭嘉湖水乡，就看袁谷人的版画！"

袁谷人又是一位创作态度严谨的艺术家，他自觉地赋予作品艺术的生命。他做到了这一点。五十年创作生涯，八十余幅版画，张张都带有浓郁的水乡情韵！按十年为一年代计，袁谷人每一年代都有代表作。50年代的《学》《上夜校》，60年代的《猎》《远征积肥队》，70年代的《晨》《召唤》《夜》，大多发表在省级报刊上，有的登载在全国《美术》杂志和《人民日报·副刊》。80年代，袁谷人的版画开始进入全国美术界的视线，他以马库为背景创作的《家园》，由中国美术馆收藏。90年代，我粗略地算了算，十年中，他五次有佳作参加全国性美术作品展。《一树春风》《金秋》，属第八届、九届全国美术作品展；《晨渡》《阳春》，属全国第十四届、十五届版画展；《秋郊》则名列全国第四届三版展。在新世纪的第二个年头，袁谷人新作《昨夜春雨》跻身全国十届美术作品展。这年，他七十岁，夫子所谓"七十而从心所欲，不逾矩"。从作品看，气息清新，创造力常新，正年轻。

我这样罗列作品的叙述，未免有点俗汤气。其实，讲到袁谷人版画，有一点最应注意：五十年来他的创作，既贴近时代生活又淡漠疏离政治。他作品中的水乡情韵，和他内心深处的人道主义温情是一致的。

马库之于袁谷人，岂其不厚乎？

比较袁谷人的"水乡系列版画"（我且说了这样的外行话），栖真另一位画家缪惠新，他二十多年前创作的民间绘画《乡情》，和袁谷人的版画一样足以存世。虽然惠新继《乡情》之后，四次去北京中国美术馆举办"个人画展"，在京华的滚滚红尘里出没了几下，尔后又曾远渡重洋到过美利坚。惠新誉亦甚重。但，要我说，《乡情》是他的起点也是高点（当然，《那边有棵树》《生产队开会》等，也是他的佳作）。惠新正当盛年，天赋与厚土，必不有负于他。

和惠新同为栖真农家子的小说家薛荣，他的作品中经常出现"栖镇"的地名，情之所注，不大像是"点缀"。薛荣的小说艺术，有很强的穿透力。他的中篇力作《纪念碑》登上2000年中国小说排行榜，便是很好的证明。他的短篇小说《等待一个人发疯需要多久》，读竟令人击节称奇。

地广境幽，绝无尘迹，足可栖真养道、养艺术、养文学……由是，栖真之人文地理，岂只此万言"杂记"而已哉！

附记：近年，栖真出现一位青年女作家简儿，作品多取材乡村人物、风情，文笔清灵，委婉有韵致。著《七年》《日常》《鲜艳与天真》等散文集，为文坛关注。

书法家李惠忠，笔名玉溪、玉溪里人、一耕夫。中国书法家协会会员。擅行、隶多种书体。作品多次在全国、省、市书法大展中入展、获奖，并入选书法集。为人作字，精诚以对，不计功利，品亦自高。

农民画画家张金泉，胜丰村人。绘农作、风俗等乡村旧事物，笔墨古朴，颇有神韵。

（陆　明）

澄溪与倪氏

沉石荡

澄溪是沉石荡的一条支流。

这条小河之前也没有称"港"的气派，人们只唤它澄溪。在水乡，一般来说，溪比河流要小，河流较大者称为"港"。港往往也是连接村落与外界水路交通的要道。澄溪，顾名思义是水流静而澄莹的小溪流。

澄溪之水与沉石荡相互呼应，中间有一扇石门调节。涨水季节，澄溪水满，便流入沉石荡蓄积。枯水季节，沉石荡的水又流出来，补充澄溪。

沉石荡的名字有好几种叫法。《嘉兴市水利志》记载："沉石荡水域面积约为0.528平方千米，周长4.210千米，古名陈盛荡。"据清宣统《闻湖志稿》载："陈盛荡，旧有陈盛二姓居焉。"而更多的人叫它沉石荡。关于"沉石荡"，也有较多猜想。有人说它是很早以前，有陨石落下砸出来的，属无稽。民间传说也纯粹编故事，流传最广的一种说法是古时油车港集镇西边有大户人家，霸占良田上百亩。而一个长工出身的农民，却无田无地，生活很苦。有一天，一个老道经过时说他家破屋边的那块旧石磨是个宝贝，装配起来，要什么可以磨出什么。农民依照老道的话，把石磨装好，磨出了他想要的粮食和油。后来大户人家把石磨抢去，他家不缺粮食和油，只缺上百亩的肥料，于是就磨大粪，整个地方臭气熏天。玉皇大帝了解民情后，用法术让石磨磨出水来，把粪冲走，同时也冲出一个荡，两块石磨便沉在荡底。民间故事总是这样的套路：穷人受苦，神仙显灵，惩罚恶人，还穷人以公平。这完全是老百姓无奈的臆想。但民间故事有旺盛的生命力，所以这个荡到现在还叫沉石荡。

其实沉石荡还有另外一个名字，叫"澄泽荡"。新编的2014年版《油车港镇志》里说："民国三十六年（1947）九月十七日，时任镇长倪元之给县府的工作报告中云：'澄溪镇因澄泽荡水东流过境故名，在洪杨前已有大小油坊二十余家，迄今油车用石磨犹散置镇东。'""澄泽"之名是从水质来说的，与"澄溪"之名的来源倒是联系得起来。"澄泽"在方言中与"沉石"又相近，故谐音误读的可能性较大。误读之后，人们又自然而然地想出一些不着边际的故事来自圆其说。

沉石荡的水的确清澈。五六年前，油车港镇举办过一次诗歌采风活动，我陪嘉兴市的几位诗人到访过油车港老集镇。当时在沉石荡边上遇到一位钓鱼客，六十岁左右年纪，精神气爽，纹丝不动地坐着。边上一个小姑娘站着看，是钓鱼客的孙女，七八岁样子，澄澈如水的眼睛，盯着钓竿浮子的方

沉石荡

位于油车港镇油车港社区西，清宣统《闻湖志稿》记原名"陈盛荡，旧有陈盛二姓居焉"。这和闻家湖、陶家荡、陆家荡、相湖（今名湘家荡）、盛湖（今盛泽）等以姓氏命名同样。历史上这些湖、荡为地主豪族所据有，对于本土区域的开发以及农业生产曾产生的影响和作用，有待考查研究。

（据《油车港镇志》摘录）

向。看到浮子抖动，急忙喊他爷爷。钓竿拉上来，她就"咯咯咯"地笑，两只小辫子"甩嗒甩嗒"，很有趣。钓鱼客钓上来的鱼，品种很多，有鲫鱼、白丝、"玉箸"，最多的是鲦鱼——就是平时所说的"餐鲦鱼"。餐鲦鱼是钓鱼客最讨厌的鱼，饵料被它们啄光，鱼拉不上来。问起沉石荡里是否有大鱼时，钓鱼客摇摇头，说最大的应该是鲤鱼，他也没有遇到过，倒是集镇上的一个超市老板经常钓到。讲到这个时，他一脸"羡慕嫉妒恨"的样子。

沉石荡还是当年名声很响的红旗塘西面的起点。红旗塘开挖于1958年，水面宽阔，向东流入嘉善县天凝镇。现在，红旗塘是秀洲区北部主要的北排泄洪通道，同时也是通往嘉善及上海方向的主要航道，源头为苏嘉运河。

最近嘉兴市文联有一次活动放到油车港镇池湾村，趁中午空余时间，与同事又去了一趟油车港老集镇。在澄溪大桥边上，西望沉石荡，太阳光下的湖面白晃晃的，真有几分传说色彩。过澄溪大桥，看到有卖白酒的店面，进去，大坛大坛的白酒，贴了酒名和价格。让老板打开高粱烧，舀一点尝尝，五十二度的白酒柔和不刺喉咙。老板说，这个酒不掺假货，喝了不口渴不头痛。实际，我对酒基本不懂，听了老板的话，想到澄溪的水，觉得这个高粱烧命名为"澄酒"，倒也比较合适。

油车港

在油车港老集镇区域范围内，地势低洼，多湖荡，是典型的水乡泽国。水是生命之源，有水的地方，往往土地肥沃，加上这里气候温和湿润，益于作物生长，所以该区域早有人烟。据《油车港镇志》记载，澄溪村三组有"应家港遗址"，农田里曾出土石斧、石铲、陶罐等新石器时代良渚文化器物，距今有四千多年历史。另载："西晋建武元年（304），高使君领兵三千屯田于包括镇域在内的嘉兴北部，因之域内大量荒土得以开发，人气逐渐聚集。"推进于唐代中晚期，分别建有麟瑞（麟褆）乡、思贤乡。麟瑞乡传说因麒麟出没而得名，陆明在《栖真杂记》中有记述。思贤乡因纪念唐代贤相陆贽而得名。油车港老集镇所处区域应是这两个乡中的一部分。之后就很少看到有资料详细记载该区域的情况。可以想象，此地虽有

澄溪市河

水西自沉石荡来，东流入东港，与嘉善县天凝镇市河——凝溪相接。河长525米，宽18米。集镇由此水得名油车港、澄溪。

(据《油车港镇志》摘录)

较多村落聚集，但并没有形成如清末时期那样规模较大的集镇。

油车港之名始于清末。相传在光绪年间，倪姓人家在澄溪南岸开设油坊。各地农民把油菜籽通过摇船运卖给倪家。倪家在油坊里把菜籽制成油后，又通过船只运送，贩卖到各地。

倪家制作菜油采用的是"榨"的方法。榨油的过程，明代《天工开物》有详细记录："取诸麻菜子入釜，文火慢炒，透出香气，然后碾碎受蒸……蒸气腾足取出，以稻秸与麦秸包裹如饼形，其饼外圈箍，或用铁打成，或破篾绞刺而成，与榨中则寸相稳合……能者疾倾疾裹而疾箍之，得油之多。"简单地说，制作菜油需要经过这几道工序：先是在灶里生上小火，把油菜籽放入铁锅里炒制。然后把炒制后的油菜籽放到石磨上磨碎，磨出金黄色的粉末。再把粉末放在锅里蒸胚，蒸到冒出热气，便进

153

行包坨。包坨就是制油饼，这个需要真功夫，包得好，出油多。随后，将包好的油饼放到木制榨油机上榨压，就出油了。最后通过几次过滤，菜籽油便可食用。

因为油坊的存在，油车港集镇上常年飘溢着菜油的香味。澄溪里的鱼似乎也闻到油香，一群群聚集在油坊的河埠边。榨过菜油的油饼称"枯饼"，依旧香味浓厚。油坊里的工人有时把枯饼扔一些到溪里喂鱼，鱼群竞相争啄，跃出水面。油饼是上等的鱼饵料。

因为榨油需要油菜籽作为原料，故油车港老集镇周围家家户户种植油菜。每到开花季节，满田野都是金黄色，着了火似的燎原一片。对着花看久了，看什么都带有金黄色，并且心里也会着了火那样疯狂起来。还好水乡的油菜花，旁边都是水。池塘、河荡，即使是一条沟渠，有水的地方，你就感到安心，不怕着了火。

油菜籽成熟的时候，倪家油坊码头上就停满了来卖菜籽的农船。油坊工人按照顺序一袋袋验货过秤，有不够干燥的，倪家人也基本收进。农民们卖了菜籽，捧着空袋，笑嘻嘻地摇船回去了。除了卖菜籽的，偶尔也有卖芝麻、蓖麻、黄豆的，但以油菜籽为主，这与当地适宜种植的经济作物相关联。《天工开物》说，用榨油法："胡麻每石得油四十斤，莱菔子每石得油二十七斤，芸薹子（油菜籽）每石得（油）三十斤，菘菜、苋菜子每石得（油）三十斤，茶子每石得（油）一十五斤，黄豆得（油）九斤。"

倪家制油出名后，澄溪便改名为油车港。因油商及出售菜籽的农民云集，商船往来，商业随之兴起，油车港两岸便成市镇。除了倪家，油车港老集镇还有四个家族比较兴旺，油车港当地人有句顺口溜"倪吕莫吴邱"，谐音"泥里摸湖鳅"来形容这些大家族，容易记住。其他四个家族各自经营自己的商业，也有开设油车作坊的。2008年，秀洲区文化馆负责非遗普查的工作人员，在普查中看到原莫家油车作坊的遗址——现为福利院。院内有一石台，供大家饮茶、喝酒和下棋用，就是用遗址里挖出来的石磨（直径138厘米）砌成的。

民国后，集镇的榨油业逐渐衰落，但米业、窑业代之而起。《油车港镇志》里说："民国十九年（1930），集镇上仅米业即有豫昌、豫丰、新和、义和等多家米行和颇具规模的大有碾米厂，成为嘉兴北乡米业中心。"但此时，油车港集镇一直以"澄溪"为名：澄溪镇、澄溪乡、澄溪人民公社。虽然乡民早已以港名镇，可直至1986年1月，澄溪乡撤乡建镇，才正式更名为油车港镇。

老集镇

从澄溪大桥出发，沿着溪边街道，一路向东。河道两侧为平行的港北大街和港南大街，两排老旧屋子已经非常颓废，其中有些早已无人居住，里面杂草丛生，霉味侵人。我和同去的朋友，拨开草丛，探寻了几处，路人提醒我们这些都是危房，可不要随便进。的确，这些没有人撑着的老房子看起来实在是站不住了，边上已有索性倒成一堆乱石的。在街上走着，很少见到本地人，有的也是和房子一样没什么精神的老人。我们遇到一个坐在屋檐下听旧收音机的老太太，闭着眼睛，靠在躺椅上，昏昏沉沉地要睡着了。收音机也已残破不堪，里面发出的声音，像掉了牙齿一样，咿咿呀呀，听不清楚。

《油车港镇志》记载，老镇上有一阵子商业相当繁荣，镇上相继开设三十多家作坊和工厂。南北大街造得比较气派，与一些古镇可相媲美。街上商户门户相对，屋檐明棚相接，可遮蔽风雨，形成独特的"廊下街"。两街中，港北街为主要的商业区。每天早市，集镇上热闹非凡，街道两边放满了四乡农民顺便带出来卖的农副产品：蔬菜、蛋类、鸡鸭鹅等家禽……熙攘的人群，有喝茶的、吃早点的、购买东西的，摩肩接踵。河埠边停满船只，大多是较远村子的人，通过行船赶集，也有为买卖货物而来，船只可以作为运输工具。镇上的一些妇女蹲在河埠边，把要洗的衣服浸到水里，撩起，用捣衣槌"嘭嘭嘭"地敲着。

从港北街走到港南街，有两座桥，一座是三孔石桥长生桥——现已为市文保点，另一座是更小的西木桥。最近去的一趟，我与同事在港北街逛一圈，走过长生桥，到港南街，想找人询问一下老集镇昔日的情况。问了几个，都摇头，他们是外来租住的新居民。后来终于在一处破败不堪的西式洋房边遇到一位老爷子。他原是凤桥人，年轻时跟随家人到油车港镇上做生意，一做就留下来了，一晃就是几十年。老爷子对集镇熟悉，一会手指到东，一会手指到西："港南街多是大院子，东段是吕家厅、陈宅与茧站，西面西木桥边是倪家米仓（倪家除了做油生意，后来也做米生意），现在还有点房子。倪家大院在老镇东北角的斗风浜，解放后做过粮站和国家粮食仓库，可是现在已经被拆光了。"

问起边上的西式洋房是什么地方，老爷子说这是民国时的警察分驻所。怪不得这么气派，几堵墙是水泥浇筑的，有很大的柱子，只是里面已经坍塌，墙上还

有鲜红的"拆"字。

港南街的廊棚还有残存，但也不像样了。我们又从长生桥上回到港北，向斗风浜走去。《油车港镇志》上斗风浜是一阵风的"风"，但看到有人家的门牌上写着"斗丰浜"，不知哪个正确。沿河滩边的废石堆一路过去，真可用残破和荒芜来形容。房子是要人来居住的，特别是年轻人。没有年轻人居住的镇子，实在支撑不住岁月的重压，让人不忍睹视。

河滩边还有旧的轮船码头遗迹。油车港集镇的人当年都是从这里上船，到城里去的。起先是"快班船"。吴藕汀先生的《药窗诗话》里有一则诗话讲到"快班船"："乌篷舢板出山阴，桨橹齐飞破碧浔。一路铛铛催客过，江湖到处越方音。"这种"乌篷船"是从绍兴传过来的，船身狭长，前低后高，有四支橹同时摇动，还有一人坐在船头扳桨，速度较

长生桥

坐落于油车港镇油车港社区市河，南北向，三孔梁式有栏石板桥。桥长22.20米，顶宽2.95米，中孔净空2.70米。桥望柱完好，桥身石雕尚称精美。

清乾隆年间（1736—1795）建，可证此地已成水乡较繁荣集镇。

（据《古桥风韵》摘录）

快。它到一处码头，船员就"镗镗"地敲铜锣，表示船来了，客人准备好上下船。吴老在诗话中有这样的记述："我在甲子、戊寅二次避难中，一是由斜桥过郭店至海宁，一是由嘉兴过油车港至南汇，坐过三四回，总算领略了'越国风光'，到达终点也体验了'先落航船晚上岸'的俗语攀谈。"

根据年份计算，吴藕汀先生坐"快班船"过油车港时，应该在抗战时期的1938年。当时，日军已从金山卫登陆，嘉兴沦陷。油车港因为地处北乡偏远湖荡之地，大批城市居民逃难于此，人口剧增，由此带动商业的进一步发展。

除了"快班船"，早在民国十二年（1923），南汇富商蒋氏已经开驶往返于南汇与嘉兴县城的汽轮，油车港老集镇有停靠站。所以吴老在诗话里的一句"先落航船晚上岸"，就是指"快班船"和汽轮船同时存在了一段时间。"快班船"再快，人力总抵不过机器，还是后乘汽轮船的人先到目的地。民国三十四年（1945），倪家也开设客船运输业务，开行嘉兴至南汇的客运机帆船，命名为"南湖号"。

倪家宅

倪家大宅位于现油车港社区镇中路斗风弄原粮站南面，为倪氏望族旧居。据《浙江秀水澄溪倪氏家族系表》（简称《倪氏家族系表》）记载，老宅确切位置为：东濒嘉兴与嘉善两县分界河，南临斗风浜。也就是说在界河西面，斗风浜北岸。坐北朝南，很有气势。

《倪氏家族系表》卷首有《倪氏家史》一文，对倪家大宅有较为详细的记述。大宅建于清代，东南两边沿河，均以石筑帮岸，门前石级河埠，左右淌水。根据建筑时间先后，大宅分为东西两大部分。

东面部分先建，砖木结构，梁架穿坊与抬梁式并存，屋顶为硬山顶，前出檐，整体呈三进四合院式布局。硬山顶易于防风火，多用于北方。南方因为雨水多，一般房屋建筑用悬山顶。硬山顶和悬山顶都是"人"字形的屋顶，所不同的是硬山顶左右两个山头把屋檐包起来，也就是说不出檐。倪家用硬山顶且前出檐的房屋结构应是把防风火和防风雨结合起来了，这可能与他们开设油坊与粮店有关。

　　进入大门为砖铺场地，东侧是静学书屋，应该是书房之类的地方；西侧为西院堂，可能是晚辈读书的场所。过砖场是厢厦，五开间平屋一埭，前有走廊，后有天井。厢厦是指正屋大门直对的一排屋子，一般用于办红白二事，是句方言，杭州萧山一带有"厢厦稻地"之说。厢厦后，过天井是厅堂，匾额"垂裕堂"，全是落地长窗，气派。"垂裕堂"取"垂裕后昆"之意，即要替后人造福，为他们留下功业或财产。厅堂后，又是天井，天井后是住宅，都是平房。

　　《倪氏家史》记："至啸闲公，新建住宅于老宅之西，与老宅毗连，也是石筑帮岸，与老宅连成一线。也是石砌河埠，左右淌水，七个门面一律平屋。"相对于东面的老宅，西面新建的宅第要复杂有气势得多。宅第前面有宽阔的廊棚，侧

倪家民宅

坐落于油车港镇油车港社区西木桥弄3号。2009年1月列为嘉兴市文物保护点。

砖铺地。门埭正中是大门，中间三开间三埭进深，两侧对称建造，各五埭进深。由大门入内，进入吉门。吉门是指吉利之门，讨个彩头。在奇门遁甲中，八卦方位所定的八个不同角度，即八门，有吉凶之分。倪家的吉门是石框水磨砖墙，上有浮雕，嵌以白石，刻"居仁由义"，意为"内心存仁，行事循义"，是对家族的一个告诫。过吉门，是一色花岗石铺地的天井，左右是走廊。上台阶入茶厅，上有匾额"带经草堂"，应该也是书房所在。"带经"典出汉朝倪宽。倪宽跟着孔安国学习五经，但缺学费，所以倪宽要为孔安国的弟子们做饭，有时还要下地干活。他下地时总要带着经书，休息时抓紧学习，称为"带经而锄"。倪家人用同姓倪的汉朝典故作为书房的名字，想必有叮嘱晚辈刻苦读书的用意。"带经草堂"里还有一副对联，上联为"舍为善读书别无安乐法"，下联为"即栽花种竹亦有经济心"。这是倪家作为以商业为生的大家族的不同之处，既注重书香，也注重经济。

过茶厅，进仪门。仪门也是石框水磨砖墙，雕刻精细，人物栩栩如生，栏杆花样多变，上嵌白石，刻"松茂竹苞"。"松茂竹苞"典出《诗经·小雅》，意为兴盛繁荣。《倪氏家史》有言"据长辈谈，当时建造仪门，花费三千七百余工"，可见精雕细刻的程度。仪门后有花岗石铺地的天井，左右同样是走廊。天井后是大厅堂，也叫"垂裕堂"，只不过多了一副对联，上联是"业精于勤行成于思"，下联是"春发其华秋结其实"，意思明白。一些大的仪式都在这里举行。

大厅后隔院子，应该是起居的地方，最后才是花园。花园里，假山鱼池布置得很紧凑，种植的植物以"金玉满堂"为寓意，有金桂银桂、玉兰花、垂丝海棠，还有天竹和腊梅等，一年四季可见花开，可闻花香。

《倪氏家史》里说，整幢西面的建筑，成两侧相对建造。第一埭平房，与大门间一式并连，第二埭书厅，第三埭楼房，第四埭堂楼，第五埭楼房，每埭均以石板天井相隔。大宅后是倪家的作坊，中间有风火围墙相隔。作坊亦坐北朝南，前后七埭排列。大宅加作坊，整块地盘东西宽约一百米，南北长约两百米，占地面积将近两万平方米。

倪家大宅西面还有余地，没有扩建。啸闲公后代另一支移至镇西野菱浜居住，称为西汇，也叫厅西（斗风浜住宅称为东汇或厅东）。西汇占地面积稍逊于东汇，两汇均有场地和仓间。东汇为泰源米栈与豫昌米行所用，西汇为义和米栈与源吉米行所用。东汇倪家的仓库在油车港南岸西木桥弄，分为南粮仓、北粮仓、民宅三大部分，占地五百一十九平方米，主要被用于储放粮食、菜籽饼和用作开设油坊榨油的场所。新中国成立后，倪家东汇仓库与倪家大宅均为粮站所用。斗风浜的倪家大宅现已不见踪迹，南岸的倪家仓库还基本保存完好。

倪家人

倪禹功先生曾系统地编排过倪家族谱，可惜在"文革"中遗失殆尽。现在所见到的《浙江秀水澄溪倪氏家族系表》是倪禹功的同辈人倪晴初在1992年12月编印的。两人的曾祖父是亲兄弟。

《倪氏家族系表》从上文提到的啸闲公开始记录。啸闲公的继承人是绣峰公，绣峰公之子叫端厓公。端厓公有四子，即倪家所称的四太爷（秋谷公）、五太爷（吉生公）、六太爷（瑞圃公）、九太爷（无考）。当时形容四位太爷有四句话：四车户（管理油坊业务），五管船（管理倪氏船只），六买书（爱好书画），九勿管（年纪最小都不过问）。

倪晴初（沄）是端厓公第四子倪秋谷及其后人倪阆园（震埏）、倪朴如一脉下来（倪晴初原是倪秋谷另一个儿子倪少谷的孙子，后过继给倪阆园的儿子倪朴如，继承他的一支），倪禹功是端厓公第五子倪吉生及其后人倪鉴平（咸均）、倪贯如（镕）一脉下来。到倪晴初与倪禹功的爷爷辈，已经是民国初年，原本聚族而居的倪家人开始分支移居外地。如四太爷秋谷公的另两个儿子少谷公和萼林公分别外移（除阆园公外）。少谷公在嘉善县下塘购买房屋移居嘉善县，萼林公原先继承西汇产业，曾搬到野菱浜，民国初年先租房于嘉兴望云里，后购买房屋于殿基湾定居；五太爷吉生公的儿子鉴平公也在殿基湾购买房屋，定居下来。

鉴平公是倪禹功的爷爷，名咸均，秀才出身，善于经营，开设了义和米栈、永隆酱园和义昌福绸布庄等产业，生意做得风生水起，民国时期还做过嘉兴县商会会长。在《倪氏家族系表》卷首的《倪氏家史》里，倪禹功的父亲倪贯如没有被说起，倒是他的母亲陶太令宜几次被提及。1930年左右，十九岁的倪禹功，与母亲陶太令宜跟随父辈到嘉兴中街（现为月河街中基路）27—29号定居。1937年抗日战争爆发后，倪禹功一家又在其母亲的带领下移居上海延安中路明德里。

此外，倪家人中，浙澄公（倪禹功亲叔叔）移居上海复兴中路。新中国成立后，元之公（六太爷瑞圃公的孙子）去苏州定居。据《倪氏家族系表》记载，由于工作关系，日后散居者更多。

倪家族系中，在当地较有声望的，四太爷秋谷公算一位。倪秋谷，名焘，官居三品，为人伉直有气魄。道光五年（1825），刚到弱冠年纪的倪焘，就失去了父亲的依靠。他是家里的长子，长兄如父，挑起倪家重担，义不容辞。倪家当时油坊业务十分庞大，有工人数百人。他上场时，正值当地发大水，工人停工，人心不稳，世态很难控制。几个弟弟尚小，倪焘就挺身接过乱摊子。他一方面安抚人心，一方面指挥得当，不仅使油坊业务快速恢复，而且还帮助工人渡过了家里的难关。经过这一事，大家对年纪轻轻的倪家大少爷十分信服。因为水灾严重，周围开始闹饥荒，贫苦农民没有食物吃，每天聚集在倪家门口乞讨。倪焘见了非但没有驱赶，反而捐粮救助大家，使成群的饥民在大灾之下，都存活了下来。

咸丰十年（1860），太平军攻占嘉兴，域境为太平军所占。嘉兴城内的百姓大量避难逃亡到油车港，路上到处可见老弱病残者，有的倒在地上便没有再起来。倪焘想方设法为难民提供住处，赠予食物。太平军时常骚扰，倪焘就替难民雇佣船只，使其逃避。油车港北部水荡多，易于躲藏，等骚扰的太平军走后，再回到镇上。故虽值战乱时期，倪家却为百姓提供一块相对安乐的地方，乡人称这都仰仗倪焘的善心与气魄。时代混乱，为了阻止枪匪横行，打家劫舍，倪焘出钱请盛泽孙四喜（后名金彪）的军队，驻扎油车港，保护百姓。后有大批官兵路过，先遣部队到西塘，对百姓骚扰严重，倪焘又筹集四千五百金，先行送上，使大军过油车港镇时，一尘不惊。

倪焘乐善好施的秉性，至晚年不改，虽家道中落，仍竭尽所能，为乡里做事。光绪十五年（1889），油车港镇又遇水灾，年事已高的秋谷公依旧赴乡间调查灾情，终积劳病故。乡民闻之，无不落泪。秋谷公的三个儿子晋阶、震埏、升垲均继承父志，也都是乡绅，为乡里做了很多事，乡民们称颂不断。

倪焘倪秋谷公之事迹在清人朱福清的《鸳湖求旧录》中有记。

除了秋谷这一支对乡里有贡献，倪家其他支脉也都有善行。如民国三十四年（1945），日本鬼子即将投降，已经寓居外地的倪禹功、倪梁若（倪禹功的亲兄弟）、倪浙澄叔侄三人向澄溪镇中心国民学校和中穆镇中心国民学校捐赠学田共计二十二亩（由两校平分）。再如民国三十六年（1947），澄溪镇召开战后首次镇民代表大会，选举倪远之为镇长。倪远之是六太爷瑞圃公的孙子，倪禹功的叔叔辈，当选镇长后，为重建抗战后的家园四处奔波。

倪禹功

2011年的处暑刚过，暑气渐渐消退，南湖菱已采过一轮，树上蝉声渐咽，而嘉兴博物馆里掌声不绝——嘉兴先贤倪禹功先生藏品捐赠仪式正在举行。这是倪禹功五位子女倪嘉缵、倪嘉客、倪嘉宁、倪嘉绥、倪嘉寒的义举，他们把分散在各自手里的二百一十七件（组）藏品，重新汇聚，用一年多时间加以整理，选择父亲诞辰一百周年的时间节点，进行捐赠，不仅完成了父亲生前的遗愿，而且于嘉兴乡邦文化的传承而言，更是功德无量。捐赠的内容有字画、手稿、信札、拓片、照片等，捐赠的层次有国家二级、三级文物三十多件，其中一幅由清代画家秦敏树绘画、嘉兴颇有政声的知府许瑶光题跋的《鸳湖春饯图》长卷尤为珍贵。《鸳湖春饯图》是嘉兴历史上画南湖景色分量较重的作品之一，整幅画展示南湖湖水浩淼，波澜不惊的大场面，以"会景春色""烟雨琼岛""岸边人家""湖

《南湖清暑图》

倪禹功所绘《南湖清暑图》，纵67厘米，横21.2厘米，右上款署"南湖清暑，禹功倪昌澄写于沪上"，钤印"倪昌澄"白文方印。该图轴由倪禹功子女于1997年捐赠给嘉兴博物馆。

（据《大爱有痕》摘录）

光塔影"等层次再现南湖全景。当代国画家陈宽评论此画："用笔细腻，笔墨清纯，点染简略，活脱自然，点皴、勾勒、晕染恰到好处，实乃上乘之作。"

在此之前，倪禹功的子女及倪禹功本人已向嘉兴博物馆和图书馆捐赠过二百多幅（册）绘画作品、书籍等藏品。倪家的捐赠为嘉兴捐赠史留下了光辉的一笔。当时报刊、电视新闻作了详尽报道，嘉兴市有关部门还专门出了《人爱有痕——嘉兴先贤倪禹功藏品捐赠图录》一书。感动之余，思量倪家捐赠的原因，想必一方面与倪禹功及其子女对家乡的感情和高尚的境界分不开，同时与前文提到过的倪家对待乡里的仁义之道也是一脉相承的。

下面主要说说倪禹功。

倪禹功，字蕉簃，号昌浚，出生于辛亥革命爆发那一年。倪禹功从小就喜欢绘画，他在《嘉秀近代画人搜铨》里说："余素喜绘画，而暇购求先贤手泽以相观摩。"倪禹功祖上，就有爱好书画的传统，在其子女捐赠的藏品中有一幅倪楷廷的《行书扇面》。倪楷廷就是倪禹功的高祖端庄公，清嘉道时人。另倪禹功的两位叔祖倪升垲（萼林公）和倪晋阶（少谷公）也都是清末的书画家。倪禹功藏品中有一幅倪升垲的《隶书六言联》"诚自不妄语始，学从求放心来"，便是倪升垲写给三哥鉴平公（倪禹功爷爷）的。

因为从小喜欢绘画，母亲请了蒋保华的儿子蒋世长做倪禹功的老师。蒋保华是嘉兴小有名气的画家，与倪家有姻亲关系。他的长子蒋世长，字曼寿，号叔寅，别号枝指山人、餐香饭主等，是著名的书画家、篆刻家，名望一点都不逊色于其父亲。他工山水、人物、花卉、翎毛，尤精鉴别，兼通印学。倪禹功在《嘉秀近代画人搜铨》中这样评价他的老师："鉴别之精，时下独步。若得先生一眼，真赝立辨。"

《嘉秀近代画人搜铨》是倪禹功传世五本手稿其中之一。我从"孔夫子"网上旧书店买到一本八成新的，虽是影印本，但仍可目睹倪禹功先生的字迹及其用心之精。全书以楷书誊写，详细收录了嘉兴清雍、乾后四百四十位画家，不涉邻县。手稿有多处修改，墨迹清晰，极其细致。很多画家边上还有蝇头小楷旁注，应该是在搜集过程中，不断补充的缘故。出版时，嘉兴博物馆、图书馆邀请已退休的原嘉兴市图书馆馆长史念先生作序。史念先生与倪禹功先生在上个世纪60年代有短暂交往，曾在倪府借得此著阅览，后匆匆归还。历经"文革"十年，此

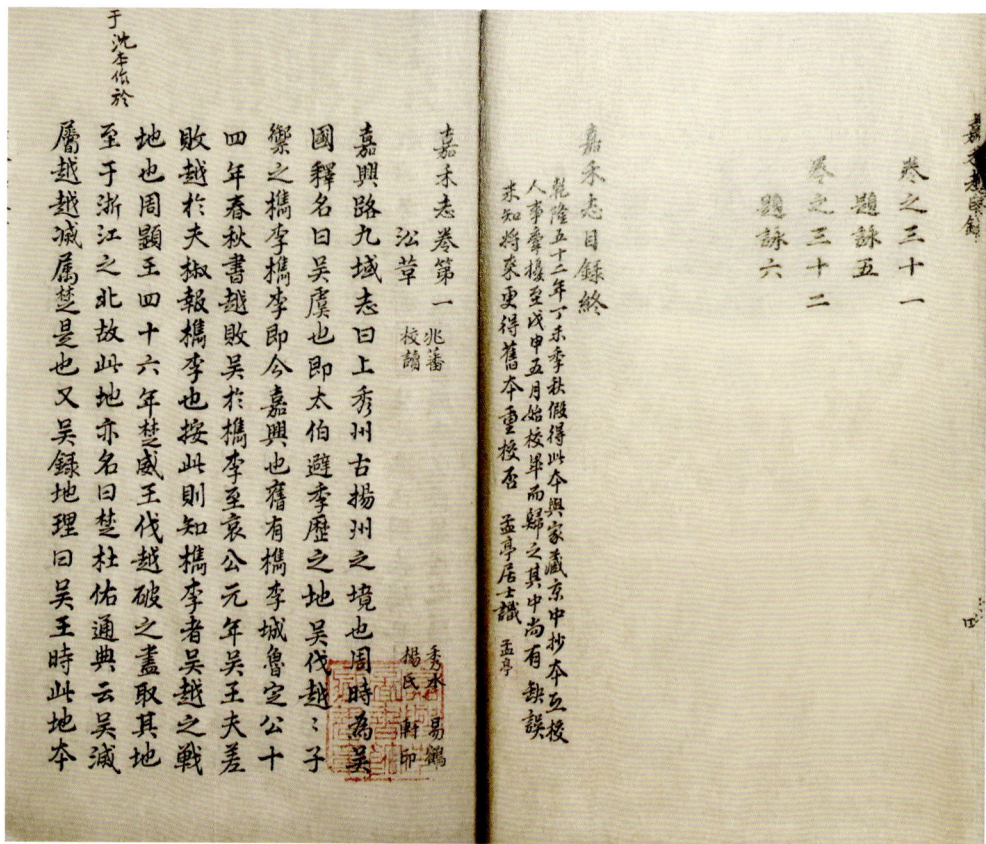

著竟重现禾城，史念先生的激动可想而知。他在序中讲道："历三十年揆隔，重展是稿，见墨迹宛然，仿佛烟云满纸，如重见故人，沧桑之感又能不浓然生怀乎！"故人已去，旧物犹存，真是悲喜交加。

倪禹功先生为何要花如此心血，一字一句，细致入微地记叙嘉兴画家群的人生梗概、轶事遗闻，以及对画作的考证评价。史念先生在序里已作了精辟的概括："恐故国文献之湮灭……唯其存故乡文化于一脉……"《嘉秀近代画人搜铨》和另一本《嘉秀藏家集录》都是倪禹功先生在抗战时期苦心孤诣所著的，其保护乡邦文化决心之深，可见一斑。怪不得史念先生评价其"斯与前线战士杀敌报国固同出

倪禹功抄录至元《嘉禾志》书页

倪禹功从新中国成立后就对嘉兴市图书馆的建设和发展极为关心。在信息传播不发达的当时，他多次去上海亲笔抄写至元《嘉禾志》，历时数月，完成后送给嘉兴市图书馆保存。这个抄本被列为嘉兴市图书馆馆藏善本。

（据《大爱有痕》摘录）

于爱国心。"

倪禹功为家乡禾城做的另一件颇为称颂的事是抄写至元《嘉禾志》。至元《嘉禾志》是现存嘉兴最早的一部志书，元初编撰，全面详细地记述了嘉兴地区的历史沿革、典章制度和风土人情，其价值意义非同一般。原图书馆馆长崔泉森先生在《倪禹功的桑梓情》一文中仔细地记录了抄写该志的始末。时任图书馆馆长汪大铁先生打听到嘉兴人金问源收藏其父留下来的至元《嘉禾志》。此人住上海，汪馆长就请同住上海的倪禹功先生帮助联系。倪禹功联系后，较为顺利，他在写给汪馆长的信中说："金敬渊（金问源，字敬渊）先生亲自面告至元书尚未捐献，谈及嘉馆拟抄一部以广流传，彼也颇表赞同。但抄写一节，沪上现无专业之人，弟意由禹承乏抄取，略为乡邦稍尽轻薄，未知尊意以为然否。"可以猜测汪馆长看信之后的心情，定然是感激动容，拿着信纸久久不愿放下，慨叹不已："吾乡有昌浚兄这样的贤德之人，真是乡邦之福。"倪禹功说到做到，着手抄写十六万余字的至元《嘉禾志》。原打算两个月抄完，不想抄写的难度远远大于估计，最终用了五个月才得以完成。五个月的抄写，不是经过酷暑，便是历经寒冬，毛笔写得脱毛，墨汁干了再磨，有谁能想象在上世纪50年代，国家百废待兴之时，有一个油车港的乡绅躲在上海的阁楼里，默默无闻、不计报酬地抄写着嘉兴的历史。若没有这部至元《嘉禾志》，嘉兴的历史记忆恐怕要逊色不少。

我曾购得由嘉兴市地方志办公室编校的至元《嘉禾志》（2010年12月版），翻阅时时常想象倪禹功先生在灯下抄写的情景，心生感动，默默赞叹前人的功绩。后又翻阅《大爱有痕——嘉兴先贤倪禹功藏品捐赠图录》，看到先生与家人合影的照片：平头、中山装，上衣口袋插了一支锃亮的钢笔（估摸着是英雄牌），身材不高，笑容可掬，朴素干净，让人心生亲切，又肃然起敬。想起倪家子女捐赠藏品时期，嘉兴有关报刊对他们进行了诸多采访，其中《南湖晚报》有一文《倪禹功藏品日前返回家乡》提到了先生很有生活情趣的细节。四子倪嘉绥从小和祖母、父亲一起生活，对父亲生活点滴比较熟悉。抗战胜利后，倪禹功隔一段时间都要到嘉兴住几天。中基路老宅，有一间是他的画室。回上海时，他总要带点好吃的嘉兴土特产让母亲和子女尝尝鲜。子女们最喜欢吃陆稿荐的酱鸭，倪禹功总是要走到月河边的陆稿荐对外销售窗口，包两包回去。几次下来，陆稿荐的营业员也与先生熟识：

倪禹功与家人合影

20世纪50年代末倪禹功和夫人许宝珊及
女儿、女婿在上海新华园合影。

（据《大爱有痕》摘录）

"先生又要回上海啦?"

"是呀,小宁(小孩)喜欢吃酱鸭,买点回去。"

"先生要多来。"

"一定,一定。"

……

倪嘉绥先生还回忆到,父亲从不要求他们子女有谁要继承他的画业和收藏业,所以倪家五姐妹均以社会科学为主业,报效祖国。从日后多年知识分子的遭遇来看,不得不说倪禹功先生对子女的宽容之心具有不凡的远见。他甚至不让子女靠近自己的画桌,有时让子女到朋友家送画,也不让他们参与大人的讨论。在年纪尚小的倪嘉绥心里,父亲交往的朋友众多,但他只记得一些有趣的画面，比如偶尔住在嘉兴时，画家郭兰泽常来家中。郭兰泽，字蔗庭，号集庵，又号谷园，嘉兴凤桥人。他每次来，都要让倪禹功评述一些画作。倪禹功说了自己的观点，他又有不服气。三句话一说，郭兰泽就捧画回去了，但不过三天，又出现在倪家门口。每当此时，倪禹功先生总是笑笑："这个郭大头又来了。"

这些情节有我想象的成分，但从倪嘉绥兄弟姐妹的回忆来看，大致是合理的。倪禹功先生就是这样一个既严肃又和蔼有趣的人。

因为倪禹功的为人，与他结交的朋友众多。当时书法、绘画及收藏大家很多与其有往来，其中徐森玉、沙孟海、朱其石、吴湖帆、钱镜塘等最为相契。钱镜塘是当时鼎鼎有名的大收藏家，他收藏的明人尺牍影响很大。对于这些尺牍作品，钱镜塘想请一人帮助考证。尺牍装裱好后有二十巨册，可见相当浩繁，考证的人必须要有丰富的书画知识和鉴定功底。再说收藏家都有一个"通病"，就是不希望自己的藏品被太多人知道，所以作为好友的倪禹功便成了不二人选。据倪家子女回忆，该巨型文献共收入明代名人尺牍四百零七封，除了少数信函原有注释外，几乎每件作品均有他们的父亲以工笔小楷加以考证和注释，其难度之大，难以想象。倪禹功前后为这本尺牍的注释付出了五六年时间，他跑遍上海及周边地区的图书馆，抄录资料，回家整理分析，再去钱镜塘家，分批、分次用精工小楷抄写在各篇尺牍的旁边，并加盖"秀水倪禹功搜铨"印。据粗摸估算，有二万五千余字的注释。这个数字背后有几十倍甚至上百倍的基础资料做依据，其功夫之深可想而知。倪禹功的注释为成就《钱镜塘明代名人尺牍》，作出了不可取代的作用。

一个人可以为朋友做到这样的程度，可以想见倪禹功先生的为人及两人的友谊程度。后来钱镜塘在年长几岁的倪禹功劝说下，也捐献一大批文献、书画给嘉兴地区的文博单位。

除了钱镜塘，倪禹功还交好其他一批嘉兴书画家。小有影响的"申浦雅集"便是一次避难至沪上的嘉兴人的聚会。申浦河最早开挖于公元前242年，春申君黄歇改封吴墟，他率领吴地百姓在江阴西部挖通了与无锡五泻河、三水仑港并与江南河相连的九曲十八弯的人工河申浦。聚会共有三十人，聚会地点在申浦河畔的致美楼。

宴会开始，因为正值抗战时期，一切从简，三杯淡酒，花生、螺蛳、臭豆腐若干，几盆生煎（据说该饭店的生煎有名气），便是很好的下酒菜。宾主尽欢，各以诗词唱和，席间大家嘱托倪禹功先生把这次雅集的盛况画卜来，并让在座德高望重的嘉兴人沈卫作诗配图。沈卫，字友霍，号淇泉，晚号兼巢老人，亦署红豆馆主，系沈钧儒十一叔。清光绪十六年（1890）进士，授翰林院编修。善诗文，工书法，晚年寓居上海鬻字，名播江南，被推为翰苑巨擘。他所作《己卯上巳乡人饮酒于海上致美楼，即席有作》，不乏悲情：

两年争战几流亡，除却汪锜半国殇。不分乱离多会合，枉教祓禊问宰祥。
何人不作无家别，似我真应到老忙。共倒清樽拼一醉，当时青鬓各苍苍。

这是抗战时期，文人墨客的忧伤之情只能通过诗文来表达。汪锜是鲁国公子的嬖僮，在齐鲁之间的一次战斗中，他俩同乘一辆战车奋勇拼杀，一同战死，一同停殡。国人质疑汪锜年轻而欲以殇礼葬之（殇礼就是未成年人的葬礼），孔子听说后则曰："能执干戈以卫社稷，可无殇也。"当时沈卫已经七十八岁，他借汪锜也许是想表达对国土沦丧、流落他乡的悲伤，同时也想表达自己虽有报国之心，但更多的是两鬓苍苍的无奈。

其他参加宴会之人的诗文，倪禹功都收集在一起，与他的画共同装裱成册，捐予嘉兴县立图书馆。聚会这一天正是1939年的农历三月初三上巳节。上巳节旧俗是要在水边举行祭礼，洗濯去垢，消除不祥，这叫祓禊。著名的"曲水流觞"就是王羲之一拨人于永和九年三月初三的上巳节在水边的雅集，所有人的诗歌唱和被汇成集子，遂有《兰亭集序》。倪禹功他们的"申浦雅集"，也是类似的集会。

"世事短如春梦，人情薄似秋云"。这是钱君匋写给远房堂兄弟钱镜塘的对联，也是宋代朱敦儒的两句诗。"申浦雅集"后，在席诸多老人纷纷过世，雅集中的唱和成为绝唱。倪禹功作为在场人与记录者，感慨最深。

令人难过的是倪禹功先生于1962年因病过世，早早地离开了他所热爱的绘画事业和乡邦文化，这是绘画界、收藏鉴定界及家乡的一大损失。好友朱其石的挽联总结了其一生：

工书画、精赏鉴、富收藏，更看钜著形成，堪与瓜田老、秋泾翁同坐不朽；

桑梓情、翰墨缘、金石契，讵料沉疴难挽，竟随葱玉君、散木子共返太虚。

（邵洪海）

南汇钩沉

引　言

南汇镇已改名为"王江泾镇南汇社区"。

这在感觉上是有些别扭的。

南汇的历史人文大多被岁月沧桑沉湮。

民国十八年（1929）《嘉兴新志》（上编）记南

汇："在城北偏东三十里，向住鱼虾小集，明末清初

南汇镇老街巷

南汇镇老街巷上的房屋，坍塌严重，所剩的大多沦为不住人的危房。图为西大街保存相对较好的几间。

时始行开辟，近年新筑廛屋不少，大半为蒋姓所经营。"其中"明末清初时始行开辟"云云，和史实不甚相符。

南汇镇东有河渠通夏墓荡，南临十字路荡、泥河荡，西遥接梅家荡水，北以长荡、钉靴荡为湄，镇之西端与蚕溪荡相衔，周遭圩头错壤，断岸洲沚，诸水汇流，而"汇"之名立。

明代南汇有南、北、中三汇之分，而复又统名之曰长溪。

清代沈莘士《沈氏族谱序》记云：元末，沈氏居中汇，子孙繁衍，以"长溪沈氏"冠于乡里。图经所谓"望族聚处，蒸蒸富庶"。南汇之初成镇，实在和沈氏耕读传家于此大有关系。

长溪沈氏

沈莘士所撰《沈氏族谱》，未刊，稿藏于家，久已佚。现在只能见到他作的序。据序文称：沈氏宗族"分派长溪始于元末，历前明，子孙繁衍。所居成汇，有南北中之分，吾家中汇也"。

莘士号安约，雍正或乾隆年间秀才。诗人、名士。他家自曾祖沈自郜起，由长溪迁居新溪（今新塍镇）。序文所说"中汇"，位置在南汇镇北与大家港（村）之间，也即今王江泾实验学校东隅，旧称东露圩。再往北，为长溪桥，左右分长荡、钉靴荡，相距镇不过一箭之遥。

另据潘光旦《明清两代嘉兴的望族》一书记载：长溪沈氏"先世自松江赘居秀水"（《明清两代嘉兴的望族》第七十二页），并列表自沈复以下，分别为沈谧、沈启原、沈自郛、沈德符、沈凤等。

唐佩金《闻湖志稿》记沈氏祠堂"在南汇东露圩"，旁注："前明建，祀义民沈度，隐士沈复，湖广参议沈谧，陕西副使沈启原，修撰沈自郛。"

这几位"神主"，胪列在堂上，比较潘光旦先生所记，在沈复的前头，加了一位"沈度"。沈度，松江府华亭人。2007年版《上海大辞典》有传。沈度受飨于南汇沈祠，可以印证长溪沈来自松江不谬。但，在沈度名字前标以"义民"，却非是。

李日华《味水轩日记》卷三记万历三十九年十二月十九日这一天，他在甪里街寓邸（向吴姓赁租）的清樾堂，接待从松江来的故人之子沈士栋。士栋的尊君沈石楼和李日华是同年登科的进士，因此君实先生在日记中称其为"年家子"。

沈士栋这次造访味水轩，带来了几件书画，是他的八世祖沈度、沈粲珍藏的明宣宗朱瞻基御制墨宝，其中《御制醉太平词》二首，《睡起诗》一首，赐沈度，款作"宣德戊申四月九日书"，钤"广运之宝"御印。戊申，即公元1428年，宣德皇帝登大宝的第三个年头。皇上诗兴未已，"数联吟罢不胜情"，在同年的五月望日，朱瞻基又把《睡起诗》书写了一遍，赐予右庶子沈粲。

《龙皮双鹦图》（日记又作《鹦鹉龙眼》）一幅，为御笔法绘，宣德二年赐学士沈度。

图，用内府藏绢，白润可鉴。广二尺有二，长三尺有五。画龙眼（桂圆），色丹黄；画鹦鹉二，色朱，神采生动，迥异凡染。用"雍熙世人"玉玺。图后七世孙沈石楼题跋。

日记三次提到沈度。沈度字民则，号自乐。明洪武中以书法鸣世，永乐年间深获成祖帝朱棣赏识，誉为"我朝王羲之"。弟沈粲，亦善书。兄弟俩都得到朱棣颁赐镌有姓氏的涂金象牙朝笏的荣宠，时号"大小学士"。这种帝王的隆遇，直到宣德朝也未稍减。

通观味水轩这天的日记，无一字涉及"质金""质银""酬善价"之类的交易，除了按图卷著录（这是李日华鉴赏书画的惯例），君实先生在日记末写了一段寄情深慨的话语，其语有云："时来者，即余同年石楼君也，与余同观政通政司。每早衙，列坐右庑，仰视大银台判牒至，日卓午方得散去。团聚无事，因狎语终日相乐也。无何，各授职，石楼以大行擢御史巡视居庸、紫荆、山海等关，有声。俄而捐馆。人谓君豪饮，竟罹酒祸，不竟其抱，伤哉。三子，伯仲继夭，士栋其季也。"

这里有一疑点：叙旧谊，却为何没有片语讲到彼此的戚族关系？李日华的二女儿肇贞嫁长溪沈大詹（沈德符长子），李沈两家是姻亲。此外，居住在郡城的硕宽堂黄洪宪次子承昊的聘妻沈凤华（年十八，将婚而夭），天籁阁项元汴侄孙鼎铉的德配沈瑶华，远市园屠应埈族裔懋和室沈翠华，前两位是沈自邠的长女和次女，翠华则是太学沈自郁之女，旧志称"沈门三才媛"。这三家，士栋理应有通问之好的。日记未讲到，一种原因：追怀故交，无暇念及其他。另一种原因：按沈度的生年（1357）计，相距明万历三十九年（1611年，士栋访谒味水轩时）已越二百五十四年，族属的疏阔累及族派行谊的无考，也是可能的。但，沈士栋此番到嘉兴，似乎还有别事。据味水轩当月二十六日日记，君实先生于是日"至新丰，送黄侍御贞所公殡"。黄贞所名遵宪，是硕宽堂阿兄，承昊的伯父。士栋来嘉兴，或许正经是为吊唁贞所公的？这个，因别无记载，只能是猜测了。但不管怎么说，松江府与嘉兴府，舟行一日夜耳。在晚明，我相信，华亭沈氏和嘉兴的同宗姻娅，是有可能依旧保持着一点庆吊往还的礼数的。

元季，从松江来嘉禾的沈氏始迁祖的名讳，无考；沈氏因何种原因入赘秀水（做女婿）、居于北乡长荡之畔，开辟草莱、以稼穑为活？也无考。沈莘士《沈氏族谱序》只说"长溪沈氏，以里正起家"。里正，乡官也，一地方之首户也。这位"里正"，也许是始迁祖某公，但我更愿意相信他就是沈复。沈复，明嘉靖八年（1529）进士沈谥的尊翁。沈谥（1501—1553），字靖夫，号石云。少年时就服膺王文成理学。中进士后，选刑科给事中，官至江西按察佥事。沈复"父因子贵"，封赠给事中。去世后葬南露圩火烧浜祖茔（今南汇镇南虎肖浜，旧溯霁泾河）。

大约在嘉靖十六年（1537）稍前，沈谥致仕归里。他与名士盛文郁在闻湖（梅家荡）创建书院，聚诸生讲学（另文详说）。沈谥居官有政声，曾"劾罢自宫男子二千余人"，这在阉党气焰尚炽的嘉靖朝初期，还是很了不起的，朝野为之震动。做官的声誉不错，壮岁荣归，意气风发，不甘心辱没平生积学，是可以想见的。因此，靖夫先生于创闻湖书院、讲授王阳明知行合一学说之外，他在东露圩祖宅筑造南吕堂、构建"乾坤着眼楼"，庋藏图书万卷，以涵养族中子弟的士风。

沈氏宗祠是否也在这时期建成，或者在沈谥科举发迹前已有祠堂，都未见记载。唐印僧《闻湖志稿》（即《闻川志稿》）记沈祠祖炳，当系年代较晚的族裔所立。而沈度的入祀，不会是像世俗之所谓"联宗"。因为，自沈复以下起，沈谥嘉靖己丑科进士，过三十年，沈谥子启原登两榜，官陕西按察副使；再过十八年，启原之子沈自邠又坐到了万历五年（1577）殿试的案前，试毕，选翰林院庶吉士，授检讨，升修撰。而自邠在房族中人才最荣显，他的长子沈德符，鼎鼎大名，著《万历野获编》三十卷，至今对明史研究仍具不可替代的价值。次子沈凤，负隽才，在书法上头有异秉，董其昌视为畏友，凤逝，香光顿足叹曰："余之法书无可传矣。"长女凤华，次女瑶华，虽然寿不永年，却都早已经以女诗人名。其他孙一辈的，大詹、大遇、克家等，均极善读书，为学者。像这样的科名赫奕之家，还用得着去叙联宗以自高门第吗？

再说沈度。沈度寿考七十七，他是元至正十七年（1357）生人，辞世于明宣德九年（1434）。沈复生卒年不详，以其子沈谧的生年（明弘治辛酉，1501）推算，假如二十来岁成婚生子，他应该诞于成化年间。沈复与沈度，按出生年计，相隔一百二十来个春秋。元末华亭沈的一支徙嘉禾，沈度的年辈和长溪始迁祖相若，把民则公奉祀在家庙，视如祖炳，也合情理。从始迁祖到沈复，长溪沈氏经历了一百多年的耕读生涯，终于起家、读书有成，在科举上开始获取连续折桂的荣名。

这百余年的耕读，冬犁春种，夏耘秋稔，勤之劳之，咸与篝灯夜读并行。砥砺、苦学、瑟缩，远村犬吠如豹，春米声砰砰，织纴声轧轧，子弟虽困于场屋，而诵书声咿唔不绝。檐溜凝冰，瓦砚为之穿。这绝不是妄拟的形容。一种文化之养成，必待其有数代人漫长的累积。在一家族，作如是观；在国家、社会，也应作如是观。

长溪沈氏，自明正德嘉靖起，"家世宦，以赀雄里中"。而南汇之名显，之成镇，盖亦缘于此。

玉洞春

玉洞春是名石，是一座假山。

南汇历史上的名胜，首推玉洞春。

玉洞春的遗址，在今镇北王江泾实验学校东隅，原沈氏祠堂后。

玉洞春石产自郁林（今广西玉林），年代久远，为千万年物。

石归于沈氏，当在明嘉靖中。

沈谧门生吴江潘志伊赋《存石草堂》诗云：

　　　　　名园迥尘域，参差开石林。

丹梯袭晓光，碧嶂含夕阴。

昔自郁林来，置此闲幽襟。

缅彼巨灵迹，宛在梧江浔。

夫子肯堂构，诛茅面云岑。

栖岩意已远，陟岵思逾深。

抠衣缘磴道，拭目见钦岑。

兹言怀仰止，谁谓惬登临。

　　诗题虽无"玉洞春"三字而"玉洞春"自见，因为"丹梯袭晓光，碧嶂含夕阴"和"抠衣缘磴道，拭目见钦岑"云云，岂不正是在描述一座高峻苍秀的人工叠石而成的小山么？诗中"陟岵"为思父典故，亦借作尊翁谢世。思父，多指游子在外。由此可知靖夫衣锦后，在兴筑园林、叠石为玉洞春时，他的父亲沈复已经作古。或者，祠堂之建，也正在其时？旧志称玉洞春："长溪沈氏废祠后园中石也。"而世家的宗祠都是有义塾、园圃、池馆之设，以供族人读书养志于此的。

　　我读诗多不求甚解，往往一眼过；唯潘诗于考证有关，所以才多加注意，而对首句"名园迥尘域"尤感兴趣。尘域者，尘世也，俗世也。摆在这里，比仿的便是市井。

　　从明嘉靖至万历初，沈氏全盛时，"有甲第九区"分布于北汇（今长溪桥左近）、中汇（今南汇旧镇北侧）、南汇，高屋栉比，衡宇相望；烟灶四附，市声繁响。沈氏在南汇的名迹当然不只是玉洞春，它如沈谧的乾坤着眼楼、沈启原的巢云馆、沈德符的清权堂等，存世都不足百年，独玉洞春历经四百余年，祠堂、名园虽废，而石犹在。

　　清代以来有诗文写到玉洞春的，极少见，能够检索到的一是杨象济的《访清权堂故址观舞袖峰作》诗，诗末句："长松怪石能无恙，遗墨谁从柱下求。"柱下，藏书之所、讲学之林囿也。杨象济号汲庵，秀水闻川（今王江泾）人。文学家，诗成于咸丰兵燹前，诗题误指玉洞春为麟湖北山草堂舞袖峰，可证沈祠荒落并子孙不能守住祖构已久远。

　　一是唐印僧《闻川缀旧诗》卷一所载《玉洞春》诗，注云："在长溪沈氏废祠后园中，有石名玉洞春，下有名人篆文，至今尚存。"芦泾印道人在他的另一著作

《闻湖志稿》谓玉洞春："……有篆文剥泐不可辨。"印僧诗比较汲庵诗约迟五十年，玉洞春依然"永立枯池老"。

民国十八年《嘉兴新志》（上编）记南汇："……镇后第一小学前，有假山一座，名玉洞春，系明季沈姓物。镇北半里许，有八角亭一座，傍池而筑，饶有风景。"

今年九十一岁高龄的刘光汉先生，十四岁进南汇镇蒋正盛烟号为学徒。刘老面蔼蔼，健朗，思维清晰。刘老说，八角亭就在长溪桥东长荡南畔，亭二层，八面轩窗，亭中供观世音诸菩萨，风景殊美，他那时常去玩。至于玉洞春，刘老回忆在沈家白场初级小学前，和蒋正盛相隔一条大弄。

刘老说，玉洞春很高，有石级可登。某年冬月，沈家白场来一草台班演谢神戏，白场上黑鸦鸦的人，学校的课桌椅凳都搬空。台下停八九副卖臭豆腐干、清汤小馄饨、糖烧地栗、煨山芋、马桶糕的担子，烟气、汗气热蓬蓬；台上锣声喤喤，"叮咚，叮咚，叮——咚锵"！

戏开场了，招来更多的人。

北汇那边，田塍上，四乡的乡民还在挨挨挤挤地赶来。

警察所的巡官、巡长、巡士，一总六个，捉了一夜赌，睡了大半天，眼睛红赤厉厉的，黑布制服上拴根三角皮带，戴白手套，夅着，也来观戏。

数十人爬到假山上观戏。巡官断喝不能止。有一小孩，不慎从山石上摔跌下来，观戏的壮汉背起小孩向张廉生诊所飞奔，却不及救治，小孩死了。

这时，天已黄昏，戏台前点起两盏明晃晃的汽油灯，接着方才小小的惊惶，悲欢离合的夜戏热热闹闹地开锣。

这一年，刘先生也还是个小哥子，好玩，他也在观戏的人堆里。

……

戊戌年（1958）夏，大跃进来了，玉洞春消失了。

刘老回忆说，玉洞春是被打碎了送去炼石灰的，石灰窑就在公社礼堂后头的田畈里。

现在南汇镇七十岁以上的老人，对玉洞春还都有印象。

玉洞春石质类钟乳，其表苍苍，如披霜雪；其骨棱棱，嵯岈万状。高丈五，洞深邃润碧。

玉洞春，自明嘉靖中由广西玉林来归嘉禾长溪沈氏至戊戌终，计岁四百二十余年。

玉洞春，光从字面上看，它应该有一出传奇，一部长篇的江南弹词。

"与天同休"——大铜佛

潘光旦先生记长溪沈氏，谓"复、谧、启原三世以富称。入清代后少著闻的人"。"少著闻的人"，是以科甲显宦而言，沈氏后裔譬如沈克家、沈振、沈大淳、沈渭士、莘士等，都有文名，但大多只在县试获一青衿，即便像渭士在清雍正十三年（1735）乡试中式，祖坟上竖了旗杆，却未能出去做官，孵在般若精舍哼哼诗，讲究文法大家，最终老死牖下。

富和贫，难说。俗语所谓"富不过三代"，那多指暴发户头。对于耕读传家的世族来说，"瘦死的骆驼比马大"，除非弄到掘祖垅、拆卖祠堂的地步，不会精穷到哪里去。

沈氏一族大概在明万历中叶后，开始显露衰落之象。李日华《味水轩日记》记万历三十七年（1609）八月坐船去南汇检书事：

> 二十二日，沈甥大詹以舟迎余，往长溪祖宅，检先世遗书。自观察石云公（沈谧）、大参霓川公（沈启原）、编修几轩公（沈自邠）所积，与太学超宗君（沈凤）所续得，不下八万余卷。散落湮烂十之四五。若金石绘事秘玩种种，悉入肱篚手无孑遗矣。为之三叹。夜宿雪舫。

夜宿雪舫，是祖屋已经不堪栖止。像乾坤着眼楼、巢云馆、紫芝阁、止观斋、清权堂等等，久无人居，梁生蓬尘，也没个苍头仆佣看守。沈德符、大詹、大遇父子仨及眷属，不下数十人，早就迁往郡城，他们在甪里街、鸳鸯湖畔都有吟花赏月的庐舍。

万历三十七年，相距大詹祖父沈自邠去世二十个年头。

沈德符五世孙沈振，在《万历野获编》"补遗序"中写下这样几句沉痛的话：

"至崇祯末，长溪为萑苻之薮。流离播迁，累世琬琰，具已澌灭。"

沈振，生卒年不详。他的序文作于清康熙五十二年（1713）闰五月。所言崇祯末年长溪成为草寇出没之处，是有根据的。明末清初，世乱，兵连祸结，地方上的望族、簪缨之家，往往是盗贼劫掠的对象。"……乡民亦各歃盟团结，群不逞藉称盘诘，遇逃难男女，恒杀而劫其赀，平昔豪横者尽为仇家报复；杀人放火，随地皆然……"这是清顺治二年（1645）六月的《嘉兴乙酉兵事记》"郡城之骚乱"中的一节文字，所云"杀人放火，随地皆然"，则南汇一镇自亦不能免避。

长溪沈氏到几轩公自邠一辈，其他房族见于记载的有沈自郜、沈自郇，而自郜一支徙新溪（今新塍镇），留居南汇的除了自郇，想来还应该有不少别的宗亲，他们当然也遭受到了"萑苻"之劫，但程度有所不同，尚不至于"澌灭"。

前文提及的沈莘士所撰《沈氏族谱序》，序只五百来字，却很具文献价值。

沈莘士字约安，又字縠园，号东田，别署郊居。生卒年亦不详，只好按他老哥沈渭士雍正乙卯（1735）中举的年份来推算，莘士大概出生于康熙晚期。他是一名秀才。少年时"与兄读书般若精舍"，"中年客游四方，足迹半天下"。喜呻唔（作诗），诗集及杂著十四种。东田先生在《沈氏族谱序》中记他："忆少时随先君子上高祖墓，墓在王江泾之霁泾河。"按：霁泾河旧志亦作济军河，水从梅家荡来，过火烧浜（虎肖浜），流经南汇镇南端，北入大家港、长荡，东注嘉善县境。河十多年前填湮，遗址尚可指认，即今南汇镇南新开发区。沈氏祖茔与镇北祠堂、玉洞春隔河相望，族居群落和先祖本宅（坟墓）包括南汇市镇一起左右不出一平方里的范域。

东田先生记他随父祭扫高祖墓，守墓的吴姓老人告诉他：吴家在此看守墓地已经传了数十代，从前墓园门面向河，帮岸上的大树都合抱粗，荫碧森森，不见天日；墓地后侧有一座寺庙，高数仞（一仞合八尺）；后来，湖淤水涸，大树尽遭斫伐，寺废毁，沈家就此式微。

按：沈莘士曾祖沈自郜，高祖，往上推当是被李日华称作"才情洒落"的万历年间诗人、书画名家沈启南（启原弟），以"舍选"（监生选拔）官光禄署丞。

墓园的寺庙为族祖孀处者所建，并铸造铜佛供奉。这位嫠居的孺人，姓氏生平失记。接下来东田先生叙铜佛之事：

后寺灾，像改铸，异送嘉兴天宁寺佛阁，背铸'与天同休'四字。像高过于城阙，逾堞而进。未几，佛阁灾，像复毁，与背字应。其兴废果有数存乎其间者耶？

寥寥五十七字，真是笔杳。

查康熙《嘉兴县志》卷之二"寺观"载文云：天宁禅寺"……康熙七八年间，杭僧指开来主方丈，募金修毗卢阁者垂十年，平湖陆绅又迎沈氏大铜佛移置阁下，远近施舍无算。未见鸠工而主僧不戒，阁毁于火矣，咎将谁归哉……"和上引东田先生那五十七个字，正可以互为印证。

又，康熙《秀水县志》记天宁寺毗卢阁火毁于"己未正月"，己未，康熙十八年（1679）也。光绪《嘉兴府志》则记毗卢阁募修在康熙八年（1669），焚于十九年（1680）。年份上头小有出入，但指开大和尚修毗卢阁前后费时近十年是差不离的。指开修阁距明天启七年（1627）僧道隆募建毗卢阁，相去四十二年。旧经描述此阁"阁势拔地，上蹑云汉；镜函笠泽，碧点硖山"云云，是说登阁凌空，可以眺望到百里远的太湖与数十里外的硖石东山、紫薇山。阁的巍峨高耸，由此足可概见。

在指开大和尚募金修阁进行到第八九个年头，南汇镇这边，沈氏的大铜佛已重铸完竣，准备送往郡城天宁寺。起程前，平湖陆绅亲抵长溪。这位陆绅，祖上也是官宦（唐相陆宣公当湖景贤支），几世辈的好佛念佛，是有名的大居士。陆绅面肥白，说话喜欢扭腰，嗓音尖尖细细的像妇人。

护送大铜佛的船泊在霁泾河南十字路荡口，这是一艘可载四百石（合三十吨）米的白粮船，船身平阔，船头上左右两个系缆将军柱，矮墩墩，各可以屁股挨屁股地坐二人。船上有数十个族中男女，有穿绫罗袍子披紫貂领大氅的，有穿簇新红绸大棉袄头戴观音兜风帽的，还有不少位脸色青白、身上一件家常旧衣、葛布的，两个袖口都磨烂，沾着墨，露出丝丝缕缕白的棉絮，那是房头低微的寒族子弟，不失志，仍好读书。

他们今天一起送佛。

陆绅看那大铜佛已经安顿在中舱，是一尊阿弥陀佛立像，经藏上称作"接引佛"，右手垂下，作与愿印；左手当胸，掌上托个金莲台。大铜佛高一丈六尺有余，佛背上镌"与天同休"四个斗大的字，颜体，族中善书者手笔。佛通体黄铜铸造，金光灿灿；佛头上一个个拳头大的螺髻，却是染成宝蓝颜色。

香案摆上了猪头、全鱼、全鸡，叠成宝塔样的荤素糕团，一封封各房族送的红蜡烛、檀香。族长年迈老衰，让祠堂司事替代此行。巳时，司事点燕香烛，领众人在船上跪拜。烛火煌煌，香烟缭绕。供品中猪头上有个寿字，二十来斤重，煮得酥烂；礼毕，司事把猪头拆了分吃，递一块三精三油的腮巴肉给陆绅。陆绅慌得赶紧缩手，他来之前可是在天宁寺斋戒了七日，不沾荤腥、不行房事的。陆绅知道这是乡下的规矩吃开船酒（明清时期，大户押送漕粮，起航前招待船工吃一顿酒肉），他扭腰去香案上拿了只团子，两个手指头捏着，瞪眼问是素的荤的？听是雪菜冬笋剁的馅儿，不用猪油拌，这才放了心，去和吃素念佛的女眷们坐一起，把团子掰开吃。

昨夜下了霜，霜很厚，田垄上、地上、稻草垛上、桑树上、茅舍上、瓦屋上、鸡窝上、鸭棚上、大石埠上、湖岸枯黄的丛苇上，像撒了一层白糁糁的盐。

浓霜晏暖。

送佛船巳时四刻（十点钟）从十字路荡摇出去，一轮红日当空，霜都渐渐融化了。送佛船向西过泥河荡、莫家甸，驶入梅家荡。荡四边空阔，一片白浪茫茫。湖荡中央的书院墩上，枯荻败柳中"啪啪啪"飞起一群寒鸦，旋舞着，升高升高，不一刻，鸦阵化作无数个黑点，消失在明净邈远的天际。

寒鸦没有聒噪。女眷们一齐低首喃喃念佛，说因是佛在这里呐。

大铜佛端然站立在船中舱，在梅家荡，缓缓向西行驶；佛通体金光灿灿，佛头上一个个拳大的螺髻染成宝蓝颜色的，在太阳底下法相庄严安恬。

湖波轻涌，送佛船经花字圩驶入运河北塘，拢共三十里水程，顺风顺水，未时初刻（一点多钟）便直抵郡城北关——望吴门。

清康熙初年，郡城基本仍保持着明末修筑后的规制，城周围长一千八百五十九丈八尺八寸（合四千九百米），城墙高二丈六尺，阔一丈（万历《秀水县志》记城墙"阔一丈，高三丈"），设四座城门、四座水门，水门可供载重三四吨的船出入。城门按城墙比算，去除穹顶部分，城门高一丈多。武官骑马进出城，身材高大的，盔帽上的红缨穗子会擦着门楣横木。

祠堂司事过北丽桥跑上吊桥，站到城门下比量一会，说："差大半个佛头，哪哈弄?"船上有人应嘴:"把大铜佛放倒了,抬进去不就成了?""是的呀,除了死法总有活法……"众人纷纷附和。

这时,平湖陆绅出来拦阻,连连摇手道:"切勿可,诸位施主切勿可!放倒了抬进去,这跟'竖的进去,横着出来'的咒人死,有何不同?咒佛死,这岂不是犯了四戒中的妄语么?"

众人中有好多去伸手捂嘴。

陆绅让城上守城的军汉放下绳索来,这边船上十数人把铜佛扛抬到城墙下,城上的军汉也有十数人,"卜噜噜"下来六根酒杯口粗的棕麻绳,在铜佛身上盘了三道莲花结。城下的人拿扁担杠棒顶,城上的人拽着绳,上下合力,齐声大喊"起——",把大铜佛一点点缒上城、越过城垛口。

望吴门里里外外挤满了人,北丽桥也堵得水泄不通。一个卖馄饨的,担子倾翻在河里。这千数百人都是闻讯赶来瞧热闹的。

天宁寺直对荷花堤,相距望吴门不过是鸡飞之地。那指开大和尚早已领着一班僧徒,齐崭崭站在山门前恭候。僧徒中也有尼姑,和尚、尼姑都手持钹、鼓、铃、磬、木鱼等诸般法器,见黑鸦鸦的人群簇拥着大铜佛向天宁寺步步近来,顿时手中法器大动,高诵《大佛顶首楞严经》,一声声"波啰呵,波啰呵",圆润动听。

平湖陆绅宽袖大袍地走在头里,他身后跟着女眷们,年老的年少的,红袄绿裤,双手合十,放声诵"南无阿弥多婆耶",也圆润动听。

指开大和尚又瘦又黑,是修毗卢阁劳累的。

天宁寺山门前,一个大和尚,一个大居士,一黑瘦一白胖,聚合一起,迎来大铜佛,做成圆满功德。

沈氏大铜佛虽不出两三月,转过年头,在康熙十八年的新年正月,遭到了火劫化作一大堆黄铜疙瘩,至为可叹可惜。但,长溪沈氏当时在"家遂陵替"的情势下,积善好德之心不泯,能够铸造出这么一尊"像高过于城阙"十分壮观的大铜佛,没有相当的财力,是无法想象的。

长溪沈氏的彻底衰败,是要再过近二百年,直到咸丰之后。据《闻湖志稿》卷四"冢墓"记载,沈氏"咸丰以后,裔孙失学,斥卖祠屋祭田。岁辛酉,族中无赖更信谰言,谓穴内有金头宝器,竟毁冢劈棺无所得,尸骸十多具掷于冰雪间……"毁墓的地点在南汇船圈港大调圩西，为明封给事中沈复墓。大调圩西与霁泾河相近，两处祖茔实系一地。

辛酉，即咸丰十一年（1861）。"裔孙失学"，对于耕读传家的世族，是至深的痛语。

华亭沈氏自元末迁徙我嘉兴长溪，耕读、起家、兴镇、科举荣显、著作传世、筑玉洞春、铸大铜佛、至衰敝，计五百余年。

就在沈氏衰败浸渐之际，南汇的另一著姓蒋氏，取而代之，以重彩之笔，续写世族兴镇之史。

船圈港蒋氏

船圈港又名船圈埂，位于蚕溪荡西畔，与南汇镇近在咫尺，隔荡相望。

"蚕溪"和"船圈"，方言音近于谐。

蚕溪荡不大，二百七十亩水域。荡本无名，一草荡耳。明代长溪沈氏在荡滩筑堤埂以为泊船之处，并有族人居于此，渐成村间，称船圈港或船圈埂。这可以看作是南汇镇域向西的延伸。

"蚕溪"之名是"船圈"的雅化。

又，"蚕溪"别作"蚕绩""蚕筐"，那也是"船圈"的雅化。

有不少地名，本名很俗，一经文人雅化，便成诗意。如南汇之华蟆港（村），原名虾（蛤）蟆、蛙蟆，很使人不禁想起癞蛤蟆的尊容以及那一句天下人皆知的"想吃天鹅肉"的名言，于是改为华蟆，因带水总是方便，干脆雅称作华溪，华与花相通。其实，这地方原本是以多产蟾蜍出名的，经文士这么一改，后人真要误以为此地"夹岸多锦花"了，相去本来面目甚远，对于考索历史、钩沉旧迹，也有诸多隔碍。

船圈之为蚕溪、蚕绩、蚕筐，在需要知道一点真相的人，想必也是很认同此理的吧。

真相是，船圈港至少在明季已成为沈氏的又一聚居之处，沈氏在荡畔筑起数百米长的堤岸泊船，那么多座的石埠和建在水中的船坊，空间大小尽可以供人遐想。

闻湖诗人卜金生《长溪杂咏》诗云：

欲觅长生（庵名）到上方，

门前小荡号蚕筐。

老僧为说簪缨后，

寥落空余南吕堂。

南吕堂，即明嘉靖己丑（1529）进士、官至江西按察佥事沈谧故居堂号，旧址在南汇镇北侧。而"门前小荡号蚕筐"便是指船圈港，卜金生作诗时，沈氏一族衰微已久。

卜金生在晚清的闻湖地方诗人中不算有名，光绪十九年（1893）刻印的《闻湖诗三钞》收录他的"杂咏"诗二首。

卜金生的《长溪杂咏》当然不止二首，他有没有咏唱到"船圈港蒋氏"，诗稿散佚，无法查找了。但，出版于宣统三年（1911）的《闻湖志稿》记"南汇市"有云："……西滨船圈港，蒋氏族居。"由是可知蒋氏在沈氏之后，起家于船圈港，骎骎乎成一巨族。

蒋氏的世系来源不明。目前能够查到有关蒋氏最初、并且比较详细的文字记载，是《鸳湖求旧录》卷四上一则"蒋人彦小传"。传曰："蒋人彦，字莲溪，秀水人，咸丰戊午举人，世居蚕绩港。精明练达，创修闻湖南埝。书法真草俱佳；擅岐黄术，求治者户屦常满。著《闻六居诗钞》。"吴藕汀《近三百年嘉兴印画人名录》记蒋人彦"原名珍，字莲溪，号希伯……居南汇，擅书画，精医术，兼能篆刻"。

咸丰戊午（1858）秋，蒋人彦乡试折桂，如正当壮岁，他应该是嘉庆末年生人。近年，蒋氏后裔编印《百年三益堂》图文集，记叙先祖蒋长林，其年辈晚于莲溪。

蒋人彦中举人前，家族在船圈港必定已经历了数代人的耕读。不然，未经耕读"冷灰里爆出热栗子"，这在以白衣起身的所有世族，都很难找到这样罕见的例证。

光绪初，蒋人彦斥资会同乡绅名士盛传均、沈景修等在闻湖（梅家荡，正露圩西）修筑六百余丈堤岸并栽植芦荻杨柳，阻挡风浪，方便舟楫，称"闻湖埂"，号为善举。共襄善举的两位：盛传均，字篪仲，号说孙。岁贡生。官训导、教谕。光绪二十二年（1896）卒于萧山县学。沈景修（1835—1899），字蒙叔，号汲民。咸丰十一年（1861）拔贡，援例为教谕，历署宁波、分水、寿昌等地学官。诗人、书法家。盛沈都居于闻湖（蒙叔居王江泾镇，后迁盛泽），传均为廊下盛氏二十二世孙。这两位在当地，家、个人，大有声望（沈蒙叔文名尤著），而由莲溪领衔造福乡里，可证蒋氏在彼时已经具有相当的地位和影响。

船圈港（1982年版《嘉兴市地名志》写作"蚕溪埂"，今仍此村名），东濒蚕溪荡，南临虎肖浜，西连坟东港，北抵横港，周遭河荡纵横，阡陌广袤。蒋氏在船圈港拥有多少田产、房族，无法查

蚕溪荡

位于南汇社区西，水域面积二百七十亩。明代沈氏在荡滩筑堤埂以为泊船之处，并有族人居于此，渐成村间，称船圈港或船圈埂。又，蚕溪别作"蚕绩""蚕筐"，多见于明清文人的诗词，亦"船圈"一词的雅化。

核。但听父老所言，全盛时栋宇屋舍三百六十多间，各房族所居厅堂、东西厢、轩榭、仓廪等，其院门、砖墙、窗槛、梁柱、枋板，大多施以砖刻木雕的装饰，粗拙、精细不一。

每座院落前都有一片青砖墁地的晒谷场。

有曲水池沼贯通南北。池沼旁栽植花木，春桃夏榴，八月金桂银桂，玄冬腊梅满枝，四时更替，花常新；池沼中养鲈鳢鱼，三四寸长，阔口细鳞，色灰褐，多黑斑，那是从荡滩堤下的涵洞悄悄游过来的（清人卜金生"鲈鱼不减松江味"诗句，即咏蚕溪荡鲈鳢鱼，亦南汇往昔名物）。

曲水池沼，至今遗迹犹存。

那时，整个船圈港缭以墙垣，东、南、西、北四个边角各砌筑一幢两层小楼，供主人登楼"望田"（田主登楼督察雇工耕作勤惰，或瞭望田稻长势，以卜收成如何）。蒋家的小姐、女眷们，每于春花秋月之际，去到小楼上看陌上行人、田园风光；夜晚则手执一柄纨扇，倚窗赏月。也有长得白胖、粗黑眉、说话嗓门大、平时就常带了针黹去做女红的，把四面的楼窗通通打开，低头穿针，对景绣花，唧唧哼哼唱"姐姐梳头梳不光，村村有姐也有郎，不论贫困找一个，郎转门头姐成双"的"梳头"歌儿，对楼外正在田作的青壮后生，毫不避一些嫌。

1945年初，蒋氏族人不慎失火，一场大火把祖宅几乎烧了个精光。

蒋氏自清代起聚族而居，假如能够复原，这是一座不小的庄园。

蒋人彦在船圈港属哪一房族，也无法查核了。这位莲溪公秋闱得意后，没有出仕，在家悬壶济世，"救治者户屦常满"。擅书画、兼能篆刻，是他医暇所好，也是风雅之好。作诗，刻印《闻六居诗钞》。明清以来，嘉兴地方诗人居于乡间，多有此种诗钞"家传版"，不卖钱，刻了风流自赏，也赠同臭。莲溪的书画水准，大概属于有名头的文人画，以士气胜。其子蒋保华（1848—1905），字子英，一作志行，号庆三，别号有蚕溪懒渔、梅湖钓徒、了缘散人等。诸生。"画从王翚，书法圣教序，又精篆刻"。保华子世长（1878—1929），字曼寿，号叔寅。庠生。"工六法。山水、人物、花卉、翎毛，无所不能，兼通印学，溯源秦汉"。世长子蒋义（1906—1939），字中叕。"擅画山水，私淑吴谷祥。亦能治印"（据吴藕汀《近三百年嘉兴印画人名录》）。

这样排列下来，自莲溪公起，子、孙、曾孙，一门四代都善书画金石。莲溪、庆三、曼寿，俱精医术。书画和国医在家族中传承数世，他们的生活，除了诊金，主要还仰赖田租的供给。因为，关于鬻书鬻画的记载仅见曼寿一人，并且年数不长，"庚午（疑误，似应作庚申，即1920年）后，求者渐烦，惜以力衰不继，鲜克有获"。又曾开馆授徒，但不二年就故世了。

船圈港蒋氏还出过民国史榜上有名的人物。

一位蒋保徵（1880—1960），字志新，一作梓心。清末，受内兄方青箱影响，东渡日本留学，入大阪工专、长崎医科大学肄业，并加入同盟会。光绪三十四年（1908）冬，陈其美在上海天保客栈设立秘密革命机关，约期召开浙江各府属革命党代表会，商议在浙江起义的反清方略，蒋志新、褚辅成同被推举为嘉属（嘉兴、秀水、桐乡等七县）代表。后事泄，遭清廷搜捕，会议未成。宣统三年（1911）十一月，江浙联军进击南京，蒋志新任浙军军医，亲历天堡城诸战役。辛亥革命胜利后，归里，先在故乡南汇设诊所，后去郡城创办德心医院，任医师公会会长，以医术服务桑梓。

夫人方吟传（银蟾），方青箱胞妹。1939年2月4日，吟传与堂姊方英（嘉兴女子教育家）在上海同罹车祸。肇事方赔偿六千大洋，蒋志新持款捐赠慈善机构，说："死得惨，何忍用这笔钱！"

马库汇方氏和南汇蒋氏，都善家庖，煮红烧肉囫囵蛋，蛋黄是"溏"的；炒鱿鱼丝极嫩，均为乡绅之家出品。

嘉兴辛亥革命志士，不少出身乡镇世家，如马库汇方青箱、龚宝铨，南汇蒋志新，新篁陈仲权，新丰唐纪勋、计宗型，余新沈一均，凤桥徐养儒等，大多家饶富，衣食丰裕，却早年即摒弃膏粱，负笈东瀛，以天下兴亡为己任。这个，至今想起来也是很有意思的。

蒋志新的名和字，中间一字都跟蒋保华同，两人虽相差三十二年齿，却是同辈分。志新弱冠尊为族长，出自大房一族。

一位蒋可宗（1883—1943），字秋然。清末，东渡入东京帝国大学医学系习医，后又转士官学校学军事。在日本和孙中山先生有交游。回国后，历任督军公署军医科长、国民革命军总司令部军医处处长、国民政府卫生部技正、国防部军医部部长，少将衔。

秋然是蒋长林次子，乃兄蒋朝宗，字紫澜，将是下一章叙述的主人公。

南汇蚕溪埂蒋氏清代宅屋

位于王江泾镇南汇社区西侧蚕溪埂村，1937年抗战爆发，村中蒋氏大宅被日寇纵火焚毁的房屋有360间之多，仅存大石埠及后厅的三楹平房（蚕溪埂村34号），梁、柱都有木雕装饰。

（据《嘉兴影踪》摘录）

据蒋家人回忆，秋然赴日本留学是逃离家庭去的，父母反对，却得到兄长的支持，私下赠与两万银元作盘缠。两万银元，当年一枚银元兑换一百二十八枚铜元，而一枚铜元可买大饼油条各一件，吃一碗肉面只需四铜元，这一块东坡肉，又大又厚，老秤四两重。另有一种说法，二十五枚银元可供五口之家一个月的吃用，这样比算下来，两万银元当然是一笔惊人的巨款，而长林公的雄于赀，已经不是一般的乡绅可以望其项背了。

三益堂

蒋长林和蒋志新不同房头，在宗族中地位不高，但商业上的成功，使他成为南汇镇极负乡望的人物。

蒋长林道光年间生人，去世于民初。他倾一生精力、心血经营的蒋正盛烟号，是蒋家的祖业，创始于清道光年间。长林公的父、祖父，应该是蒋正盛烟号的创办者，可惜生平事迹都失记。嘉兴的烟丝制作和买卖，乾隆中已有记载，项映薇在《古禾杂识》卷四记云："市肆中招牌，或书名烟，或书烟魁；通衢曲巷，处处有之。其类有生熟二种，熟者炒以火酒，色紫而赤，非善服者，乍尝即醉呕矣。生者用姜黄及硝，并杂以兰花子、沉檀屑之类，香韵较胜，味亦平淡。其名甚多，有双凤、麟凤、白丝、香丝、拣片、白片、奇品，皆市人创立名色，其实亦不甚相远。"

烟丝，简单说，将烟叶整理过（配方各有讲究），然后用烟刨刨出细丝，再加以炒或烘的制法即成。是装在烟管吸食，所以就叫它旱烟，而别有一种装水烟筒吸的，则名水烟，亦称"皮丝"。嘉兴向不产水烟丝，多从山西、兰州进货。

讲到烟管，可备一说。烟管之制，北方大多以乌木为之。江南则细竹竿为管，竹节打通，短者一尺或六寸，长者三尺、二尺不等。一端安铜的锅，装烟，称"烟斗"；一端安铜或玉石、翡翠、象牙的"嘴"可衔在口中吸，谓"咬口"。

烟管以久用者为佳，其杆经手摩挲、烟熏，久之色黑润或樱珠红。

有一式极简陋的，并无烟斗、咬口的装置，只用一支竹鞭根，极细长，打通竹节，一头挖个孔装烟，一头咬在嘴里吸，容量小，只"嘶——噗"一口烟，拿起烟管往火钵上磕去烟灰，其声"梆梆"，俗呼"敲梆烟"。此种吸烟法旧时桐乡最多见，每于冬闲，七八人、十数人聚一处，坐矮凳在廊棚下，围着一个火钵（陶器，钵中燃炭墼、火灰，火暗红），说说闲话，各人手中的烟管不时伸向火钵，点蒸烟丝，嘶噗声、梆梆声，不绝于耳。中有年老长者，齿尽脱落，嗫唇而吸，两颊深陷，神态迷醉，真乡村别有之情味也。

项映薇在《古禾杂识》中所记的史料价值，是可供推想，嘉兴的烟丝业在乾隆时既已兴起，那么，彼时的烟客一定不在少数。从士大夫、缙绅、儒生、纨绔子弟、名媛闺秀到平民、贩夫走卒以及医卜星相、僧尼黄冠等，多有以手执一管吞云吐雾为乐的嗜好。著作《癸巳存稿》的俞正燮（字理初）讲到烟草："崇祯末，嘉兴遍处栽种，三尺童子莫不食烟。"这又把嘉兴人的嗜烟史从乾隆年间往前推了一百多年。三尺童子，少年郎耳，或者他还是个刚刚不穿开裆裤的小男孩，竟像大人似的双手托着一支二三尺长的烟管，撅起个叼奶头的嘴，"嗞啦嗞啦"吸旱烟。

俞理初是道光举人，学识宏赡，治经考据，极板正。他的话可信，应当不诬。

吸烟者众。烟丝业趋利而兴于市。南汇蒋正盛初创时，和嘉善张五房同为嘉兴府著名的烟丝店坊。尔后，相继有陶庄王源利，干窑柯鼎裕，魏塘恒丰，西塘潘乾泰，硖石万隆兴、老俞义成、杨家兴，乌镇陆聚顺，嘉兴源茂昌等数十家烟号的开设，这是清中叶以降，嘉兴烟丝行业的一个大概，而蒋正盛始终为其中的翘楚。

蒋氏后人追忆长林公：在商贸方面，说"烟号在他的悉心经营下，生意十分兴隆，规模也逐渐扩大"。"这是一个四开间门面的店铺，楼下是店面，楼上供店内人员居住。""当时，蒋氏家族在南汇镇又被称为'蒋半镇'，这个小镇上的米店、烟店、作坊、染坊、典当等很多商铺，都是蒋氏的产业，'蒋半镇'之名由此而来。"这一切，归功于长林公的"长袖善舞，多财善贾"一点儿也没错，缺憾是不见商业上头的作为，即鲜活的、凸显大商家个性品质的、哪怕是细枝末叶的记叙。但，南汇镇上至今仍在流传的蒋长林的两桩逸闻以及他苦心营造的巨宅——三益堂，却使我们略略知悉他的为人作风和成功的肯綮所在。

逸闻一：某年，蒋长林决意在镇上兴建宅院，需采办大批木材。他这时已经是腰缠万贯的富商，但衣着上俭朴如老农。冬日，他一身黑土布棉袄裤，外加大腰布拦。大腰布拦亦称围腰布拦，这是一种用毛蓝布缝纫的围裙，裙腰两侧打了好多道密致的褶裥，裙摆长及脚踝，穿上可挡风御寒。又因多为农人和咸鱼店、肉店店伙在劳作时所穿，故别名"作裙"。毛蓝布厚重，穿上，有点土冒傻气的。长林公就这么棉袄棉裤加大腰布拦裹得圆滚滚，头戴行灶帽（齐脖，只露出两个眼睛），脚上一双带钉芦花蒲鞋（防雨雪），坐船顶着呼呼叫的西北风，上府城去几家有名的木行选购木材。他怀里揣着银票，腰眼里别一支短而粗的烟管（尺把长，玉石咬口很糙，有两道很深的齿痕），到了木行，先不吱声，摸索着拔出烟管，掏出火镰、火石、火绒，"咣咣咣"打火吸旱烟（晚清江南民间大多已使用火柴取火，称"自来火""洋火子"，而蒋长林点火吸烟仍其旧法，他觉得这是应取的俭德）。吸了一阵子烟，跺跺脚，烟管咬在嘴上，开始在木行一座座堆积如山的各种木材前转圈，蹲倒站起，大腰布拦綷縩綷縩，依然不吱声，"咣咣咣"打火、吸旱烟。木行老板好奇，问他来作甚？长林公这才搭腔（几经盘算，觉得这家木行可取），一口气报出长杉、洋松、青檀、黄桦若干，并且斩钉截铁要"非上等不办"！木行老板狐疑，暗忖：这么一大笔生意，怎么会是个土佬儿？摇摇头，说："铜钿银子过手，性命交关，还是劳烦贵东家自己来——"长林公微微含笑，探手去怀里摸出张银票，轻轻放桌上，喃喃道："吾就是东家呀，敝号南汇蒋正盛……""啊呀，失敬失敬，东翁真人不露相——"木行老板顿足拿起银票，验了印信，满脸嬉笑，吩咐学徒快沏茶、打热毛巾、递上铜手炉，嘴里还一口一个声"东翁，东翁"。

这一桩逸闻，除了告诫后人在生意场上切莫只认衣衫，长林公的行谊做派也可以得其仿佛了。

逸闻二：游僧题留赞语。某年，南汇镇上来一浪迹江湖的和尚，这和尚不去镇上的菜根庵、胜果禅院挂单，却在镇街上四处游荡。和尚是个头陀，不知出自何处丛林，托钵乞食，饱一顿饿一顿的，身上披的皂色海青，都褪成灰白了，极褴褛，行脚到蒋正盛烟号，忽然下雨，遂在烟号的屋檐下避雨。

长林公在店堂里望见那和尚面有饥色、雨淋得落汤鸡的，于心不忍，让店伙送去热的饭菜给和尚吃。和尚囒囒落落吃了个尽饱，摸摸肚子，不道一声谢。天将晦，雨淅沥不止，长林公看和尚无法离去，便诚邀他进店堂来，也不嫌身上埋汰，说："师父游方到此，也是敝店的缘，夜间请在楼上将就一宿罢。"

那和尚略略颔首，却仍不道声谢，也不作个揖。

楼上的卧榻，上被下褥子。长林公双手按了按被褥，竟带些歉意道："师父'法衣覆身'，但请自行方便。"

和尚听了，这下才深稽首，说"罪过罪过"，也不脱去那件稀破烂的海青，倒头钻进被窝，连包躺下，不一刻呼噜噜鼾声大起。

原来，佛门讲究僧人睡卧不脱三衣袈裟，称"法衣覆身"，使睡者不动或少动欲念。

这像似告化子的头陀，是有修持道行的。

第二天天不亮，那头陀托个钵不辞而别。店伙早起开店门，只见排门上题着墨汁浓黑的两行字：

小镇烟号遮风雨，

施善人家好运来。

游僧的所题，在从前沾点书香的门户也常常可以见到意思相似的这样一副对联："向阳门第春常在，积善人家庆有余。"主人乐善好施、期有厚报的情状跃然纸上（这种红纸黑字联语，一般都高贴在宅门，任由路人观瞻），而主人的略通儒经（《朱子治家格言》《增广贤文》之类儒家的普世读本），那是用不着怀疑的。

这后一点，长林公显然还不仅止于此。

蒋氏在谋构三益堂巨宅时，长子紫澜尚未成年，巨宅的营建、布置、题名，一切都是他在亲力亲为。从三益堂之名来看，无论是从船圈港祖居移置（世族有代代相传的堂名）抑或出自新撰，都含着很深的耕读传统的文化背景。盖"三益"者，语出《论语·季氏第十六》："孔子曰：益者三友，损者三友。友直，友谅，友多闻，益矣。友便辟，友善柔，友便佞，损矣。"又，"孔子曰：益者三乐，损者三乐。乐节礼乐，乐道人之善，乐多贤友，益矣。乐骄乐，乐佚游，乐宴乐，损矣。"

这从交友、处世生活讲到的儒家精义，历来为正人君子所谨守。因此，三益堂的堂名，即便不是长林公自撰，他年少时在家风的熏沐下，曾经饱读诗书以至长而习贾仍未能忘情于儒，是完全可以肯定的。此外，正厅的一副楹联，也很值得玩味：

满堂花醉三千客，

一剑双寒南汇镇。

据说是晚清一位状元的手笔，"一剑双寒"气势未免有点吓人，但无一字染惹铜臭，却也是可喜。

蒋家后人回忆，这座位于南汇镇西市（遗址即今西大街112号）的巨宅，占地三千五百平方米，十开间门面（门面向南临街，很高，为刨烟作坊，有十来架烟撬——又称烟床，每架烟撬有四至五人，配二三把烟刨。四五十个刨烟师傅白天在这里劳作，刨烟丝的声音："嗞——嗞——嗞"，很轻，空气里散发着烟草的清香味。作坊和宅院有一道高墙阻隔，"梆梆"，这是刨烟时偶尔拿木槌敲击烟撬榫头，只短促的几声），五埭四进深，内有门厅、轿厅、正厅（悬挂三益堂匾）、东西厢房、堂楼、后花园等。每进的墙门和天井相连，都有木雕、砖雕、石雕的装饰，图案鸟兽虫鱼、花卉草木，极精美；砖雕门楼镌"龢气致祥"四个径尺大的真书，透露着儒教的气息，与三益堂堂匾相契。后花园中央凿荷花池，池畔立一块二尺高小小石碣，题刻"挂瓢"两个篆字，嵌青绿，本于颜回"瓢饮"的故事。沿池为碑刻长廊，主人闲暇徜徉于此，赏花、观鱼、吟诵碑上的诗文。

平日里，堂上（正厅）书声琅琅。是紫澜、秋然兄弟俩在攻读。

堂上没有拨拉算盘珠的嘀嗒声。

客来，主人揖坐，沏茶、敬烟（蒋正盛精制上品旱烟丝）、摆筵席，堂上壶中酒常满。

桃花红了。菡萏放瓣了。木樨吐香了。腊梅满枝爆黄了。这时主人都会去后花园折几枝来，插在半人高的青瓷胆瓶中，堂上是是花亦常醉。

女眷们住堂楼最内厅。穿针引线，勤于女红，不与闻外事。

账房、大小厨房，都在堂楼后。

账房三处：一处田产，一处房产，一处打理商业。出入走北偏门，有一小跨院。

跨院西侧一排十四间平屋码放烟叶。烟叶从新昌、桐乡等地收购。烟叶晒干。新昌白叶（上等品，叶色黄里泛白），装竹篓，每篓五十斤；桐乡晒红烟，稍次，装蒲包，每包一百五十斤。十四间平屋里，竹篓装、蒲包装的烟叶，码在一排排的搁凳上，直抵正梁天花板。

蒋家上下十数人。有仆佣、奶妈、执炊的厨子。

主人蒋长林公，除了客来陪茶、陪烟、陪酒饭（大都是生意、人情上的应酬），空闲时去后花园休憩一会。他每天必到宅前的刨烟作坊和镇东市的烟号。他在刨烟作坊，习惯抓一撮烟丝放在掌心，察看成色，嫩黄；鼻子凑着嗅嗅，清香味极浓醇！然后，手一抖，烟丝落在筐箩里，两个厚厚的巴掌往大腰布拦上用力拍拍（大腰布拦冬、春、秋三季，都可以穿戴）。

以上是我对清光绪年间乡绅地主兼工商经营者蒋长林的日常起居、人生态度，以及优裕的居住环境，所作的一个简单的描摹。

中国士大夫持有的"本富为农，末富为贾"的传统观念，到了明季已经发生动摇，而至晚清，在西风东渐愈演愈烈的情势下，这一观念则已经根本性决荡。试想，蒋氏在船圈港有田产"数百亩"（确数不详，推估有五百亩），加上梅家荡部分归在蒋氏名下的水域（可养鱼），这些资本实力和耕读生涯固然足以成为一名在地方上享有声望的乡绅，但光凭这些——田庄与渔副业的产出，长林公能在南汇镇上构造起一方之冠的巨宅三益堂吗？

无疑，是烟丝商业的发达，还有镇上那么多蒋家的店肆，使蒋长林骤然成就一镇的豪富，贾不再居于末矣。而此种丕变的世风，在蒋氏长子紫澜先生的身上，表现尤为显著。紫澜先生比较他的尊大人，在蕞尔之地的南汇古镇，把目光瞄向了开放的外洋世界，并且有为国人所自豪的斩获！

"芝兰牌——蒋奇"烟丝

蒋紫澜，名朝宗，以字行。他是光绪五年（1879）生人。秀才。清末废止科举在光绪二十八年（1902），正式颁行是四年后。据此推估，蒋紫澜至少在二十七岁前青一衿，他可能参加过乡试，并曾经有春闱一捷的梦想。这对于耕读传家的世族子弟，是很正常的人生抉择。因此，三益堂上书声琅琅，并非是我的杜撰。

蒋紫澜原在镇上小学执柄校政，长林公病故后，他辞去南汇小学校长，接掌蒋正盛烟号。这大概是在宣统元年（1909）的前后。彼时烟号年产烟丝已达二十四万斤，为嘉兴最大店户。每天天蒙蒙亮，芦墟船、盛泽船、周庄船、西塘船、魏塘船、嘉兴船等六七艘航船，汇集在蒋正盛烟号前的大石埠下，静候发货装运。航船有大小之别，大航船以载货物为主，有三至四个舱，两侧船舷装木棚，设一两扇玻璃推窗，舱顶盖芦扉或竹篾制的篷，后艄盖芦扉棚，配一支大橹，一支小橹。船身涂漆桐油，竹篾篷色乌黑，芦扉篷棚色淡黄。

竹篾及芦扉，都夹油纸，以防雨蚀。

烟丝纸包装的，纸盒装的。都用纸板箱盛放，一箱五十斤，称"一件"。纸板箱细麻绳捆扎，箱盖贴印有"蒋正盛烟号"的蓝字封条。

清早，三四个壮汉，一人捎两件纸板箱往航船上送货，往返数次。

航船也捎带乡货，譬如同仪鱼行（蒋氏开设）腌制的青鱼干，刚刚收网的活鱼虾蟹，农民家养的鸡鸭鹅及禽蛋等。肥皂、洋蜡烛、绸缎、布匹、针线、食盐、糖之类日用百货，则由航船捎带来。

这镇上和周边乡村的一万数千生民，在彼时客货乡货的运输供给，主要仰赖着航船的开行。

太阳缓缓地升起，阳光廓清了河上的薄雾。"当当当"，航船敲响了"发船"的铜锣。也有吹海螺的，"啵——啵——啵——"仿佛牛在叫，市河两岸的镇街，拥挤着好多的人，张开嘴，对船老大拔篙子架橹的身手，他们从未有看厌的时候。

航船载货来，他们同样地张开嘴，而脖子伸得很长。

蒋紫澜先生身穿藕色软缎夹长衫，脚上一双黑直贡呢圆口鞋、雪白的绢丝袜。吸烟。一枝湘妃竹杆子、水磨白铜斗、象牙咬口的烟管，烟管上挂个小而精致的狗皮烟袋。他手里还握着两份报纸，一份《字林西报》，一份《申报》（塘汇镇协兴信局代售，每份十文）。紫澜先生是秀才，饱读四书五经，子曰诗云滚瓜烂熟。也爱看报章新闻，他的"新学"全是从报纸上得来的。英国人办的《字林西报》刊发大量商业广告、船期信息和市价行情（每天八九个版，所附英文粗浅，容易读识），使他对沿海各商埠乃至外洋商务，都有所了解。眼界顿时开阔，胸襟随之放宽。

大石埠前的水，咕咚——缩下四五寸。航船纷纷摇走了。航船上装载的烟丝：黄烟（牌号"蒋奇"，长林公创制）、细丝潮烟、三益雪茄烟、板烟，发往江浙两省各个码头。

蒋紫澜先生伫立在大石埠上，吸着烟目送航船过十字路荡、蚕溪荡，衣袂飘飘地转身踱回烟号去。

长林公遗下的祖业，足够紫澜先生守成，但他天生却是不安于守成的。他的生相也很能说明这一点：长脸尖下巴，鼻直口小方，额头饱满挺秀。江南一带，凡此种面相，头脑活络，做事大多善谋、富智慧。

宣统元年（1909）前后，烟号已拥有一百来人（刨烟、炒烟、包烟、烘烟，烟店老大先生、账房、头柜、二柜、伙计学徒等），其中不少蒋家老人，精工制烟。"三人行，必有吾师"。烟工的实践、经验，紫澜先生的奇思妙想，终于一种新的烟丝辅料配方酝酿成熟。

写到这里，需要交代一下制烟工序。简单说，头道抽筋：即抽去烟叶筋络，单独打捆，刨成梗丝。二道肉子打捆：将肉子（已抽筋的烟叶）在凳板上铺平拌入梗丝，喷菜油、加辅料，叠高约一尺，压实，隔一天切八大块，再上撬凳压实。

三道刨烟：将切条的捆子刨成烟丝。烟刨形似木匠用刨子，材质为檀木，外加铁箍，刀极锋利，此为烟工吃饭家生，自备。四道炒丝：用铁锅炒，烟丝黑，仅供门售。五道包烟：将外销的黄烟丝、潮烟丝用纸包小包。六道烘烟：烟丝包好后放入烘箱烘烤。烘箱砖砌，高七尺，宽六尺，三尺进深，上下十二级，每级分两格。中燃炭墼，温火，烤烟丝至燥。

紫澜先生新创的辅料配方为：菜油、白糖、白兰地酒、檀香末、法国玫瑰香精、红枣（去皮去核）等。白兰地酒英国酿制，中高度；彼时嘉兴人饮酒，低度，绍兴花雕，高度则糟烧；白兰地，闻所未闻。

辅料配方的量，当然是商业的秘密。

此烟一出，即以"芝兰牌——蒋奇"独鸣于市。

"巴拿马赛会"奖凭

1915年2月22日至12月4日，美国政府为庆贺巴拿马运河开通，在西海岸的旧金山市举办"巴拿马太平洋万国博览会"，世称"巴拿马赛会"。

中国受邀参赛。在此前由农商部派员赴全国十九个省，足迹遍及通都大邑、乡野镇市，征集到丝绸、茶叶、瓷器、陶器、苏绣、湘绣、徽墨、宣纸、梳篦、竹编、皮革、毛毯、紫砂壶、刻铜器、桃核雕、寿山石、草艺品以及酱黄瓜、火腿、熏肉、高醋、酱油、白酒、果酒、绍酒和旱烟丝等十万余种。据当时记载，十万余种展品共获奖章一千二百十八枚。

嘉兴南汇镇蒋正盛"芝兰牌——蒋奇"烟丝，嘉兴吴式之各种酒，平湖夏念先五茄皮酒，均名列其中。

吴、夏二氏之酒，都获金奖。

蒋氏之烟丝，有二说，一说获奖凭，一说获金奖并颁给荣誉奖词。

此次赛会上烟丝获奖的，浙江尚有丽水松阳红烟（金奖），杭州宓大昌旱烟丝（铜奖）。

杭州宓大昌旱烟店创始于清同治八年（1869），晚蒋正盛烟号二十来年。两店在巴拿马赛会同载美誉，而民间也由此传唱起"杭州有个宓大昌，嘉兴有爿蒋正

南
汇
钩
沉

盛"的谣颂。

杭州宓大昌，杭人视为"杭烟"之鼻祖。今存，在城隍山麓清河坊。

蒋正盛，近年拆除。据南汇老人诉告，建材（包括黄桦柜台）为某镇偷购去（半夜三更摇只船），已散落到某种复制的赝品"古建筑"云云。

刘光汉先生的回忆

一种文化的生成，必待其有承当此种文化的人物在。

我很幸运能够采访到刘光汉先生。刘老十四岁进蒋正盛烟号为学徒，是年店东蒋紫澜五十五岁，镇上的人咸称"福老爷"。从学徒到外账房到经理（越二柜、内账房、副经理三级，而外账房与头柜级阶同），刘老和蒋紫澜先生相识相处二十一年。二十一年，蒋对刘，倚重信任，视如心膂；刘于蒋，亲承謦欬，知之亦深。所以，刘老的回忆，大有助我对紫澜先生进行一个绝对不在商贾层面上的描述。

在紫澜先生"知天命"之前，蒋家祖传的烟丝业在他的掌管下，有了长足的发展扩张，除了南汇的本号，在江苏吴江的黎里镇、娄曲镇，昆山的周庄，毗邻的油车港（澄溪镇），有大小不等五个分店，至若盛泽、同里、芦墟、莘塔、八坼、陈墓、甪直、青浦、练塘、朱家角、金泽及嘉善、嘉兴周边诸乡市镇茶馆、杂货店代售者不计其数，并且上海专设烟号办理处，批发远销欧美。紫澜先生事功不俗，又先后娶妻室杨氏、陈氏（续弦），膝下多子嗣（蒋氏至六十岁时，又生一子，共育五男四女），在镇人眼里不啻是"福老爷"矣。但，紫澜先生既无"老爷"气，也无商贾气。他是前清秀才，饱读诗书，不冬烘，喜好接受一些新派物事。这从到了民国后，他手中的那一枝湘妃竹杆子、水磨白铜斗、象牙咬口烟管已经换上一只意大利红木板烟斗，就可以看出他某种方面的趋时。又譬如穿着，通年不变的是长衫布鞋，西装固然终不上身，但鞋偶尔也来一双大英圆头革履，觉得这个呒啥。坐火车到上海，下了火车叫一辆黄包车去烟号办理处（天同路榆树里某号），在车上脚跷起，嘴里衔板烟斗，吸自制的芝兰牌蒋奇旱烟丝，左顾右盼，怡然自得，于十里洋场毫不生隔。

东禅寺

位于市区11公里处，原虹阳乡东南行政村。寺建于宋元祐年间（1086—1094），旧名延福寺，后讹称东南寺。明洪武初重修，陆光祖为之作记。寺有修竹轩，俗传为苏东坡留题之处。1953年陆续拆毁，现存银杏一棵，直径1.8米，高约25米。

（据《嘉兴市地名志》摘录）

　　然而，紫澜先生骨子里终究是传统的儒士气，诗、书、画不是一般的偏嗜。诗，惜未传。书法，刘光汉见过，只能说出一个"好"字。我推测装烟丝纸盒上印的"蒋正盛制，官礼名烟"等十数个小楷，是出自先生的手泽，娟秀圆润，应该归结为早年在三益堂临帖的幼功。绘画，未之见。但据蒋氏后人说，先生醉心作画，却并非专攻技法，是文人画的一种。这样看来，比较丹青名手——族祖蒋人彦的擅书画，他远不在一个档次上；和同年辈的族人蒋世长及稍晚的蒋中发相比，更不能及。但这并不妨碍紫澜先生"醉心"于绘，因为传统儒士的襟怀：书画，乃余事也，陶写也；煅粉调脂无画家声名之累，而描摹山水花鸟正适足以寄情也。

　　紫澜先生这种优雅恬淡的品韵，在他的日常生活中也可概见。

　　在光汉三年学徒期间，紫澜先生居于三益堂。他每天的早餐，是指定镇上某家糕团店出品的水糕两三块，糯米粉制，中夹鲜肉馅，有皮冻，热气腾腾，吃时多卤烫嘴；有时，兴起来一碗鳝丝面，干挑，鳝丝盖面上，油爆脆而软，撒胡椒粉，胡椒粉不用店家的，自备，装一个五百毫升的白玻璃小瓶子，随身携带去。茶点，镇上宝禄茶食店的月饼、酥糖、雪饺、眉毛饺、袜底酥、绿豆燥片，轮着吃，不重样。上午下午，各去烟号一次。到店，坐下说说闲话，总是温言细语，很少涉及生意，并且从不查账。柜上的事，概由老大先生（经理）执管。板烟斗不离手，摩挲得红润光滑。吸旱烟。紫澜先生终其一生只吸旱烟，不碰香烟（蒋正盛烟号备供肥皂、火柴、火油、矿烛等五洋杂货，亦有香烟如白锡包、大前门、大联珠、美丽牌、品海、小仙女、派律脱即老刀牌等常售）。黄桦柜台上摆一只金鼎香炉，铜的，直径一尺，高五六寸，扁圆鼓鼓，雕刻细枝莲花。炉内点燃盘香，供人取火吸烟（炉旁并置一木盒，装满烟丝，顾客可随意取吸，不计值）。紫澜先生手持板烟斗踱到香炉前，俯身，板烟斗衔在嘴里，头微侧，对着盘香吸爇烟丝，嗞嗞——通红的一朵，缓缓暗下去，烟灰雪白绵软，行家所谓"红、松、通"三字诀全齐，而烟味甘醇、芳香扑鼻。这是特制的"蒋奇"，烟丝极细柔，色泽嫩黄，出口外洋。紫澜先生没有理由去碰香烟，哪怕是从英国来的茄立克、白炮台、555。

看报。外埠的，上海《申报》《字林西报》《金刚钻》（亦日报），《金刚钻》上的《沪儒话旧录》专栏还有"书画征诗"，最契合紫澜先生性情；本埠的，一份对开八版的《嘉兴商报》，新闻偏重于市况、各乡区镇商讯。报纸都是隔日的，由航船带到。看完报上的新闻（"征诗"回家去琢磨），快近中午边了，三益堂那边送饭过来，厨工计阿四挑一担，两头都是蒸笼，碗盏饭盂，盂紫铜，一抱大，很沉。紫澜先生起身离座，招呼大家吃好，笑吟吟，蔼然可亲。

刘光汉先生记忆清晰：午饭开三桌（早、晚也是三桌），三菜一汤，大碗，荤菜肉丝、虾、鱼，每天换样，尽够吃；饭，更尽够吃，铜盂里的剩饭都让店四邻的贫人分了去，这是蒋家的祖规，亦积德的善行。

1937年抗日军兴，为避让"土匪"滋扰，紫澜先生携全家迁居嘉兴城中丁家桥河下21号宅第。高门深院，表象上作"顺民"，苟全性命于乱世。内里，长女蒋等璋，长子蒋以楷抗战时投奔在武汉任陆军军医署署长的叔父蒋可宗，以青春热血报效国家民族，这都是得到他的首肯的。引璋、以棣、品璋、静璋、以格、以杭、以倡等，在丁家桥河下宅第中，或成婚于此，或少年、童稚时成长于此。书香熏陶，毋庸多说。他们后来都获取到高等教育，从医从教，延绵流长至今。

这和他当年的"庭训"——耕读传家的思想，关系甚莫大焉。

抗战期间，蒋氏蛰居，吟诗作画，独善其身，鲜为外人知。

1945年后，时局不靖。蒋氏已无意重振祖业，他把烟号托付给了二十六岁的刘光汉。

1950年，蒋正盛易名正盛协，刘光汉任经理，蒋氏取百分之五十股金。而其时烟号中，仅店伙五六人。

1956年3月，公私合营，正盛协烟号归属供销社，全称"南汇镇供销社烟杂门市部"。

此前一年，蒋紫澜先生寿终，享年七十六。先生身后，唯书数卷，画数轴，而已。

那意大利红木板烟斗，想来临终前还是握在手中的罢。

去年11月初，我访问先生哲嗣蒋以杭，问几个有关"芝兰牌——蒋奇"烟丝的包装细节，以杭先生回答：包装分三种，一种纸装，包成六角形，二两三两不等，亦称"门装"。一种纸盒装，一两烟丝，称"官礼名烟"。还有一种红木盒装，烟丝四两，每盒售三块银元，极昂贵。

这种红木盒，便是民国四年（1915）去巴拿马获奖的，蒋家后人及刘光汉先生都未之见。

以杭先生说着取出由刘老转交、珍藏至今的纸质烟盒，盒二寸见方，有盖，盖上端印"特等芝兰蒋奇"，下端绘幽兰、灵芝。右边："蒋正盛制"，左边："官礼名烟"。商标为一"金鼎"图案。盒右侧："提倡国货"，左侧："挽回利权"，正字。

纸盒很轻。纸质糙黄。小心地触摸、谛视，一种文化与主人的脉息仍在，弗能止。

（陆　明）

（本稿承蒋以杭、刘光汉二位先生协助，得以写成，谨此致谢）

南汇钩沉

199

之殺而父乎則對曰唯不敢忘三年乃報伐三年哀元年○唯迮癸反舊以水反○晉人圍朝歌公會齊侯衛侯于脾上梁之間○脾上梁間即牽○脾婢支反謀救范中行氏齊魯叛晉故助范中行也析成鮒小王桃甲率狄師以襲晉○二子晉大夫范中行氏之黨鮒音附桃部字本又作猇戰于繹中不克而還士鮒奔周小王桃甲入于朝歌秋齊侯宋公會于洮范氏故也謀救范氏衛侯爲夫人南子召宋朝南子宋女也朝宋公子舊通于南子在宋呼之○爲于僞反會于洮大子蒯聵獻盂于齊過宋野蒯聵衛靈公大子盂邑名以會獻之故自衛行而過宋野

整也，使死士再禽焉，不動。又使罪人三行，屬劍於頸，而辭曰：「二君有治，臣奸旗鼓，不敏於君之行前，不敢逃刑，敢歸死。」遂自剄。師屬之目，越子因而伐之，大敗之。靈姑浮以戈擊闔廬，闔廬傷將指，取其一屨。還，卒於陘，去檇李七里。夫差使人立於庭，苟出入，必謂己曰：「夫差！而忘越……

槜李大战

公元前496年的仲夏，节令已到了大暑，鲁国的国都曲阜城里像江南一样燠热，铺石板的官道被太阳烤得冒烟。一个小男孩捉着一只灰背绿肚的蚂蚱拿根线拴着放在石板上，不一会，那蚂蚱就"吱"的一声被炙熟了。街上的行人虽然个个都挥汗如雨，个个都在嚷嚷"热、热、热"，但男女都会分两条走道，互不挤攘；商店的货物买卖公平，因为天热十分行俏的冰镇酸梅汤也未有哄抬价码的现象；还有，四方的游士都不顾暑热赶来鲁国作客，曲阜的几家礼宾馆舍都满了号。这都是孔子由司空升为大司寇代行宰相职权后，出现在鲁国的新政。

这天下午，太阳稍稍往西边斜去的时分，喊卖冰镇酸梅汤的市声渐渐消歇了。在阙里巷口的槐树下，三五个庶人席地而坐，一边喝着陶罐里的大叶子茶，一边听一个白胡子的老者讲南边的吴国和越国又打起来的消息。不时地有人拱拱手告辞走了，不时地又有人参加进来，这种街头的闲聚，也是鲁国新政的升平景象。"犯不着，这么热的天气大动干戈。""听说那地方叫槜李，出产的槜李比俺的麦李还好吃，有一股甜酒浆的香味。打仗、死人，咳！太可惜了……""咳，还是俺们太平，俺们讲周公的礼数！"庶人们议论着，不知不觉地把陶罐里的茶喝干了。这时，官道上传来辚辚的马车声，是大司寇行相事的孔子下朝回家来了。白胡子老者率先站起，拱着手；三五个庶人也站起，掸掸屁股上沾的尘，也拱着手。孔子让执御的停车，请庶人们继续说。听政于野，是他一贯的主张。庶人们说了对吴越两国又打仗的意见，孔子听了觉得除了称颂鲁国太平这几句话比较入耳外，其他实在没有什么新名堂。

孔子的家里，以颜渊、子路、子贡、公冶长为首的一群弟子，早就恭恭敬敬地等候着。这次是吴越两国的槜李之战，用兵实在太奇特了，为秦、魏、齐、晋、燕、赵等国所有的战役闻所未闻，弟子们都想听一听夫子是怎么评说的。按孔门的规矩，颜渊排行最大，又是孔子最得意的弟子，师生之间有事问答，总是大师兄在先。颜渊等夫子喝过了茶，低头垂着手说："夫子曾有教诲：'善人教民七年，亦可以即戎矣。'这次……这次越国的军队竟都是囚犯，习流两千，岂不有违夫子之教？"颜渊说完，抬起头看着孔子。"回呀，以不教民战，是谓弃之。"孔子有点不满意刚才颜渊的说话，那些蛮夷之邦的人，难道是可教的吗？打仗无非让百姓去送死！在孔门弟子中，子贡是口才最好的，是有名的游说之士，去过好多诸侯国。子贡曾去越国谒见越王，在他的印象里，勾践见了上国的人很自卑，自称是东海荒僻之地，性戆而愚。因此，子贡断定这次吴越之战，越国是一帮莽夫所为。孔子没有吱声，心想：赐呀，你看人总是看表面，浅得很！子路早就按捺不住了，很有些激动气愤地告诉孔子：在槜李打的这一仗，吴国太窝囊了，那勾践大违作战常规，竟别出心裁地用心理和精神战术突袭吴王军阵，致使阖闾溃败并死于非命。"夫子，君……君子不……不……不……不战无备……"子路涨红了脸，说话开始结巴。子路为人勇武，他跟敌人交手，喜欢堂堂正正地一刀是一刀，一剑是一剑，从不施诡计。"阴谋！"孔子嘴上那浓密的灰黑胡须动了动，斩钉截铁地说。

过了十四年，孔子结束了在卫、宋、陈、蔡诸国的流亡生涯，恓惶疲惫地回到曲阜，听从弟子们的建议，开始从事整理文化典籍的工作。中国第一部编年史《春秋》，在孔子的垂暮之年得以完成。嘉兴有文字记载的历史从《春秋》开始，虽然当时孔子笔蘸漆墨，过于悭吝，在竹简上仅写下了"五月，於越败吴于槜李"这九个字，但后世却足以凭此采信、考证出槜李即嘉兴的古称，延续至今已历两千五百余年。

"槜李"最早出现在孔子的《春秋》中，寥寥九个字。它的具体情形究竟是怎样的呢？据旧地方志记载，当时栽种的槜李树成片成林，长的李子特别甜美好吃，于是便成了一地之名。而槜李城在县南四十五里，城高两丈，厚一尺五寸，后废。这一说如可不置疑（城墙厚一尺五寸，令人生疑，但旧志记如此），槜李大战的战场，采之父老口碑相传，国界桥的南北草荡和桐乡的东西草荡为大致可信的范围。草陂泽地、广袤数千顷的原野上，槜李的农人们合起来唱着击壤的歌谣，采摘槜李树上鲜果的喜悦尚未消退，一场血流漂杵的战争就突然地来了。

国界桥是吴越古战场的遗迹。

国界桥西南一二里处有争界桥、越界桥，两桥在九里港河汊，成犄角。二十四年前我第一次去国界桥，沿着九里港往西南走，看到"争界""越界"那两座桥已经重建为钢筋水泥桥了，桥额红漆书写，字极粗劣，也不知是何人涂鸦。那时，国界桥尚未列为文保单位，桥上可行走，不像现在桥中央砌一堵煞风景的砖墙。国界桥始建于宋，明代重建，清嘉庆十六年（1811）重修。石柱三孔平板抬梁式，是从前乡下常见的俗称"牌位桥"。南北两个桥墩洞内坐着小小的石像，南为越王，北为吴王。这两尊小石像，看不出有什么石雕的艺术性。国界桥的两副桥联，是概括了吴越春秋历史的。西面一联：

披莱远溯夫馀泽，端委常存泰伯风。

"夫馀"应作"无馀"，是越国的开国国君；"泰伯"即是"吴太伯"，周古公亶父之长子，文王姬昌的大伯父。为避位于三弟季历，太伯偕二弟仲雍奔荆蛮，断发文身，成为句吴疆域的开拓者。

东面一联：星映斗牛临鹊驾，地连吴越判鸿沟。

按国界桥所跨的九里港，与"鸿沟"无论如何是不大好联系上来的。九里港曲而窄，流水是温吞的。但这并不妨碍我们去想象二千五百多年前发生在这里的槜李大战。国界桥北，在民国二十三年（1934）兴建飞机场前便是广可数千亩的"南草荡"；桥南为旗杆下村，阡陌纵横，亦数千亩，旧称"北草荡"。我听旗杆下村里的老人说，从前每到阴晦天气，南北草荡的深处隐隐约约有战马的嘶叫声；入夜则磷火荧荧，成群结队地向西北翻滚而去，俗称"阴兵过"。撇去迷信的成分，旧时经常有村民在草荡里捡拾到朽蚀的箭镞和破败的铠甲碎片，这是可以从中探知到一点"古战场"消息的。

吴越两国，原本同属于於越族两大部落，从语言到风俗都相似。譬如断发文身，不仅越人，吴人也有披短发、身刺鱼龙花绣的习俗。既为同族，习性相近，本应亲和，但事实上却为"国土"屡起争攘。槜李地处吴越交界，第一次槜李大战是在公元前510年夏，阖闾胜而允常败。五年后，越趁吴伐楚偷袭了姑苏，这犹如在人家后院偷了一把又撒了泡臭屎，阖闾从此衔恨恼心。过了九年，允常死，他的儿子勾践继位。阖闾兴师攻越，越起哀兵迎战槜李。这次槜李大战，时在公元前496年的仲夏。吴王阖闾、越王勾践各率军对峙于槜李草荡。骄阳之下，吴军盔甲鲜明，戈戟森立。阖闾立于戎车，手执青铜螭虎钺，眺望阵形不整的越军，捋了捋花白的虬髯，脸上浮起一丝骄矜之色。吴强越弱。阖闾拥有战车八百乘，大多是战胜齐国后的战利品，车轮车轴都是中原上等的榆木，每个轴头装置了铁锏，不但耐磨损，而且还加快了车速。精良的战车上每车载甲士三名，一执弓，主射杀；一执戈，主击刺；中间一人执御（驾车）、佩剑。每辆战车配五六十名步卒，称一乘，布成方阵，无疑是铜墙铁壁。而越军此时，国丧的悲哀压抑在心头，和老王亲近的将军、大夫灵姑浮的脸上泪痕尚未拭净。长颈鸟喙的越王勾践，面容悲戚，身披鳄鱼皮夷甲，俯伏在车轼上，远望像一只饿了几天、羽翮蓬松的鱼鹰。越军的军阵也跟吴军不好比，战车还是老王允常数十年前打造的，车轮车轴用的是会稽山上的乌桕树，比较榆木逊色多了，有好多辆的车辆还有点糟朽，这次被拖来凑个数。战车的数量也大不如吴军，大概还不足三百乘。勾践把战车布成方阵，在戈戟参差不齐的战车后头，却隐伏着三百名壮士，这是从两千习流中挑选出来的。越军编制，最喜以"习流"——流放的罪人，使之习战，任为卒伍——打头阵。这次也不例外，三百壮士头缠黑帕，阴沉着脸瞅着勾践。勾践紧紧握着鱼肠剑的剑柄，掌心咝咝地沁着冷汗。

大战来临前，原野上成片成片的芦苇和白茅，在热风的吹拂下翻腾起一波连一波的碧浪；竹叶草含着一小朵一小朵粉黄色的花，飞蓬扬起星星点点的白絮，野麦的穗子是金黄的。远处的槜李树林，摇曳着丰茂翠绿的枝条。吴军挨着一大片槜李树林，这能让树阴遮蔽些许的炎热。一只金龟子在阖闾的青铜螭虎钺上蠕蠕爬行，沿着檀木的钺柄一直往上爬，爬到锋利的钺刃上，张开金色的翅"嗡"的一声飞走了。阖闾眨了眨倦涩的眼皮子，有点懈怠了。吴军穿戴这不透气的盔甲，也都有些懈怠了。

这时，越军的军阵突然一阵骚动，三百名壮士扯去头上的黑帕，披散短发，赤裸上身，手握短剑，"呼啦啦"站立在越王的戎车前。这三百壮士想干什么？吴军个个狐疑，猜测不定。

三百壮士以百人为行，排列成三行。他们是勾践从释放的囚徒中精心挑选的，有不少囚徒犯死罪，早已把生死置之度外了。三百壮士个个年轻强悍，赤裸上身，臂膊和胸膛上刺的鱼龙花绣，在阳光照耀下蓝得发亮！壮士中为首的举剑高呼："决不逃刑，愿为君王死！"众人齐举剑高呼："决不逃刑，愿为君王死！"

勾践的戎车前升起一片剑的森林，雪亮刺眼。勾践不再俯伏车轼，他挺立车上，手按鱼肠剑剑柄，不动，似一座黑的雕像。

壮士们三呼，呐喊声惊天动地。

勾践终于拔剑。剑一点点出鞘，勾践鹰视的目光和剑锋一样犀利逼人，寒气凛凛。

越军的上空，划过一道道闪亮的白光。

三百壮士披散短发，嗷嗷地叫喊着冲向吴军，他们赤着双脚把脚下的芦苇、白茅、竹叶草、飞蓬、野麦统统踩得稀烂，腿肚子上沾着粉黄的花瓣，身上的刺青发亮，汇聚成一股蓝色的旋风直扑吴王阖闾。

吴军阵中，阖闾慌忙击响第一通鼓，将士们拔剑的拔剑，举戈的举戈。这时，三百壮士突然停止奔跑，依然百人一行，排列成三行，含笑、举剑，剑横于颈，一步一步向前走。他们的神态凝重。他们的脚步凝重。他们每迈出一步，必发出"嗷"的一声喊叫，在原野上空久久回荡。

吴军的将士们个个惊疑，不知所措。

三百壮士一步一步逼近到吴军阵前，为首的壮士棱角分明的脸上浮起一丝冷笑，他站停，像铁铸的桩。所有的壮士都站停，成三排铁铸的桩。忽然，为首的发出枭叫般的笑声，笑声未止，三百把锋利的剑刃一齐刎颈，刹那间热血喷射，吴军的阵前倒下来三百尊血肉之躯，每一尊身躯上溅满了梅花瓣似的鲜血，洇红了地上的白茅！

这是久经沙场的阖闾从未见过的。这是能征善战的吴军从未经历过的。在吴军愣神的一瞬间，越军趁势如潮水般一涌而上。灵姑浮驾着战车，挥戈斫伤阖闾的一个大脚趾头。阖闾负痛疾逃，仓皇中还丢了那只染血的皮靴。灵姑浮把阖闾的靴敬献给勾践，勾践阴鸷地咯咯一笑，拿鱼肠剑挑起吴王的靴，随手挂在一棵檇李树的树梢上。

数天后，吴王阖闾的脚伤，终因天气酷热、伤口溃烂引起炎症并发，死在离檇李七里的一个名叫"陉"的地方。

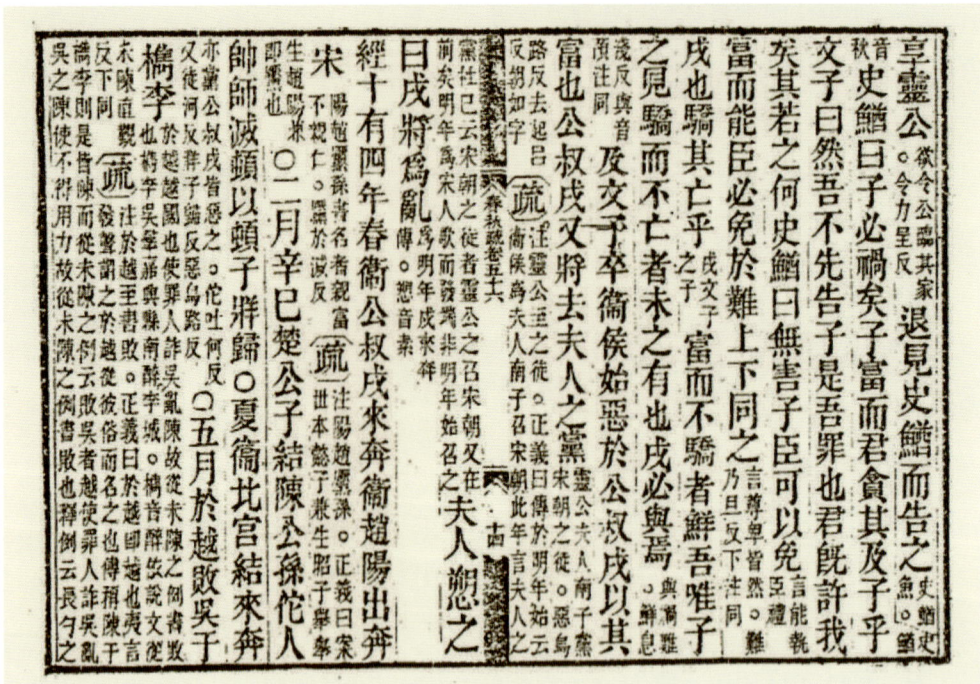

清《春秋疏》（书影）

清《春秋疏》卷五十六，记载吴王阖闾与越王勾践战于槜李之史实。

　　这次槜李大战之后，不到两年，吴国新君夫差替父报仇，攻越直抵会稽，使越臣服。尔后，公元前482年、478年、473年，越三次伐吴，直至吴王夫差命断秦余杭山，结束了吴越争战。

　　公元前494年那次吴越之战后，勾践向夫差自称"东海贱臣"，入吴替夫差养马。期间，勾践以诊察疾病为由，亲口尝了尝夫差的大便，博得欢心，三年后放归越国。勾践为复仇雪耻，卧薪尝胆、生聚教训之外，还对吴施展阴谋，其中献美女西施最为有名。让西施以美色荧惑夫差，荒其国政。史载范蠡携西施入吴，途经槜李留下不少佳话胜迹，最为有名的是范蠡湖，流传也最早。范蠡湖尚在。湖畔的西施妆台十多年前也曾修茸一新。相传范蠡西施从这里发棹遍游五湖，隐于青山绿水。这个传说很完美，历代有许多人这样说。但我只想考查一点关于西施的死。最早记载西施死的是《墨子》一书的"亲士"篇："西施之沉，其美也。"仅此一句。墨子是战国时人，和西施的年代相去并不远。据墨子所记，我们可以揣测到西施的死，是勾践夺取姑苏后，以为她既可害吴也会贾祸于越，小女子一个，弄死太平。于是，把她装在牛皮袋里，抛到大江里喂鱼了。一个美人，远未到迟暮之年（西施以妙龄入吴，至"投江"尚不到三十岁吧），就这样被君王残害了。西施的死，真是够惨痛的！

从宋代到明清，嘉兴诗人多有咏怀范蠡西施之作，艳词、歆羡的心理几近于泛滥，而讲到西施之死的似乎只有朱彝尊"落花三月葬西施"一句，淡淡的惆怅，有一些凄美。

上世纪80年代初，我去王江泾普查地名，听说长虹桥下曾产银鱼，是西施的腐肉所化，滋味鲜美。这已经和槜李大战、亡国、复仇、美人遭残杀，没有多大的关系了。

（陆　明）

楼　船

楼船有两种。

一曰战船。吴越之地多江湖大泽，史记记载，伍子胥以陆战车阵法首创楼船。据北宋《武经总要前集》图刊文云："楼船者，船上建楼三重。列女墙战格，树幡帜，开弩窗矛穴，外毡革御火。置炮车、礌石、铁汁。状如小垒，其长百步，可以奔车驰马。"

二曰有楼饰的游船。楼饰，或楼或阁或台，装置华美，可铺陈绮席。此种游船大概在东晋或隋唐开始盛行，杜甫《城西陂泛舟》诗："青蛾皓齿在楼船，横笛短箫悲远天。"诗成于天宝五年（746）至天宝十四年（755），老杜困居长安时。城西陂，即渼陂，长安城西名湖。青蛾皓齿，歌姬也。楼船供达官贵人歌宴游乐，船上设帆樯锦缆（精美的纤绳），并有小船伺候，递运酒食："不有小舟能荡桨，百壶那送酒如泉。"

楼船之在嘉兴（包括南湖），有明代人的记载，有出自水路京班艺人的口口相传，有晚清顾梁所作《虹桥画舫图》的描绘。

顾梁，嘉兴人。有印鉴作"映川氏"。生平事迹不详。在发现《虹桥画舫图》之前，各种"画史"均未见著录。

顾梁的《虹桥画舫图》作于清咸丰丙辰（1856）夏，他是在六尺大的整张宣纸上，运用界画技法，挥汗完成了这幅也许是他一生唯一为后人所知的作品。

《虹桥画舫图》设色古雅，图像生动传神，绝不似出于乡曲画师之手。尤其对楼船的摹写，船型、装饰、布置、各色人物，都细致入微，稽考的价值很大。

20世纪的乙亥（1995）秋，《虹桥画舫图》归藏嘉兴博物馆，旋即引起不少人

虹桥画舫图

虹桥画舫图，咸丰丙辰（1856）夏日，嘉兴顾梁画。钤印：落款章"顾梁之印"白文方印，"映川氏"朱文方印。压角章"□□□书画章"朱文长方印。

纸本设色，纵167.5厘米，横96厘米。图藏嘉兴博物馆。

的兴趣，有研究者认为图绘表现的是清高宗弘历（乾隆皇帝）在六次南巡中，某次过嘉兴王江泾长虹桥时的盛况。

顾氏绘此图时，相距乾隆最后一次南巡，已经过去了七十二年。咸丰六年（1856），太平军的锋镝虽然尚未指向嘉湖地区，但天国已于三年前建都南京，江南形势岌危。地方志记载：丙辰，嘉善、平湖地震，"河水浮腾"，同年嘉兴等地数月不雨，地生白毛，河道断流，虫灾蔓延，每石米贵至五千余文。民不聊生，盗贼蜂起。地方乡绅组织团练，督办枪船，以防范太平军。

画家顾梁正是在这样的背景下创作《虹桥画舫图》，追怀前朝的繁华尘梦，他的心迹是耐人寻味的。

顾氏的此种"心迹"，在将来如有可能发现他的生平资料，对了解一个画家的思想、行状，是会有些帮助的。

楼
船

《虹桥画舫图》所绘舟舫有三十七艘之多，图中高插"钦点翰林院""候补分府"标识的官船，乘坐缙绅及其眷属的各式画舫，歌伎船、僧尼船、敞篷船、挡板船、香船、航船、货船、渔船、渡船、圈篷小舟乃至农家的赤膊船等，实在可以说几乎集清代嘉兴河船之大观了。而尤为引人瞩目的是那一条泊近河岸的楼船，它数倍于画舫，仅次于龙舟。《中国古船图谱》上刊有"嘉兴齐门船报阔头船"图样，与楼船差仿近之。因楼船两层，更见其庞大、巍峨。

　　楼船船首阔、平、大，船艄高耸阔大。一层分前后舱房，前舱房两侧各有四根黑色廊柱，两扇有拐字纹栏槛的花格吊窗，均为朱红色；后舱房两侧各设一门，窗两扇，无栏槛，后舱房内并架一梯，通向二层之戏台。戏台两边围短栏，朱红色；戏台共有八根立柱，很高，亦朱红色；立柱上架卷棚，前罩飞檐翘角，很精美，罩顶翠绿色。卷棚高敞，绝不遮挡视线。立柱、短栏、卷棚，推想是可以拆卸的。戏台分前后台，有板壁相隔，左侧通道供出入。

　　楼船两舷走道宽敞，可二人交身过。船上站立观戏的十三人，看野眼的三人，卖小吃、果子的五人，买小吃的一人。舱房内能点数到十三人，其中黑净（大花脸）一，红净（文武老生）一，那黑净正在勾脸；有一肩披红巾的是武小生。戏台上，有一安工老生头戴员外帽、身穿青布袍正据案坐唱，一仆躬身递茶；安工老生的后边，为场面（乐队伴奏），一人站立执小锣，四人围桌坐，绰板的，弹弦子的，吹笛和吹笙的，还有一人倚柱立，手中持一柄鼓槌；后台四个跑龙套的，穿红衣裤蓝马甲头戴红罗帽，其中一龙套坐衣箱上吸旱烟；主角为身着绿战袍、赭色盔帽上插长长两枝雉毛翎子、满脸浓黑戟髯的将军，旁站一武生。后台这六人，等候坐唱毕，便立刻挑帘上场。

　　楼船上下可点清的一总四十九人。演戏的，看戏的，做小生意的，候上场的，伴奏的，各有各的身姿、神态。那伴奏的，打锣声、击鼓声、拍板声、拨弦声、吹笛声、弄笙声，声声入耳；安工老生右手抚桌，左手上抬，昂脖扬颏，吹胡子，努着大劲；他的唱腔一定是沉郁、酣畅、出人意表的，要不，长虹桥上、河岸上、墙垣上，以及河中的数十条舟舫上，那千百双眼睛怎会被吸引到楼船戏台上？

　　戏台上六位乐师手持的锣、鼓、笛、笙、檀板、弦子，这六件乐器是昆曲演奏所必备的，而笛子是主奏。据此揆度，戏台上应该是一个昆曲戏班在演出。

　　清初，康熙和乾隆都奉昆曲为"盛世元音"，昆班曲社于是在江南大盛。

顾梁是嘉庆年间或道光初生人，他的少年、青年时代，昆曲的官腔地位虽未动摇，但花部乱弹如京腔、梆子腔、弋阳腔、秦腔、罗罗腔、二黄调等，早已相继兴起。以京腔而言，演奏以京胡为主奏，这是京昆最起码的界别。由此可见顾梁创作《虹桥画舫图》的态度是很严谨、刻意的，他是在刻意地追记乾隆时江南的奢华与富庶，比照咸丰六年（1856）的灾异饥馑、战祸将临，一种作乱世之民的复杂情怀呼之欲出！

顾梁所画的楼船有没有实物的参照？就我见到的记载，桐乡名儒陆以湉刊印于咸丰六年的《冷庐杂识》中《不系园》一文，可以略助探究。《不系园》记明季杭州富豪汪然明仿包应登造楼船，并引汪氏所作"记"云：

自有西湖即有画舫。《武林旧事》艳传至今，其规至（制）种种，不可考识矣。往见包观察始创楼船，余家季元继作洗妆台，玲珑宏敞，差足相敌。然别渚幽汀，多为双桥压水锁之，不得入。癸亥夏，偶得木兰一本斫而为舟，长六丈二尺，广五之一。入门数武，堪贮百壶，次进方丈，足布两席。曲藏斗室，可供卧吟，侧掩壁橱，俾收醉墨。出转为廊，廊升为台，台上张幔，花晨月夕，如乘彩霞而登碧落。若遇惊飙蹴浪，欹树平桥，则卸栏卷幔，犹然一蜻蜓艇耳。中置家童二三擅红牙者，俾佐黄头以司茶酒。客来斯舟，可以御风，可以永夕，远追先辈之风流，近寓太平之清赏。陈眉公先生题曰"不系园"，佳名胜事，传异日西湖一段佳话。岂必垒石凿沼围丘壑而私之，曰"我园我园"也哉？黄参议汝亨为作《不系园约》，标以十二宜九忌。十二宜云：名流、高僧、知己、美人、妙香、洞箫、琴、清歌、名茶、名酒，肴不逾五簋、却驺从。九忌云：杀生、杂宾、作势轩冕、苛礼、童仆林立、俳优作剧、鼓吹喧阗、强借、久借。

文中"九忌"之一：忌"俳优作剧"，可证船台之大能供戏班演剧。

汪氏的《不系园》是经过巧思改良的楼船，敬安先生引汪氏"记"后，笔锋一转，略谓"近日西湖船若'半壶春''摇碧斋''四壁花''宜春舫''十丈莲''烟水浮家''小天随'等，皆堪游憩，然如'不系园'之有廊有台，则未之见也"。

陆以湉，字敬安，号定甫。嘉庆六年（1801）生人。进士。同治四年（1865）

去世。他在《不系园》文末所说"近日""则未之见也"云云，当指道光年间已经见不到像汪氏那样"有廊有台"的豪华游船了。但，游船画舫如此，专供演戏的楼船却未必如此。

据杭嘉湖水路京班的不少回忆资料记载，嘉湖地区在清嘉庆年间，有一种以兼唱昆、徽、梆诸腔为特点的"擂船班"出现。已故老艺人卞韵良先生曾多次对我描述"擂船"，说他家从高祖父起就以唱戏为生，高祖父名卞三庆，工男旦、花旦，扮相俊秀。高祖父在老家桃园县（今江苏泗阳县）时，有一条大船，船顶棚上铺木板即为戏台，台四周围有半人高栏杆，台上面用木柱、毛竹、芦席搭棚遮蔽风雨。戏台后侧正中挂"德义堂"匾，两边悬门帘，帘上分别题书"出将""入相"，艺人从后舱登小梯挑帘上场、下场。道光年间，高祖父把这条"擂船"从桃园摇到苏州角直镇。

"擂船"如卞韵良先生所说，在船舱顶上搭戏台，则船为两层，应称"楼船"。戏行和民间习惯称之为"擂船"，是不是一音之转讹？或者水路京班多演武戏，观者看艺人演出火爆热烈、如打擂台一般，便将"楼"改作"擂"也未可知。

任凭何种说法，在画家顾梁的生年，他是有可能见到"俳优作剧、鼓吹喧阗"的楼船的，只是没有他所画的宏丽壮观罢了。

《虹桥画舫图》中的楼船，绘有舵柱，可知船是行驶的，亦不惧风浪。

楼船供士大夫歌筵的，雅名楼舫。楼舫在明末的嘉兴，见于李日华《味水轩日记》的记载。

万历三十七年十月十七日《日记》云：

> 十七日，饯熊丞于张氏楼舫，抵暮方回。

张氏何许人，不详。这是一次由李日华等缙绅作东，在楼舫上设酒宴，为嘉兴县的熊县丞离任送行。

张氏楼舫泊停的地点未记，推想南湖之外，便是西津或北津了。

万历四十年七月六日《日记》云：

> 六日，同施羽王太史、钟万石、蒋瞻屺进士燕萧师于西津楼舫。终日风

蒲猎猎，不知有暑。一鼓散去。

王、钟、蒋三人的里籍，都不详。萧师，萧玄圃先生也，他是李日华考中举人的座师，时以吏部右侍郎给假省亲，路经嘉兴去广西。门生肃敬，礼之为上宾。

西津，阜成门外运河。明代嘉兴船宴的最佳胜处，为南湖，为西津，为北津（拱辰门外落帆亭水域即运河，称"北津"）。西津，运河抱阜成门城垣之河湾，与鸳鸯湖相邻。这里蒹葭苍苍，蒲柳垂荫；碧波荡荡，浪拍浅滩。河湾之南，蟹舍渔村，洲渚错落，望去烟水无涯。

楼舫泊于此，人站立城楼上往下看，西丽桥旁，丛翠之中，舫直似一亭亭红阁。风来，柳枝飘拂，苇叶飒飒，而红阁微微摇漾。

万历四十年（1612）农历七月六日，李日华等陪同吏部右侍郎萧玄圃盘桓于西门外水涘。是日也，师生叙旧，宾主谈笑，楼舫尽欢。至一鼓响，绮席方散。一鼓，夜七时至九时。鸳鸯湖上，渔舟初动，渔火星星点点，映照粼粼波光。

孟秋的新月此时已斜悬在城堞的西北角上，弯弯的像一枚放大的金钩。

城下，杂沓的脚步声，抽动跳板的哐当声，铁头篙子的击水声，桨声、橹声，送席散人归去。

席散人都各有各的船来去。

"君实呀，贵乡吴侬风韵，亦绝佳妙。人生岂唯广陵乎？啊，哈哈哈！"

侍郎呵一呵腰，拊掌笑，侍郎是从扬州渡江，借道漕渠顺流而来的。

侍郎有官船。

附记：傅逅勒编著《嘉兴历代人物考略》（增订本）载："顾梁（？—1860），嘉善籍，秀水（今嘉兴）人。清道光、咸丰间画家。作有《虹桥画舫图》，现藏嘉兴博物馆。死于庚申乱难。见《光绪嘉善县志》卷20，《虹桥画舫图》题款。"按：庚申即清咸丰十年（1860），太平军于六月十五日、八月二十四日进占嘉兴府城、嘉善县城。顾梁之生平事迹，尚有待进一步发现。

（陆　明）

楼
船

215

金园寻迹

遨野老梅

新塍，别名柿林、新溪，传为春秋战国时期槜李四古城之一。地接吴越，东临嘉禾，南衔桐濮，西北隔澜溪塘与姑苏接壤。因其水路方便，乡风淳朴，遂有诸多外来辞官者或文士来此隐居。里人之中，也有诸多喜读书过悠闲隐逸生活者，筑屋结园，不问政事。从民国九年（1920）朱仿枚的《新塍镇志》里可见方圆一百五十余里的区域内，私家别墅、草堂，遍地都是。这些别墅、草堂并非想象中那样豪华，而是因主人的精心打理和德行，以及他们文气的熏陶，显得"斯是陋室"，惟其德馨。镇西南十二里，金家花园便是这样一处宅第。

从各类记载来看，金家花园的大致位置在陡门塘北，今属万民村。问及周边朋友，得悉金家后人还住在老的宅地上，具体位置在大通村往西不远，靠近嘉湖公路北侧的西浜，属万民村四组。通过朋友，打听到金家后人中有一人在磻溪教育集团下的八字分校教书。与他取得联系后，我们兴冲冲地往金家赶去。一路上，脑子里充满了悬念，虽然明知很多东西肯定已不复存在，但能知道金家花园的确切位置，已是很兴奋。

从嘉湖公路一路往西，到洪新线往北转入乡村公路，至上仁浜十字路口再向西行，过万丰桥，大概一二百米，有一狭窄水泥路往南，行不久便到了金家。金建中（八字分校的老师）及其父母热情地接待了我们。

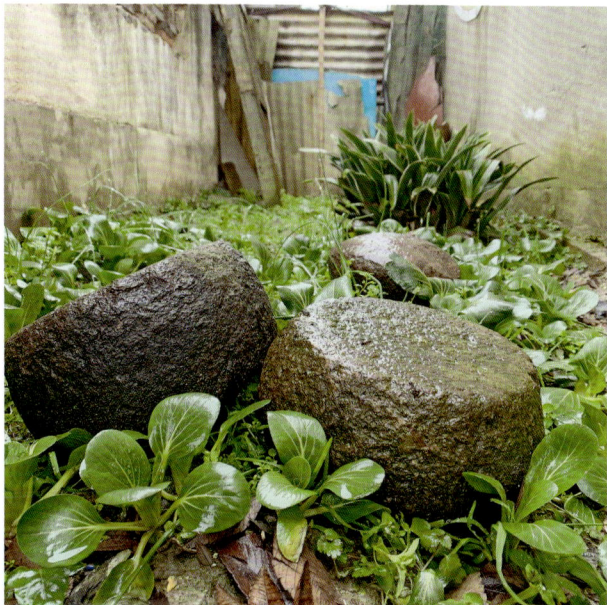
金园遗存之础石

　　金家现住的房子造得很高大，三层洋房显得豪华，前面有一个宽敞的水泥场，一株紫薇正开得盛。后面还有一个很大的院子，院子里几个零落的石墩子躺在墙边——看得出这是老房子用过的垫柱石。金家的洋楼前有一条小河，便是西浜。西浜是东西走向，往西是浜底，往东连着一条较宽阔的河——八字港。八字港是南北交通的要道，北通澜溪塘，南连陡门，可以直接进入京杭古运河。

　　金家父子介绍，西浜两岸的石帮以前做得很考究，都是大块的石头，后来很多人在那里挖，石头很快就被挖光了。这些石头，有的被运走，有的填在不远处西浜桥的桥墩里。现在金家的河埠上还留有几块老石头，尚存往昔风貌，但也不成气候了。西浜河据说没有改动过，河对岸以前有一座花园桥，是金家花园的一个标志性事物，而今自然不见踪迹，只剩一个小土堆，上面杂草丛生。

　　站在河埠旁一棵树龄有几十年的老黄桦下面，金老师告诉我们，他们家现在的位置是以前金家主屋的地基，往西是祠堂。祠堂里供奉了金家世代的人物，当时还有族谱可查，可惜这些都在"文革"中被毁坏了。他小时候，祠堂还在，有一个哑巴五保户无家可归，借住在祠堂里，顺便帮助看管祠堂。祠堂的西面，又是一排居住的房子，应该是西厢房。整一进房子东西宽好几百米，房子后是大院子，院子后又是一进房子。讲起金家的老屋，金老爷子也按捺不住，他说："听上代人传下来，当时的房子都是石槛门堂，很气派，院子很大，第二进房子后，就通往金家花园。"

我朝屋后望去，如今后面房子紧密，有好几户人家。金老爷子似乎看出我的疑惑："以前这周边是没有人家的，只有我们金家一户，现在周围的人家，都是后来搬来的。听我的父亲说，乾隆皇帝下江南时，还来过金家，吃过饭。"

河埠旁这棵黄檗树的树形特别好，粗壮的树干，上面三大枝丫向几个方向散开，枝繁叶茂，使得河埠上特别凉快。金老师平时没什么事，下班回来，就在河埠头拉网捕鱼。问及是否还有什么残迹留下，他摇摇头说，没有了。后来又记起什么，带我们走到隔壁的一处围墙下，指着压在下面的一个石洞说："这是以前围墙里拆出来的，做狗洞用。"我俯下身去细看，是一块完整的圆形石头，中间是空的，很光滑，想必是主人家的狗无数次穿越磨光的。问及是否知道附近的一株老梅树，金老师只是无奈地摇摇头。

金家花园的名声，一半是因这株老梅传播开来的。明清时期，新塍里人对它多有吟诵，钮云逵的《新溪棹歌》载道："寂寂金园昼掩门，每多烟客伴朝昏。梅花遁野陈高士，尚有风流一半存。"老梅树在金园北面相距三里的遁野（照距离推算，应该在现在的万丰桥附近），相传为宋代所植。遁野是指隐居处，（"遁"即"遯"，有逃遁之意），不是具体的地名，因其地方相对隐蔽且有野趣，叫得久了，便约定俗成。诗中提到的陈高士就是个隐居者，没有资料具体记载他的情况，只知道他叫陈莘，是从越江（今余姚）的山里过来的，有几分神秘。

宋代似乎是一个喜欢种梅花的朝代。嘉庆四年《嘉兴县志》记载："天香庵在王店镇之南，庵有古梅十三本，传为宋庆历间物。"民国《海宁州志稿》记载："在菩提山下一侧有宋梅。"加上这株金家花园后的遁野老梅，光嘉兴范围内就有多处。

遁野老梅与宋朝的瓜葛似乎更多一些。宋高宗赵构面对金兵的再度南下，不顾大臣们的劝阻和反对，在不做任何抵抗的情况下，一路狂奔，逃过长江，流亡江南。宋人赵鼎的《建炎笔录》记录了他过嘉兴时的具体时间："绍兴六年丙辰岁（1136）……初五日，发皂林店，晚泊秀州……初六日，发秀州，天色晴和，晚泊平望。"赵构在嘉兴的落脚点是庄忌古宅，朱仿枚的《新塍镇志》里有载。庄忌就是严忌，西汉初期辞赋家，东汉时因避明帝刘庄讳，改为严，后世遂称严忌。庄忌古宅也在镇西南十余里，与金园的位置相近，但那时应该还没有金园，遁野老梅更是连影子都没有。清人陈梓有诗句："屹屹冰雪躯，南渡沿至今。"这株梅树应该是在赵构南渡之后才种下的。从记载来看，赵构只在庄忌古宅住了一个晚上，逃亡路上，事多骚扰，不太可能派人在旁边植一株梅树。也许是后人好事者觉得此处圣驾至，植梅以纪念之也无不可。这些都是臆测。

梅树要称得上"老"字，起码需要一两百年以上。老梅之"老"，各有其态。常见为树干扭曲，皮层隆起；小枝盘曲，树皮反翘剥落；苔藓、地衣缠身，木腐中空，树根凸突裸露等。对遯野老梅的描述，现在可见的基本是清代的记录。综合起来，大致能够想象出她的风貌：躯干丰腴，需两人才能合抱，高约三丈，微偃颔首；枝干虬曲盘旋，呈铁色，肤虽皱，不失气质，若苍龙鳞；细枝皆倒拂，横斜鬖髿，飘飘然与柳线无异；清水漾洄，隔水迎眸，不失妩媚、典雅、清傲之姿，可远观而不可常觑也；偶有飞鸟路过，老梅友善借出一枝，供其休憩，顿显慈态。

从宋南渡后，至清朝初期，亦有五六百年时间。一物能在一处安待上这么久，定是吸纳了周围环境的气息，成为这一地的定神之物。平日，金园附近，古木蓊葳，清流绕户，竹子婆娑，绿荫如画，方圆几百里对其无不向往。尤其在腊月将近，天降瑞雪，众人已翘首，等着冰雪中的参天黛色，吐香露芳。看遍人世起伏的遯野老梅却总是不急不慢，入春后方开始含蕊，等到别处梅花已开尽，她才着花数点，倒春寒的春雪撒过，她才"一树梅花雪里埋"。冰雪不惰其风雅，寒风不摧其心志，雪融化后，清香淡气蔓延开来，没有浓烈，像一层极清淡的薄雾，围绕在金园周围。若是月色下到访，可见其更显冷艳。

当遯野老梅安然吐芳时，总有一逸士，晨曦间用整幅帛巾束首，穿上深色古服，踱方步，徜徉其下，偶想起什么，眉梢一舒，不时捋须吟哦，又作罢静坐树下，长久不离去。

此人便是金园主人金始桓，经历万般事物后，终与梅性情相投，朝夕陪伴，若越江陈山民再世，像极古画中的人物。

金氏一族

朱仿枚的《新塍镇志》说金家花园是"里人金裕卿筑"。这个金裕卿是何许人，没有找到更多的资料。而金家花园最有名望的人是明末清初的金始桓。

金始桓，字匡夏，号公觐，别号復庵，生于崇祯九年（1636），那时明朝已危在旦夕。崇祯吊死在煤山那年（1644），他才八岁。变故时代的孩子早当家，少年金始桓勤奋苦读，十二岁时就天资显露，写文章提笔就是，信手拈来，不用打草稿。他博通经史，尤其对儒家经典《春秋》研究得非常透彻。但是等到弱冠成人，南明的残兵已经被清朝大军追到东南沿海的角落里。原本储备大量学问的金始桓极有民族气节，发誓不出来应试做官。

起初他参与老师吴宗潜领导的惊隐诗社的一些活动。清廷在江南发起文字狱后，统治越来越严紧，很多结社的文人都遭到打压迫害。明王朝败亡后，泥沙俱下，虽有一些"反清复明"的势力暗地里做些小动作，但毕竟大势已去，清王朝很快站稳了脚跟，没给人留下更多的遐想。金始桓便也安下心来，与老梅做伴，不再多问世事，偶与朋友诗文唱和，再就是教育子女耕种读书，过着隐居生活。

后人陈梓的《删后文集》中有《金復庵太翁传》。根据传记记载，金始桓有一子金与鲁，一孙金履坚。到金履坚一代，开枝散叶生了三个儿子：金镐、金锐、金锋。另金始桓除了有一个儿子外，还有两个女儿。大女儿嫁给吴江人姚瑚的儿子姚志仁为妻。这个姚瑚，字攻玉，号蛰庵，是明末清初著名理学家桐乡人张履祥（号杨园）的弟子。他与金始桓志同道合，同样坚持布衣终身，不事科举。小女儿嫁给晚年引为忘形交的四明山人之子为妻。这位四明山人后来遇难殉节，陈梓的传记中并没有写出他的姓名，但据此推测，此人估计也是一位抗清义士，一直在从事"反清复明"的活动。金始桓的儿子金与鲁有三个女儿，大女儿金德娴（字雅君）嫁给了专门给金氏一家立传的陈梓。除了给金始桓立传，《删后文集》还有《外舅金晨村先生传》和《内子雅君传》两篇传记。《尔雅释亲》载："妻之父为外舅，妻之母为外姑。"所以"外舅"就是老丈人。

陈梓原籍余姚，后迁嘉兴濮院，跟吴江姚蛰庵先生也有师徒名分。从这里可见明末时江浙一带的学风很浓厚，尤其是汉人，彼此间互相推荐，拜师学艺，其间的关系千丝万缕。陈梓的诗文都很好，书法更有一定的造诣。康有为曾评价："陈先生书法卓绝人间，而世人知之者绝少，方知传世者必麻笺十万，始有人知也。"

作为金始桓的长孙女婿，陈梓的记录应该可信，且还比较细致。他写道："公天性至孝；母钮太孺人病，奉侍汤药，心力俱瘁，遂先母月余而卒，年六十二，私谥恭素先生。"为了侍奉母亲，劳累过度，比母亲早一个月过世，以至孝结局，令人动容，亦让人扼腕叹息。这一年，是康熙三十六年（1697），金始桓始终秉持誓言，至死没有参加科举，坚决不入仕。他的儿子金与鲁从小深受父亲教导，以其为榜样，恪遵家训，同样"终身不仕"，以布衣完结。

这些事情，金家后人金建中已经完全不知道了。若是族谱还在，一切都还能连上，但那个时代把这些都割断了。事实上，被割断的岂止是金家的族谱。

金建中是家里的独子，另外还有三个姐姐：金林英、金丽英和金美英。金建中的父亲金松泉也是独子（有一个妹妹叫金秀宝），八十三岁高龄了，看上去精神矍铄。我跟同去的朋友开玩笑地说："刚看到他，脑子里的第一印象是海明威，只是没有那么多胡子。"金建中的爷爷叫金瑞龙，因为去世得比较早，他也已没什么印象。金瑞龙有兄弟两人，弟弟叫金瑞祥，就住在隔壁。前些年，全家就搬出去了，留下空空的房子，破烂荒芜，租给几个外来打工的人住。再往上，金建中已不太知道他太爷的情况，只知道他叫金文高，以前家里的一个老梯子上刻着他的名字，现在也早已弄没了。金文高是金家后人还能记得的最老的长辈。从金文高

金家后人

金家后人金建中，因家谱早毁，已不知是金家花园第几代传人，现为磻溪教育集团八字分校的一名老师。

到有资料可查的金始桓往下第四代，中间到底隔了多少代，已无从可考，他们都躺在金家的族谱里，烟消云散。

现在最年轻的金家后人叫金乘风，金建中老师的儿子，也是独子。二十多岁的小伙子，正是血气方刚，乘风破浪之时。

临走时，问及金松泉老爷子的文化程度，大概小学两三年级。其实问得也比较天真，连族谱都烧了，金家的深厚文化怎么可能传得过那场浩劫。而于那个时代，金老爷子这辈人，是文盲再正常不过。所以镇志上记载的金始桓有著作遗稿藏家中，自然也是过去式了。

惊隐诗社

惊隐诗社又名逃社，意即逃避乱世，安然隐退，意在保持名节。社员大多是三吴地区和嘉禾的一些文人，他们写了很多对故国留恋，对清廷不满的诗文，其中部分社员也参与了"反清复明"的武装斗争。金始桓的老师吴宗潜是诗社的领袖之一，作为学生，他自然也加入了惊隐诗社，并且与其中的核心成员过往甚密。这一方面是因为金始桓为人注重品德、节操和重情义，同时金园也给大家提供了一处交流场所。从地图上看，金园所处的位置水路交通方便，南临京杭古运河，西北方向有澜溪塘连通平望、乌镇和湖州，一直通往临安方向。金园又相对幽静，且有宋时老梅可赏，是聚会的理想之地。常来金园探讨时事、以文会友的有吴炎、潘柽章、王锡阐、钱汝霖、金瓯等人。这些人平时喝喝酒，发发牢骚，写写诗文，倒也相安无事。但其中一人金瓯从事了武装抗清活动，最后被捕，死在狱中。嘉兴的明末藏书家高承埏在《崇祯忠节录》里有《金瓯传》："秀水金瓯，字完城。初以诸生为御史，监崇仁伯唐俊军。后兵溃众散，各遁去。壬寅正月，缉俊不获，因迹至瓯家，被执至杭州。瓯受刑极酷，体无完肤，终不言俊所在，亦不连及一人。康熙元年（壬寅）四月十七日，死狱中。"

从传记看，文人的骨气可见一斑。另有后人陈梓的《删后文集》记录，金瓯死后，金始桓大戚数日，悲恸难掩，不顾受到牵连，暗中买通提刑按察使司的官员，把金瓯的尸体运回来安葬。当时金瓯还有很多外债——可能是筹集"反清复明"的经费，金始桓用了五年时间，帮他偿还。时值纷乱，大家的日子也不好过，后来又遭遇荒年，家家户户都揭不开锅，有人劝始桓公："金瓯已故，你帮他还了那么多年债，可以把他的遗产变卖一部分，以渡难关。"始桓公听了，马上变了脸色，很生气地说："我无田，可舌耕；从弟无产，何以生？"之后，始桓公想方设法维持度日，还接济金瓯家人，从未动过变卖他家产的念头。义气如此，彰显江南文人本色，让人击节称赞。

一难刚过，一难又起。清廷为了扫除江南文社的暗波汹涌，大兴文字狱，很多惊隐诗社社员也遭受牵连，其中最为无辜的是金始桓极为要好的两个朋友吴炎和潘柽章。当时南浔有一个叫庄廷鑨的盲人，想学习历史上同为盲人的左丘明，著写一部史书。在时代背景下，他选择了修《明史》来立其志。《明史》修完后，他请了文坛大腕顾炎武来做顾问。结果顾炎武与他意见不合，拂袖而去。庄廷鑨为了使自己修的《明史》更有分量些，就把惊隐诗社的两个重要成员吴炎、潘柽章放在卷首，列入参阅。结果这两人倒霉透了，尽管并未参与其中，但是百口莫辩，深受牵连。不仅两人被害于杭州弼教坊，家族也被流放到东北边陲宁古塔。潘柽章的弟弟潘耒（字次耕，一字稼堂），后来写了《恸哭七十韵》《阁谷歌》《度关曲》三首诗悲悼哥哥遭受的祸患。当时他才十七岁，一路成长全赖其兄扶持，现在突遭变故，让一个未及弱冠的少年措手不及。潘耒的嫂子沈氏要被流放至广宁（辽宁省北镇县），他徒步送出甚远。当时沈氏已有孕在身，因路上劳顿，中途流产。丈夫被害，孩子也不能保住，前途更是一片苦难，对一个妇人来说，实在生无可恋，便服药自杀。其事惨极。事后金始桓对潘柽章的弟弟潘耒多有照顾。

惊隐诗社在各种变故中逐渐瓦解。领袖吴宗潜虽然奋身许国，并与弟宗汉、宗泌在刀光剑影中穿来过往，多次差点送了性命，但随着社员一个个身遭不测，也觉大势已去。吴宗潜在自己的兄长吴振远死后，也选择了归隐。归隐的地点在澜溪塘边的严墓村。之后，他以行医为生，给当地老百姓看病，不问贵贱，只要愿意找他的，都尽力为之。但他不给为朝廷谋事之人看病，有找上门的，总是找各种理由推脱。除此之外，他每年五月初五还以酒祭奠屈原，九月初九以酒祭祀陶渊明。这两人，一人为国投汨罗江，一人不为五斗米而折腰。吴宗潜选择对他们祭祀，想来也是一种志向的表达。

金始桓与其老师吴宗潜，纷纷选择了隐退。复明无望，又想保持自己的名节，隐退也许是最好的选择。师徒两人以澜溪为纽带，一个隐居于自家金园——严忌出生地庄家老宅附近，一个隐居于严墓村——严忌最终的安息地，像是冥冥之中的一种缘分。

到访金园的名士

文人墨客到访金园，起初主要源于结社需要。一群人表面上以"故国遗民"优游文酒，其实是以诗社为掩护，秘密进行抗清活动。所以来金园聚会的主要群体是惊隐诗社的成员。除上文中提到的吴宗潜、吴炎、潘柽章、王锡阐、钱汝霖、金瓯外，还有一个惊隐诗社的重要人物顾炎武，与金园主人也有来往。

顾炎武是昆山人，与黄宗羲、王夫之并称为明末清初三大儒。起先组织武装抗清斗争，一度把希望寄托在弘光小朝廷上。遭到失败后，与吴江地区的惊隐诗社多有接触，并成为其一员。因他的学识，惊隐诗社的大多成员都和他有很深的交往，其中天文学家王锡阐与他引为至交。顾炎武曾叹服说："学究天人，确乎不拔，我不如王寅旭。"他与吴炎、潘柽章的关系也很不错。两人被害后，顾炎武悲痛欲绝，难过了很长时间。他见潘柽章的弟弟潘耒生而奇慧，一向不太愿收徒弟的他，竟把潘耒收在门下，想必也有其兄长的一份感情在。顾炎武与金始桓的关系自然也很好，他的代表作《日知录》，曾由金始桓亲手校对。这事在金始桓长孙女婿陈梓的《删后文集》里有记录。从整个惊隐诗社的发展过程来看，金始桓几乎是纽带型的人物，他与他的金园起着极为重要的联络作用。

除了惊隐诗社的成员外，来金园聚会的还有一批当时名声很响的人物。钮云逵《新溪棹歌》在描述金园的诗后有这样的注解："前辈钱虞山、吴梅村、朱竹垞、王阮亭诸公皆不时过访，觞咏其间，洵称一时之盛。"朱仿枚的《新塍镇志》也有相同的提及。

钱虞山就是钱谦益，五十九岁时迎娶二十三岁的嘉兴名妓柳如是，足迹遍布嘉禾不足为奇。况且他曾是东林党的领袖之一，明亡后参与"反清复明"，还做过南明弘光政权的礼部尚书。他到金园接触同样有抗清志向的惊隐诗社，极有可能。只不过后来清兵兵临南京城下时，"钱尚书"很快就投降了。当柳如是劝他与其一起投水殉国，钱尚书沉思无语，最后走下水池试了一下水，觉得"水太冷，不能下"。

吴梅村来金园大概是在清顺治九年（1652），张宗友先生的《朱彝尊年谱》里有记录："1652年，吴梅村游檇李。"吴梅村即吴伟业，字骏公，号梅村，江苏太仓人。崇祯四年（1631）进士，与钱谦益、龚鼎孳并称"江左三大家"。他游檇李时，发现了两个极有才华的年少才俊，一个是十六七岁已博通经书的金园小主人金始桓，另一个就是梅里书生二十三岁的朱彝尊。吴梅村比朱彝尊大了二十岁，而且早已诗成一家，但当他看到朱彝尊的诗，极为赞赏，评曰："若遇贺监，定有谪仙人之目。"吴梅村游金园，会不会是朱彝尊相伴？极有可能。

朱彝尊到访金园，是太合情理之中的事了。作为秀水同乡，又志趣相投，从梅里到金园，走运河水路极为方便，相信他在金园不止一次留下足迹。除了金始桓，朱彝尊与惊隐诗社的其他成员也多有接触。上文中提到的顾炎武，因其家仆出卖，被捕入狱，惊隐诗社及其他多方力量设法援救，朱彝尊也出了一份力。《朱彝尊年谱》载："顾炎武结案出狱。援手者众，先生与有力焉。"惊隐诗社的另一位成员商隐，与朱彝尊也多有交往。商隐就是钱汝霖，本姓何，海盐人，隐居澉浦紫云村，人称紫云先生、商隐先生。他应该是金园的常客，写过一些关于金园的诗歌，陈梓有《邂野八绝追和何紫云先生》诗。这八首绝句分别是描写"小桥""古树""曲径""幽花"等金园景物的，想必紫云先生的诗也与这些事物有关。朱彝尊曾到钱汝霖的宅第去拜访过，一群人分韵作诗，意气甚豪，朱留下《九日舟经金粟寺有怀寄张玙何如霖缪永谋诸子》一诗。从朱彝尊和惊隐诗社成员的关系来看，他参与惊隐诗社对时事的商讨不无可能。那段时间，他脑子里也都是如何"反清复明"的打算。顺治四年（1647），舟过震泽，他写了诗歌凭吊抗清志士吴易。顺治十一年（1654），他与慈溪人魏耕结交，密谋反清事宜。所以这段时间彼此间的交往，剪不断理还乱的都是这些江南文人与"抗清"有关的事情，而金园老梅不自觉地成了他们精神的象征。

到访金园的还有一个北方人王士祯。王士祯，字子真，又字贻上，号阮亭，别号渔洋山人，是济南新城人，与朱彝尊并称"南朱北王"，是清朝文坛响当当的人物。王士祯来金园最有可能的时间是他在扬州任职的几年。顺治十六年（1659），他赴扬州任推官，之后写了很多关于江南的诗作。其中有《柳枝五首》

之一咏到鸳鸯湖："鸳鸯湖上水漪漪。黄入东风柳渐垂。湖里鸳鸯湖畔柳，送侬归处足侬思。"极有可能是写嘉禾的鸳鸯湖。不过他到金园肯定没有朱彝尊相陪，因为据《朱彝尊年谱》载他与朱彝尊是在康熙六年（1667）初会，那时他已升任户部郎中，至京城为官了。

几个至交也是金园的常客。一位是同样喜欢梅花的范风仁。范风仁也是嘉兴人，只是一直寄居在笠泽（吴江盛泽），工画梅，自号梅影，其篆刻尤精古。他与同样喜欢梅花的金始桓志趣相投，常到邂野画老梅。另一位是潘柽章的弟弟潘耒，顾炎武的《日知录》就是潘耒在其身后为之奔走操劳帮助出版的，并请金始桓亲手校对。潘耒还与离金园不远的灵宿溪畔（灵宿溪在新塍镇南十里，上仁浜东侧）的天文学家张雍敬交好，其间估计也有同乡金始桓的介绍。张雍敬，字珩佩、简庵，是清初和吴江王锡阐、宣城梅勿庵并称的三大天文历法学家，其著作《定律玉衡》由潘耒和朱彝尊、梅勿庵为之作序。还有一位是何紫云先生，就是商隐，上文中已有提及，不再赘述。其他陈梓的《删后文集》里特别提到了李文龙先生，说他"与邂野复庵先生交最契"。李文龙，字卧生，他的儿子李敏芬（号渔村），曾受业复庵先生。因佩服金复庵的文采，感念其鼓励和熏陶，以他为榜样，没有参加应试，也以布衣度其一生。李文龙与金复庵时常在一起吟咏诗歌，研讨学术。两人常以诗歌互相唱和，李文龙有《宋时老梅和金复庵诗》。诗的前半部分在描摹老梅，并通过老梅遭遇的寒冷曲折暗示金始桓及其惊隐诗社的遭难："千年老树枝横斜，参天黛色

朱彝尊像

朱彝尊与金园主人金始桓是秀水同乡，又志趣相投。钮云逵《新溪棹歌》在描述金园的诗后有注："前辈钱虞山、吴梅村、朱竹垞、王阮亭诸公皆不时过访，觞咏其间，洵称一时之盛。"

尘鬓影。仙人伎俩实狡狯，无边吹散空中花。递尝冰雪骨节枯，历遭锻炼精神洼。疏林密密一幅尽，高高下下双髻了。"后半部分则在委婉地规劝金始桓时代演变已是大势所趋，无可扭转，况且岁月不饶人，白发催人老，不如归去，像汴京旧物——宋代植下的老梅——于遐野处年年迎着春风拂动枝条，发出新芽："江云风月自清夜，樵渔诗酒归山家。诸君骚雅故无匹，吾生覆落愁刘叉。即今绕树飞散屑，苍头白发鸟中纱。良辰团团起复坐，罗浮梦断天之涯。汴京旧物阅人代，春风拂拂萌琼芽。直须借月托终古，何劳泛海同乘槎。"诗中最后两句更是通过晋代张华《博物志》中"海客乘槎，浮海通天的传说"来劝慰人生短暂，不一定非要死守一个完全无望的志向，去付出自己的一生。

文会唱和

知復庵者，李文龙也，李文龙的诗是入金復庵之心的。既然"罗浮梦"已醒，就不要再耿耿于怀，纠结于非要回到过去的朝代。从历史长河来说，改朝换代往往只是其中的一瞬，谁也无法控制历史这艘大船向前推进。于一个读书人而言，既然保持自己的气节，不妨学陶元亮"归园田居"。

在历经世事变幻和坎坷后，金园主人选择了隐居遐野，以梅做伴，侍奉老母，著书立说。这就出现了文章开头描述到的在那棵宋南渡后植下的老梅树下，总有一逸士，深衣幅巾，徜徉其下，吟诗静坐的画面。有人把金復庵比作和靖先生，就是那个"梅妻鹤子"的林逋，形神的确有几分相似。

隐居也需要有自己喜欢的处所，復庵先生开始认真打理自己的金园。后人李元绣有《金园十咏》描绘十处景色。为了不破坏诗歌的原味及金园昔日整体的意境，将其照录其下：

《户绕清流》：何年得架屋三间，老树周遮碧水湾。境地清幽容抱枕，溪流终日听潺潺。

《家藏月窟》：犹是茅檐隐者居，清辉照处滴蟾蜍。不须月殿寻仙子，早有寒光透碧虚。

《方池涤砚》：秋江涤砚韵尤新，艺苑今谁步后尘。咫尺方池云气处，应传淡墨上春鳞。

《曲槛烹茶》：茶烟一缕袅晴空，亚字栏杆依邂翁。但摘雨前喉可润，何须称自武夷平。

《牡丹映日》：露浓雨重发花坛，时借东风长乐栏。映日亭亭姿转媚，不知人世有春寒。

《石笋穿云》：初惊天外远飞来，壁立春从地底回。不信生云偏裂岫，怕叫午夜碾轻雷。

《草迳寻花》：宿雨初收绿满畦，芒鞋踏处草离离。花红苔碧浑难数，适兴何妨到日移。

《半山远眺》：凭高何处是层巅，累石为山别有天。策杖漫行聊举首，四围风月浩无边。

《桂林待月》：桫椤有树识清阴，自染秋香识桂林。看舞霓裳羽衣曲，一庭金粟落花深。

《松下听涛》：苍鬐翠鬣六朝松，屈曲混疑蛰地龙。听彻岩前翻骤雨，回头只见白云封。

有清流，有方池，有半山，有石笋；可观月，可烹茶，可赏花，可听涛，如此优雅闲适之地，越来越成为不愿与世纷争的文人墨客唱和叙旧的理想场所。江南文人，因其民族的关系，大部分人有前朝情节，他们入清后主要分为两类：一类是如顾炎武、吴宗潜和金復庵等，始终坚持不入仕清朝的；还有一类是如朱彝尊、潘稼堂入仕清朝，但后来由于各种情况，或因事贬官或辞去官职，回归隐居的。这些人中，自然有很多殷勤到访金园的，这里是他们的安适之所。所不同的是，在聚会时，这些才子们，只是喝酒赏梅，吟诗作画，探讨学问，不再讨论你死我活的政治，使江南文事，洵称一时之盛。

根据诗文记录，不妨再次想象一下当年诗酒唱和的场景。

何紫云、朱竹垞、潘稼堂、李文龙等人来时，常是早春时期。此时还是"寒梅露冻玉，含蕊未坼甲"的景象。再等几天，园梅便要"初放萼"了，不可错过良辰，早来几日总是对的。况且他们知道"东家酒新笃"，准备的是当地的"十月

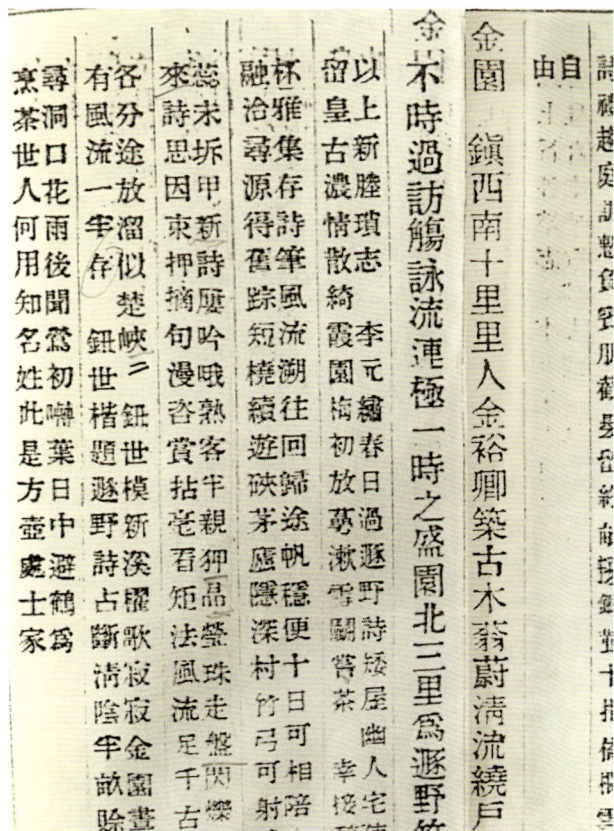

金园诗词书影

白"，墙角的酒瓮里，早已香气扑鼻。

有时会遇到一场春雪，诗人们便围坐在老梅旁，"漱雪关尝茶"。路过的人不知道的，以为是一群傻老头，知道的则感叹"国初诸老风流尽，一树梅花雪里埋"。

有时，文友们也会稍稍晚些过来，梅花已是数点红。还有几个多年未至的人，坐船行进，在弯曲的河道里终于"寻源得旧踪"。这时的金园周围已是"苍茫春水满，掩映树阴斜"，园子则深深地隐藏在其间。

每年这个时节，主人备酒备菜，忙碌得很，来不及了，就让客人自己动手。那些先知"春江水暖"的鸭子怎么也没料到这群斯文之人，竟然会"竹弓可射鸭"，把它们做下酒菜。

三杯下肚，文人们开始高谈阔论。有人把一年来的新作从怀里掏出来，让大家品鉴。新诗传过一周，席间就有人吟诵起来。旁边炖着鸭肉的锅里发出"嘟嘟嘟"的声音，主人着人盛了几大盆，香气顿时充溢席间。又有路远的客人赶到，面露愧色，连声说"来晚了，来晚了"，便端起酒杯自罚一杯，随即融入席间。大家长时间未见，平时虽也通书信，但也要数月往还，所以难得相聚，喝酒畅聊兴盛。又酒过三巡，有人从主人的书斋里把案上的诗文拿出来传阅，大家见了纷纷赞叹。主人急忙赶过来收住，放进袖子里："见笑，见笑。先看大家的，先看大家的。"随后不好意思地拈须笑着，可谓"夺锦让诸君，佳章卷先压"。

几个时辰过去，鸭肉见盘底，酒瓮也已东倒西歪。有人已醉卧席上，也有人还在推杯换盏，兴起作诗，豪兴不乏，一年一次的金园文会到达了最高潮。

春将尽，风流溯往回，一次文会留下千古诗笔，旧醅新酿助推一世风流。不得志也罢，不留名也罢，都将化为身后事。

天下没有不散的宴席，十日相陪终有一散。分别在即，大家"语别惜匆匆，后游记胸上"，归途中，衣襟兜满古梅的香气，各分河道，各奔东西，在江南的运河里，"放溜似楚峡"。

人走了，梅香依旧，金园文会的唱和，一直余音缭绕。

（邵洪海）

图书在版编目（CIP）数据

秀水泱泱映绿洲：秀洲名镇记/陆明，邵洪海著；
中共嘉兴市秀洲区委宣传部，嘉兴市秀洲区社会科学界联
合会编. 一上海：上海书店出版社，2019.9
ISBN 978-7-5458-1731-7

Ⅰ.①秀… Ⅱ.①陆… ②邵… ③中… ④嘉… Ⅲ.
①散文集－中国－当代 Ⅳ.①I267

中国版本图书馆CIP数据核字（2018）第280836号

责任编辑　解永健　盛　魁　刁雅琳
特约编辑　华　丽
装帧设计　郦书径

秀水泱泱映绿洲
——秀洲名镇记
陆明　邵洪海　著
中共嘉兴市秀洲区委宣传部
嘉兴市秀洲区社会科学界联合会　编

出　　版　上海书店出版社
　　　　　（200001　上海福建中路193号）
发　　行　上海人民出版社发行中心
印　　刷　上海雅昌艺术印刷有限公司
开　　本　787×1092　1/16
印　　张　14.75
版　　次　2019年9月第1版
印　　次　2019年9月第1次印刷
ISBN 978-7-5458-1731-7/I·460
定　　价　150.00元